Knut Weinrich

Tod unterm Kruzifix

Militzke *mobile*

Knut Weinrich

Tod unterm Kruzifix

Roman

Militzke

Inhaltsverzeichnis

Die erste Leiche ist immer die wichtigste

In der Gerichtsmedizin lag die Leiche bereits auf einem der zerbeulten Stahltische. Der Mann mochte zu Lebzeiten den Frauen gefallen haben, mit seinem hohen Wuchs, dem graumelierten Haar, dem kantigen Gesicht. Doch jetzt lag nichts näher, als ihn zu verscharren, in seiner toten Nacktheit, ein Loch im Kopf, Blut auf der Stirn und in den Augenhöhlen.

Doktor Habicht kam geschäftig daher. »Eine schöne Leich!« rief er und deutete an, Kommissar Smitz mit seiner blutigen rechten Hand auf die Schulter klopfen zu wollen. In der Bewegung hielt er inne, lachte, rieb sich die behandschuhten Hände, blinzelte Smitz über den Rand seiner Brille an und fragte: »Hat ihn seine Frau? Mit der Pfanne? Mit dem Nudelholz?« Und er steckte den Zeigefinger in das Loch in der Schädeldecke. »Nein, eher ein Hammer. Ein großer Hammer. Oder eine Spitzhacke. Nein, nein, sagen Sie nichts! Ich weiß es schon! Ich weiß es schon! Das Fleisch ist schwach ... Der arme Mann! Wo es doch nur noch so wenige Männer gibt! Wer soll denn da noch widerstehen! Herrgott, ist man denn der Papst?!«

»Er war Pfarrer, katholischer Pfarrer«, sagte Kommissar Smitz.

»Ein heiliger Mann unter meinem Messer!« kreischte Doktor Habicht, klatschte in die Hände, daß es spritzte, nahm mit Daumen und Zeigefinger ein Skalpell, hielt es wie einen Taktstock und sprach mit spitzem Mund: »Wohlan, hier werde ich den Sitz der Seele sicher finden. Wollt Ihr, werter Kommissar, der Öffnung dieser Leiche hier beiwohnen?«

»Lieber nicht.«

»Ihr könntet mir die Instrumente reichen. Ihr müßt wissen, meine Assistentin hat mich verlassen.«

»Ach ja?«

»Ja! Wegen eines Nichts! Ein Scherz, ein kleiner Scherz! Ich habe mit einem Nierensteinchen nach ihr geworfen, mit einem klitzekleinen Nierensteinchen! Nur gut, daß sie weg ist, die alte Brotspinne! Also, schlagt Ihr ein?« Er hielt Smitz die blutige Hand hin.

»Danke, ich habe zu tun.«

Vom Hunger getrieben ging Smitz in die Kantine des Justizpalastes und aß dort ein Eisbein, obwohl er Eisbein nicht mochte und es ihm, wie es da rosa-braun vor ihm auf dem Teller lag, Gedanken an den Verwesungsprozeß aufdrängte.

Als Smitz wieder zu Doktor Habicht kam, war der noch über die Leiche gebeugt. Der Doktor sah auf, grinste Smitz wissend an und sagte: »Unser Freund hat gepichelt, lieber Kommissar, vor seiner Heimkehr zum Vater, zum Sohn, zum Heiligen Geist. Etwa ein Promillchen. Dann hat ihm der Teufel den Schädel eingeschlagen, mit einem scharfkantigen Gegenstand. Die Schädeldecke hat sich in die Gehirnmasse gebohrt, und tot war er. Keine weiteren Verletzungen. Ich muß noch ein paar Routineuntersuchungen machen, da kommt aber nichts bei raus. Todeszeit: gestern nachmittag. Wann wurde er gefunden?«

»Gestern abend.«

»Na herrlich. Da war er schon mausetot.«

»Danke.«

»War mir ein Vergnügen.«

Und als Smitz sich zur Tür wandte, fragte der Doktor: »Was ist denn mit der Tatwaffe? Schon was gefunden?«

»Nein.«

»Na dann bis zum Nächsten. Bringen Sie mir mal was Ordentliches, was Anspruchsvolles, sagen wir eine Exhumierung.«

Smitz hinkte zum Klo, wusch sich Gesicht und Hände, kniff sich in seine dicken Wangen und wackelte mit Daumen und Zeigefinger an der schiefen Nase.

»Salut, Napoleon ...«, murmelte er, sah sich in die mattbraunen Augen und schnitt seinem Spiegelbild, das tatsächlich einem etwas übergewichtigen Napoleon ähnelte, eine Grimasse. Er nahm Haltung an, strich sich durch das spärliche schwarze Haar, richtete den Windsorknoten der Krawatte, prüfte den Sitz von Weste und Jackett, warf einen kritischen Blick auf seine blitzblanken kreppbesohlten Schuhe, die in einer Wasserlache standen, hob das Kinn ein wenig, drehte sich auf den Hacken um und verließ das Klo.

Smitz' Schuhe quietschten auf dem dunkelbraunen, kratz- und säurefesten Kunststoffboden der langen Flure des Justizpalastes. In der Luft lag die narkotische Stimmung eines heißen Julinachmittages in einer Behörde drei Stunden vor Feierabend.

Sein Büro war möbliert mit einem kleinen Schreibtisch, der wie eine Schulbank mit Tintenflecken übersät war, zwei Stühlen und einem Regal, alles in Beige gehalten. Wenn Smitz hinter seinem Schreibtisch saß, immer im guten Anzug, wirkte er deplaziert. Er hatte sein Büro nie mit persönlichen Gegenständen oder gar Fotografien ausgestattet, um gar nicht erst den Anschein zu erwecken, er gehöre hierher. Zudem hatte er auch keine Familie, die er auf seinem Schreibtisch hätte plazieren können. Smitz war unverheiratet, hatte keine Kinder, seine Eltern und Großeltern waren tot, und seine Geschwister konnte er nicht leiden, und sie ihn auch nicht.

Dreißig Grad heiß war es im Büro, dessen einziges Fenster so hoch in der Wand eingelassen war, daß der kleine Smitz es auch dann nicht hätte öffnen oder hindurchsehen können, wenn das Fenster nicht bereits vor einigen Jahren zugemauert worden wäre. Damals wurden in dem Raum aus Häftlingen Geständnisse herausgeprügelt. In einer Wand steckte immer noch ein rostiges Rundeisen, an dem drei Kettenglieder hingen.

Smitz setzte sich an den Schreibtisch und schlitzte mit einem Brieföffner in Form eines Miniaturdolches ein Kuvert auf, dem er ein Blatt Papier entnahm. Das Farbband der Schreibmaschine war sichtlich erschöpft gewesen.

Bericht
Montag, 9. Juli 1953 18.00 Uhr hat die Haushälterin des katholischen Pfarrers Maria Hetjes neunundzwanzigjährig geboren unter demselben Namen am 12. Januar 1924 in K, den katholischen Pfarrer Josef Reinders fünfzigjährig geboren am 11. Januar 1903 in K, tot in der Kirche St. Aposteln zu K gefunden. Drei Meter rechts vom Pfarrer lag lebend Eleonore Tal zirka achtzehnjährig, Geburtsdatum sowie Geburtsort derzeit unbekannt. Neben ihrer rechten Hand lag ein Kerzenständer mit Blutspuren. Damit hat sie dem katholischen Pfarrer Josef Reinders auf seinen Schädel geschlagen bis er tot war. Eleonore Tal ist von mir verhaftet worden. Der Herr Doktor Helmut Schlöskers hat nach Blutentnahme festgestellt dass sie 2,3 Promille Alkohol hatte, als sie von der Haushälterin Maria Hetjes aufgefunden wurde beziehungsweise etwas später als ihr der Doktor Blut abgenommen hat. Ihr genauer Stand der Alkoholisierung zur Tatzeit ist nicht sicher zu bestimmen genausowenig wie der genaue Zeitpunkt der Tatzeit. Das Tatmotiv der Eleonore Tal ist auch unbekannt. Eleonore Tal hat zu ihrer Tat nichts gesagt, was an und für sich auch nicht zu erwarten war, weil sie nur wenige Wörter sprechen kann. Sie ist von Natur gewissermaßen schwachsinnig.

Gezeichnet Matthias Müller Polizeiobermeister, K, Montag 9. Juli 1953 22 Uhr und 30 Minuten.

Smitz hatte noch nie einen so armseligen Bericht gelesen. Kopfschüttelnd faltete er das Blatt zusammen, auf dem unten in der rechten Ecke ein speckiger Fleck schimmerte, und steckte es wieder in das Kuvert.

Die Leiche des Pfarrers war am Vormittag den weiten Weg von K. nach S. gebracht worden, weil es in K. keine Gerichtsmedizin und nur eine Leichenhalle ohne Kühleinrichtung gab, ein Umstand, der jetzt im Sommer Blitzbeerdigungen notwendig machte. Eleonore Tal, die mutmaßliche Täterin, war vor zwei Stunden mit einem Gefangenentransporter eingetroffen, zusammen mit dem Bericht. Sie saß nun wohlbewacht in einem der Verhörräume des Untersuchungsgefängnisses, und Smitz war neugierig, sie zu sehen.

Als er in den Raum trat, schreckte Eleonore Tal von ihrem Stuhl auf. Sie musterte den kleinen dicklichen Mann von oben bis unten, und er spürte die Angst in ihrem Blick, wenn sie auch ihre Augen hinter einer großen Sonnenbrille verbarg, deren schwarze Gläser wie Schmetterlingsflügel geformt und mit glitzernden Steinchen verziert waren. Die Aufseherin entschuldigte sich für die Brille. Die Gefangene sei hysterisch geworden, habe gekreischt und um sich geschlagen, als man versucht habe, ihr die Brille abzunehmen. Da habe man sie ihr gelassen. Smitz nickte und schickte die Aufseherin hinaus. Dann setzte er sich an den Verhörtisch und bat Eleonore Tal, sich ebenfalls zu setzen. Sie tat es und begann, nervös mit dem Saum ihres kurzen grünen Röckchens zu spielen. Ihre Füße, die in weißen Stoffschuhen steckten, trommelten im Dreivierteltakt auf den Boden. Smitz belehrte sie, daß alles, was sie nun sage, gegen sie verwendet werden könne.

»Heiß«, sagte sie, lachte hell und zog die rosa Bluse aus, unter der sie nackt war. Smitz schoß das Blut in den Kopf. »Aber junge Frau!«

Er griff nach der Bluse, die sie auf den Tisch gelegt hatte, und hielt sie ihr hin. Eleonore Tal nahm die Bluse und legte sie abermals auf den Tisch. Smitz spürte durch die Brillengläser hindurch einen vorwurfsvollen Blick.

»Ziehen Sie sich doch bitte wieder an.«

Noch einmal nahm er die Bluse und hielt sie ihr hin. Da schlug sie mit der flachen Hand in die Luft, verschränkte die Arme vor der Brust und wandte den Blick zum Milchglasfenster.

Es war hoffnungslos. Sie antwortete auf keine Frage. Sie sprach überhaupt nicht. Ihr wohlgestaltetes Äußeres und ihre Wortlosigkeit beunruhigten Smitz mehr und mehr. Eleonore aber wirkte immer entspannter und schien alle Angst zu verlieren. Schließlich riß sie sich eines ihrer langen roten Haare aus und hielt es ihm hin. Er nahm es und wußte nicht, was er damit tun sollte. Da stand sie auf, ging um den Tisch herum und riß ihm mit einem Ruck ein kleines Haarbüschel aus, um es in dem winzigen Täschchen vorn in ihrem Röckchen zu verstauen. Smitz war ratlos, steckte dann aber ihr Haar in seine Westentasche.

Während er sich sein leicht gedoppeltes Kinn rieb und überlegte, wie er Eleonore bewegen könne, ihre Bluse wieder anzuziehen, nahm sie ihre Brille ab und zeigte ihm zwei grüne Augen. Smitz war nicht unbeeindruckt.

Es war so heiß im Verhörraum, daß Smitz sich sein Jackett auszog, und als er es über die Stuhllehne hängen wollte, stand Eleonore abermals auf, und Smitz ließ sich von ihr das Jackett aus der Hand nehmen, nachdem er sein Portemonnaie aus der Innentasche gezogen hatte. Eleonore warf sich das Jackett über, und es wallte üppig um ihren schmalen Körper und wollte so gar nicht zu ihrem Röckchen passen.

Smitz brachte Eleonore persönlich in die Krankenabteilung des Untersuchungsgefängnisses und bat den diensthabenden Arzt, sie gründlichst zu untersuchen, sie ständig unter Aufsicht zu halten und ihr alles so angenehm wie möglich zu machen. Außerdem bat er, einen Psychiater hinzuzuziehen, der sich ein Bild von ihrem Geisteszustand machen solle. Sein Jackett ließ er ihr.

Langsam trottete Smitz durch die Flure zum Vorzimmer seines Chefs.

»Kann ich, Fräulein Fiper?« fragte er dessen Sekretärin und verbeugte sich leicht. Es war ihm unangenehm, daß er kein Jackett trug, und unwillkürlich richtete er seine Krawatte.

»Nein, Sie können nicht«, sagte Fräulein Fiper, die längst Frau Meise hieß, was Smitz wußte, sich aber nicht vorstellen konnte. Wo es doch nur noch so wenige Männer gab und jetzt sogar noch einen weniger, wenn auch einen Pfarrer.

»Der Chef ist in einer Sitzung außer Haus«, fügte Fräulein Fiper hinzu.

»Dann warte ich«, sagte Smitz.

»Das kann dauern«, bemerkte Fräulein Fiper mit hängenden Mundwinkeln.

»Kann ich denn vielleicht schon reingehen?« fragte Smitz und deutete auf die Tür des Chefbüros, und er erhielt die Antwort, die er erwartet hatte.

»Sie sollten eigentlich wissen, daß es der Chef nicht schätzt, wenn jemand in seiner Abwesenheit sein Büro betritt. Aber wenn Sie vielleicht in Ihrem eigenen Büro warten wollen ... Ich würde mich dann bei Ihnen melden, falls er Sie sprechen möchte.«

Smitz antwortete darauf nicht, denn er kannte Fräulein Fiper und ihre gezielte Vergeßlichkeit. Sie sah es offenbar als ihre höchste Pflicht und Tugend an, den Chef vor seinen Untergebenen und den widerwärtigen Verbrechen, mit denen sie ihn tagein tagaus belästigten, abzuschirmen. So hinkte Smitz denn im Vorzimmer auf und ab, unter den mißbilligenden Blicken Fräulein Fipers, und mied das kleine harte Höckerchen, das für Wartende bereitstand.

Zehn Minuten später kam der Chef, wie immer schlecht gekleidet. In der letzten Nacht hatte es einmal kurz geregnet, und daher hatte ihm seine Frau für diesen Tag einen durchsichtigen Plastikregenmantel über dem Herbstmantel verordnet, der dem sommerlichen Wetter wenig angemessen schien. Darunter trug er seinen unvermeidlichen blauen Anzug, der an einen Schaffner erinnerte oder an einen Postbeamten und den Smitz, wenn er sich jemals zu so einem Kauf hätte verirren können, schon allein wegen der Spuren starker Abnutzung in die Kleidersammlung gegeben hätte. Der Chef jedoch hatte dafür kein Auge, und nicht nur darin unterschied er sich von Smitz. Sie teilten kaum mehr als die geringe Größe, die Smitz mit wesentlich mehr Leibesfülle ausfüllte als der nageldürre Chef, dem seine Frau jeden Bissen in den Mund zählte, denn sie war überaus geizig. Einmal hatte sie sogar ein Loch, das die Zeit in den Ellenbogen seines Jacketts gerieben hatte, stopfen wollen, aber dieses eine Mal hatte ihr Mann ihr widersprochen und das Jackett eigenhändig zu Putzlappen zerschnitten.

Wenn Smitz diese häuslichen Verhältnisse geahnt hätte, vielleicht hätte er mehr Verständnis für seinen armen, geplagten Chef aufgebracht.

»Was wollen Sie?!« keifte der Chef wie ein Fischweib.

»Mein vorläufiger Bericht«, sagte Smitz leise.

»Geben sie her!«

»Ich wollte – mündlich«, sagte Smitz.

»Mündlich?! Mündlich gibt es nicht! Ich verlange einen schriftlichen Bericht! Einen detaillierten schriftlichen Bericht! Das wissen Sie doch! Vergeuden Sie nicht meine Zeit!«

Und er sprang davon wie ein Frosch, aufs Herrenklo, was Smitz nicht wußte und ihn in die Verlegenheit brachte, sich kurz darauf neben dem Chef am Pissoir wiederzufinden, wo Smitz vor Pein nicht konnte, aber auch nicht unverrichteter Dinge abziehen wollte, um sich nicht dem Verdacht auszusetzen, er bringe nicht einmal dies zustande.

Der Chef war endlich fertig und ging. Smitz lauschte, konnte aber das Rauschen des Wasserhahns nicht vernehmen, jedoch das Schlagen der Tür zum Flur.

Wenig später saß der schwitzende Smitz an seiner Schreibmaschine, tippte mit zwei Fingern den Bericht und dachte an Eleonore. Zwischendurch rief er in der Krankenstation an und erkundigte sich nach ihr. Sie schlafe und habe sich geweigert, das Jackett auszuziehen, sagte ihm die Schwester.

Bald hatte Smitz seinen Bericht verfaßt und eilte zurück in das Vorzimmer des Chefs. Fräulein Fiper trug den Bericht weiter, und schon nach wenigen Minuten blinkte auf ihrem Schreibtisch hektisch eine kleine rote Glühbirne. Sie sprang auf, ging abermals in das Büro des Chefs, kam nach Sekunden wieder heraus, drückte Smitz den Bericht in die Hand und schenkte ihm ein gefrorenes Lächeln, das ihn irritierte.

Der Chef hatte zwei Orthographiefehler rot unterstrichen und die betreffenden Zeilen am Rand mit einem X versehen. Zudem hatte er mit spitzen Tintenbuchstaben notiert:

Da offenbar die Ermittlungen in K. in einer nicht zu akzeptierenden Weise vorgenommen wurden, ist es selbstverständlich notwendig, die Ermittlungen nunmehr vorschriftsmäßig zu unternehmen. Da derzeit die kompetentesten Kollegen mit anderen Fällen befaßt sind, bin ich gezwungen, Sie nach K. zu entsenden. Sie fahren unverzüglich. Sie nehmen den nächsten Zug. Sie beginnen unverzüglich mit den Ermittlungen vor Ort. Ich erwarte ALLERSCHNELLSTENS Ergebnisse.

Fräulein Fipers Telefon klingelte, sie nahm den Hörer ab, lauschte ergeben, sagte: »Ja«, legte wieder auf und sprach: »Herr Smitz, Sie sollen nicht erste Klasse reisen, und nehmen Sie keinen Liegeplatz oder Schlafwagen.«

Smitz hinkte zu seinem Büro. Sein linkes Bein schmerzte, und er war durstig und müde. Aus der Schreibtischschublade nahm er eine Flasche Steinhäger Urquell doppelt gebrannt, trank, setzte ab, trank wieder, verzog das Gesicht, schraubte die Flasche zu, richtete seine Krawatte, kniff sich in die Wangen, atmete tief durch und verließ das Büro, um mit der Straßenbahn nach Hause zu fahren und seinen Koffer zu packen. Auf dem Gang begegnete ihm der Chef. »Ich erwarte allerschnellstens Ergebnisse«, sagte der.

»Ich werde mich bemühen. Aber Sie wissen ...« Smitz

wußte, daß der Chef nichts wußte. Der Chef hatte sein Lebtag keinen Fall bearbeitet, geschweige denn gelöst. Seinen Thron verdankte er geheimeren Wendungen. Es gab Leute, die behaupteten, der Chef habe noch nie eine Leiche gesehen, und es gab bislang niemanden, der diese Behauptung widerlegt hätte.

»Manchmal geht es bedauerlicherweise und beim besten Willen nicht allerschnellstens. Vielleicht schauen Sie sich die Leiche einmal an«, sagte Smitz.

»Wozu!« brauste der Chef auf. »Soll ich etwa Ihre Arbeit machen?«

»Ihre sachkundige Meinung ...«, sagte Smitz.

»Papperlapapp, Schnickschnack, dummes Zeug«, ereiferte sich der Chef und fügte hinzu: »Sie riechen nach Schnaps. Trinken Sie nur weiter. Trinken Sie nur immer weiter. Dann sehen Sie Ihren Führerschein nie wieder. Und Ihre Arbeit werden Sie auch noch verlieren.«

Smitz starrte am Chef vorbei gegen die Wand.

»Wie alt sind Sie, Smitz?«

»Neununddreißig.«

»Wunderbar. Dann haben Sie die Chance, den Kollegen Schütz zu unterbieten. Der hat sich erst mit zweiundvierzig totgesoffen.«

Der Chef ließ ihn stehen. Smitz hinkte zurück zu seinem Büro und nahm noch einen Schluck.

Hasengrab

Smitz war nach Hause gefahren, hatte seinen Koffer gepackt, zur Sicherheit gleich zwei Wecker gestellt und sich nach einer Katzenwäsche ins Bett gelegt. Als die Wecker dann morgens um drei Uhr klingelten, war ihm, als habe er nur wenige Minuten geschlafen. Aber er zwang sich, sofort aufzustehen, denn schon zu oft war er sogleich wieder eingeschlafen.

Mit der ersten Straßenbahn fuhr er zum Bahnhof, kam dort viel zu früh an und stieg die Treppe hinab in die langen matt beleuchteten Gänge unter den Gleisen, die einmal als Luftschutz gedient hatten und in denen heute Zeitungen, Getränke, Bratwürste und vielerlei mehr verkauft wurden. Ein Kiosk hatte auch zu dieser frühen Stunde schon auf. Smitz kaufte dort bei einem greisen Männlein mit gelben Nikotinfingern eine Flasche Coca-Cola, ein Fläschchen Schnaps und Zitronenbonbons.

Dann stand er auf dem Bahnsteig unter dem Stahlskelett der enormen Glaskuppel, die in den letzten Kriegstagen millionenfach zersplittert und noch nicht wiederhergestellt war. Eine alte Dame lief dort umher, und als sie Smitz sah, ging sie zu ihm und stellte sich vor ihm auf, damit er das Schild lese, das sie sich eisern vor die Brust hielt: Wer kann Auskunft geben zum Aufenthalt von Franz Huxtorf, Obergefreiter, 384. Infanterie-Regiment, vermißt am 12. Februar 1942 vor Leningrad? Darunter die Fotografie eines lächelnden Jungen in Uniform.

»Elf Jahre«, murmelte Smitz und schüttelte den Kopf. Die alte Dame, deren Blick ein wenig irre schien, beäugte ihn mißtrauisch und ging erst weiter, nachdem Smitz gesagt hatte: »Nein. Tut mir leid. Ich bedaure.«

Endlich kam der Zug. Vier oder fünf Leute stiegen zu und verschwanden schnell in den Abteilen. Nur Smitz, der keine Platzkarte mehr bekommen hatte, stand mit seinem Koffer auf dem Gang und wußte nicht, wohin. Er klopfte an die Tür des Dienstabteils. Der Schaffner öffnete schlaftrunken, gab Smitz mürrisch die Auskunft, daß es keinen freien Platz mehr gäbe, sagte: »Ich wünsche eine angenehme Nachtruhe« und schob gähnend die Tür zu.

Auf den schmutzigen Boden des Ganges wollte Smitz sich keinesfalls setzen. Also versuchte er es mit seinem Koffer, doch der war viel zu weich und drückte sich ein, so daß Smitz um seine Anzüge fürchtete, die er ohnehin nur ungern gefaltet und einpackt hatte.

Also stand er am Fenster, sah draußen eine endlose schwarze Wand vorüberziehen, nippte abwechselnd am Schnaps- und am Coca-Cola-Fläschchen, lutschte ein Zitronenbonbon, das nicht nach Zitrone schmeckte, und versuchte nachzudenken, doch nichts, nicht einmal Eleonore, konnte seine Gedanken fesseln.

Nach etwa zwanzig Minuten sah er in der Ferne einen mächtigen grauen Klotz, von einer hohen Mauer umgeben und von grellen Scheinwerfern angestrahlt. Das Gefängnis Hasengrube, das seinen Namen von einem nahen Wäldchen hatte. Zwanzig Jahre zuvor war es hier auf das freie Feld gesetzt worden und beherbergte seither Menschen, die es nie mehr verlassen sollten. Ein paar davon hatte Smitz verhaftet. Hasengrab nannten die Häftlinge das Gefängnis.

Der Zug rollte langsam durch die Nacht, und das gleichmäßige Rattern ließ Smitz immer müder werden. Der Schmerz in seinem Bein pochte im Takt, die Wärme des Schnapses der Marke Waldhüter betäubte den letzten Widerstand, und schließlich saß Smitz doch auf seinem Koffer, lehnte mit dem teuren Jackett an der schmierigen Wand und schlief. Erst mehr als eine Stunde später wachte er auf, als ein Mann, der soeben zugestiegen war, über ihn stolperte. Smitz wußte Sekunden nicht, wo er war, rappelte sich hoch und sah, daß er sich in einem Zug befand, auf dem Bahnhof von W. Von dort sollte es noch eine knappe Stunde bis K. dauern.

Der Mann, der über Smitz gestolpert war, lehnte im Gang am Fenster und grinste breit vor sich hin. Smitz erschien das merkwürdig, und da er nicht mehr schlafen konnte, beobachtete er den Mann, in dessen ältlichem Gesicht das Grinsen mehrmals verwelkte, jedoch nach der Lektüre eines Schriftstücks, das er drei- oder viermal aus der Innentasche seiner Tweedjacke zog, sogleich wieder erblühte.

Ankunft des Spezialisten

Die Stahlräder der Dampflok kreischten, als der Zug um 6.17 Uhr in den Bahnhof von K. einfuhr. Dampf zischte aus den Ventilen und wallte über den Bahnsteig bis hin zum gelblichen Bahnhofsgebäude und zum Lagerschuppen.

Der grinsende Mann hatte sich an Smitz vorbeigedrängelt, war vor ihm aus dem Zug gestiegen und davongeeilt. Smitz ließ sich Zeit, sah noch dem Zug hinterher, der pfiff, dampfte und ratterte und sich schnell entfernte. Bald war das Gezwitscher der Vögel, die Smitz beinah über die Schuhe hüpften, der einzige hundertfache Klang. Von den Vögeln angesteckt hüpfte er selbst einmal kurz, beließ es dann aber doch beim Hinken.

Smitz war noch nie in K. gewesen. Die Straße ins Städtchen führte zunächst durch eine Kleingartensiedlung und dann vorbei an dichtgedrängten Holzhütten, deren grauweiße Farbe abblätterte. Vor einer der Hütten spielten zwei Jungen in kurzen Lederhosen mit einem Hund. Für einen Augenblick unterbrachen sie ihr Spiel und gafften den kleinen Mann mit dem Koffer an.

»Immer noch keine ordentlichen Häuser ...«, sagte Smitz zu sich selbst.

Bald gelangte Smitz in eine Straße, in der prächtige Häuser aus der Gründerzeit standen, mit hohen Fenstern, Balkonen, breiten Außentreppen und hier und da sogar Säulen, die die Eingangstür flankierten. Zwischen manchen Häusern klafften Lücken, wie ausgeschlagene Zähne, und viele Fassaden trugen noch die Spuren von Bombensplittern.

Auf einem Balkon hängte eine junge Frau ihr Bettzeug zum Lüften aus, und beinah hätte Smitz ihr zugewunken. Er war versucht, das Jackett auszuziehen, die Hemdsärmel hochzukrempeln und vielleicht sogar die Krawatte abzulegen. Das Jackett zog er dann tatsächlich aus und warf es sich über die linke Schulter. Ein junger Mann fuhr auf dem Rad vorbei und grüßte. Smitz lüftete freudig seinen grauen Hut.

Vor dem Schaufenster eines Radiogeschäfts blieb er stehen. Blaupunkt-Sonderaktion stand da in großen roten Lettern, die von innen auf die Scheibe geklebt waren, und Die Woche des Gerätes für die Hausfrau. Für eine wöchentliche Rate ab 3,90 DM bekam man ein Radio Venus 378 mit zwei Lautsprechern und goldenem Zierstreifen.

Neben dem Radiogeschäft öffnete gerade die Bäckerei Löbbers. Smitz trat ein und ließ sich ein Käsebrötchen und ein Glas Milch geben.

»Sieh mal, Erwin, so ein Anzug ...«, sagte die Bäckersfrau zu ihrem Mann, dem Bäcker, der den Kopf aus der Backstube in den Laden steckte, und sie vergaß sich so weit, daß sie mit dem Finger auf Smitz zeigte, »... der würde dir auch stehen. So was Feines.«

Der Bäcker zog sich unbestimmt grunzend zurück, und die Bäckersfrau fragte: »Sind Sie Geschäftsmann?«

»Nein«, antwortete Smitz freundlich.

»Sind Sie auf der Durchreise?«

»Nein«, antwortete Smitz noch freundlicher, bat um ein zweites Glas Milch, wunderte sich, daß die Bäckersfrau nicht weiter fragte, und bemerkte seinerseits: »Der Anzug ist übrigens maßgeschneidert. In S. bei Ringelmann.«

»Ach!« staunte die Bäckersfrau. »Ringelmann ...«, überlegte sie dann. »Bei uns, da gab es auch mal einen Ringelmann. Der war aber nicht Schneider, sondern Kaplan. Der ist dann aber gefallen.« Sie machte ein nachdenkliches Gesicht und rief: »Heini! Sag mal, Heini, der Hennes Ringelmann, ist der eigentlich gefallen oder vermißt?!«

»Wer?« rief der Bäcker zurück.

»Der Hennes Ringelmann! Der Kaplan!«

Wieder steckte der Bäcker seinen Kopf in den Laden. »Wieso? Der Hennes Ringelmann, der ist doch in Sibirien im Lager.«

»In Sibirien?«

»Ja.«

»Ich meine den Kaplan. Den Hennes Ringelmann«, sagte die Bäckersfrau ungeduldig.

»Ja, ja, den meine ich auch. Der Sohn vom alten Matthes Ringelmann, Kolonialwaren Ringelmann auf der Hindenburgstraße«, antwortete der Bäcker.

»Du meinst Judenstraße.«

»Ja, ja, jetzt wieder Judenstraße. Neben der Synagoge.«

»Was heißt denn Synagoge?!« ereiferte sich die Bäckersfrau. »Die ist doch gar nicht mehr da!«

»Ja, ich weiß auch, daß die abgebrannt ist. Noch vorm Krieg.«

»Ja sicher, vorm Krieg.«

»Also der Hennes Ringelmann, der ist jedenfalls in Sibirien«, stellte der Bäcker fest.

»Ist der nicht gefallen? Ich dachte, der ist gefallen. Oder vermißt«, sagte die Bäckersfrau.

Die Klärung dauerte. Smitz hatte sich gerade eine der Zeitungen genommen, die auf der Theke zum Verkauf auslagen, als der Bäcker seinen Kopf wieder aus dem Laden zog und die Bäckersfrau bemerkte: »Da müssen Sie nichts drauf geben. Der Matthes Ringelmann ist nicht in Sibirien. Mein Mann, der wirft immer alles durcheinander. Der muß immer alles besser wissen.« Und als sie sah, daß Smitz die Zeitung in der Hand hielt: »Haben Sie die Zeitung gelesen? Furchtbar, nicht wahr? Einfach furchtbar. Der Herr Pfarrer ermordet. Haben Sie davon gehört? Unser Herr Pfarrer ist ermordet worden. Einfach furchtbar.«

»Nein. Ich habe nicht davon gehört«, sagte Smitz, ohne zu wissen, warum.

»Dann müssen Sie aber unbedingt die Zeitung lesen! Da steht alles drin. Sie müssen wissen, der Herr Pfarrer ...«

»Ich danke«, unterbrach Smitz und lächelte blasiert. »Ich danke für die Liebenswürdigkeit, mir zu einer Stärkung verholfen zu haben, und bitte Sie nun, mir die

Geheimnisse, die die Zeitung für mich birgt, nicht vor der Zeit zu offenbaren.«

»Ja, aber ...«, sagte die Bäckersfrau. Smitz ließ eine Münze auf der Ladentheke tanzen, lüftete den Hut und verschwand.

Kaum hundert Meter entfernt wies ein Schild zur Kirche St. Aposteln. Auf dem Weg dorthin wurden aus den Straßen Gassen und aus den breiten, hohen Gründerzeithäusern schmale, gedrungene Fachwerkhäuser, die sich einander zuneigten, so daß die Gassen am Boden breiter waren als in der Höhe der Dächer.

Eine Alte mit Kopftuch, grauem Mantel und Säbelbeinen wackelte vor Smitz her, und ihr Kopf schlug dabei wie das Pendel einer Uhr nach links und rechts aus. Smitz folgte ihr, und schon bald gelangten sie zur Kirche. Die Alte drückte die eiserne Klinke des großen Kirchenportals, über dem in Stein gemeißelt Jesus und die Apostel thronten und auf die Alte herabblickten. Die meisten der Apostel machten traurige Mienen, zwei jedoch grinsten spöttisch, und einer davon hielt ein Säckchen, wie immer. Jesus selbst blickte abwesend in die Ferne. Die Alte zog an der Klinke und zog und zog, doch das Tor öffnete sich nicht. Dann – als wäre ihr ein Blitz in die Hand gefahren – ließ sie die Klinke los, wackelte rückwärts, bekreuzigte sich dreimal und machte sich unter weiteren Bekreuzigungen eiligst davon. Wie ein riesenhaftes Tier, das es verschmäht hatte, die Alte zu verschlingen, wirkte die Kirche mit ihren mächtigen Mauern aus grauen Quadern, dem gedrungenen Turm und dem schwarzen Portal, über dem Jesus und die Apostel saßen wie Zähne über einem Schlund.

Die Turmuhr schlug siebenmal. Erste Sonnenstrahlen schoben sich über die Dächer und fielen auf eine Bank an der Kirchenmauer. Dort setzte sich Smitz und faltete die Zeitung, den Niederrheinischen Boten, auseinander. Auf der zweiten Seite lächelten ihn schwarzweiß drei Menschen an: Pfarrer Josef Reinders milde, Polizeiobermeister Matthias Müller triumphierend und Eleonore Tal schön, aber blöde.

Was trieb die geisteskranke Mörderin zu ihrer grauenhaften Tat? stand unter Eleonores Bild. Müller war untertitelt mit: Polizeiobermeister Matthias Müller stellte die Mörderin neben dem unglücklichen Opfer.

Das Bild des Pfarrers war in einen fetten schwarzen Trauerrahmen gefaßt und ruhte auf den verschnörkelten Worten: Sein Leben gehörte der Gemeinde. Sein Tod ist unbegreiflich. Ein schrecklicher Verlust für uns alle.

Smitz las ein Interview mit der Haushälterin des Pfarrers, einer Maria Hetjes, die beschrieb, wie sie den Toten gefunden hatte: »... dann bin ich in die Kirche gegangen, und da lag der Herr Pfarrer, in seinem Blut. O Gott. Seine Augen waren noch offen. Ich habe mich furchtbar erschrocken, und ich habe – glaube ich – geschrien. Und dann habe ich auch Eleonore gesehen, wie sie auf dem Boden lag. Ich weiß gar nicht, wie ich es geschafft habe, aber dann habe ich den Doktor und die Polizei gerufen.«

Auch Polizeiobermeister Müller hatte ein Interview gegeben, in dem er einsilbig die unzweifelhafte Schuld und Täterschaft Eleonore Tals feststellte und die Frage nach dem Motiv wie folgt beantwortete: »Schwachsinnige morden auch ohne Motiv. Und Motiv hin oder her, sie hat es getan. Warum, ändert auch nichts.«

Auf die Frage, ob denn nicht dem Motiv und dem Tathergang eine Bedeutung bei der Bemessung des Strafmaßes zukäme, antwortete Müller: »Ja glauben Sie denn, daß die noch mal rauskommt?«

Das Motiv wurde dennoch in einem Kommentar erörtert, den ein gewisser Adolf Hilpert geschrieben hatte: »Kein Mord ohne Motiv. In diesem tragischen Fall wird das Motiv ein reines Hirngespinst der Geisteskranken sein. Welch wilder Wahn sie zu ihrer grauenhaften Tat trieb, wird wohl ewig ihr Geheimnis bleiben – wenn sie selbst denn überhaupt den Abgrund ihrer Tat zu erkennen vermag. Doch das steht zu bezweifeln – die Täterin beherrscht kaum ein Dutzend Wörter. Was mag in einem Hirn vorgehen, das nur über einen derart begrenzten Wortschatz verfügt, daß man von Wortschatz gar nicht sprechen mag?«

In der Nähe der Kirche fand Smitz die Polizeiwache, deren Tür verschlossen war. Smitz lehnte sich schräg gegenüber an eine Hauswand und wartete. Bald schon hörte er schnelle Schritte nahen und verbarg sich einer Laune folgend in einer Nische. Ein Mann kam um die Ecke gerannt, das Hemd halb aus der Hose, eine Zeitung in der Hand. Er hielt jäh vor der Polizeiwache und kam dabei beinah zu Fall. Als er das Gleichgewicht wiedererlangt hatte, zog er einen kleinen Kamm aus der Gesäßtasche, mit dem er die langen grauen Haare, die oberhalb des linken Ohres gewachsen waren und jetzt auf die linke Schulter hingen, mit geübtem Schwung zurück über den kahlen Schädel bis hin zum rechten Ohr legte. Der Mann warf einen trotzigen Blick auf die Zeitung, die Smitz als die erkannte, die er soeben selbst gelesen hatte, und versuchte vergeblich, die Tür der Polizeiwache zu öffnen. Mit der flachen Hand schlug er dann heftig gegen die Tür, doch nichts tat sich. Noch einmal beäugte der Mann die Zeitung, wobei er die linke Augenbraue hochriß und das rechte Auge zusammenkniff, dann machte er kehrt und verschwand. Smitz hatte ihn wiedererkannt als den grinsenden Mann aus dem Zug, der mehrfach sein welkendes Grinsen durch die Lektüre eines Schriftstückes zum Blühen gebracht hatte.

Es mochten zwei Minuten vergangen sein, als Smitz schlürfende Schritte vernahm und dann auch einen gewaltigen Rülpser. Um die Ecke bog alsdann Polizeiobermeister Müller, ein riesenhafter Mann, wohl Mitte vierzig, die Augen halb geschlossen, das Uniformhemd schon so früh am Morgen an den Achseln durchgeschwitzt und die Knöpfe je ein Knopfloch zu hoch geknöpft.

»Guten Tag. Sind Sie Polizeiobermeister Müller?« fragte Smitz und trat aus seiner Nische. Er ließ Müller Zeit, ihn zu orten.

»Wer sind Sie?« krächzte Müller, der Smitz kaum angesehen hatte und nun versuchte, den falschen Schlüssel in das Türschloß einzuführen.

»Ich bin Kommissar Smitz aus S.«

Müller reagierte nicht, bis er den richtigen Schlüssel gefunden und die Tür geöffnet hatte.

»Und was wollen Sie hier?« fragte er dann.

»Nun ...«, sagte Smitz gedehnt und folgte Müller unaufgefordert in die Polizeiwache, wobei er bemüht war, ihm, von dem ein ranziger Geruch ausging, nicht zu nahe zu kommen. »Es ist vonnöten, daß ein Spezialist sich des Falls annimmt. Sie verstehen ...? Ihr überaus detaillierter und professioneller Bericht hat es uns angeraten erscheinen lassen, die Untersuchung noch nicht als abgeschlossen zu betrachten.«

Müller hatte sich hinter seinen abgestoßenen Schreibtisch gesetzt, der vor dem Zwei-Meter-Mann wie ein Kindertisch wirkte.

»Ein Spezialist ... Sie sind also ein Spezialist ... Und wir hier, wir sind die Idioten. Natürlich. Ein Kommissar aus S. kann selbstverständlich einen Fall in K. viel besser aufklären als die hiesige Polizei. Besonders, wenn der Fall schon aufgeklärt ist. Besonders, wenn der Kommissar aus S. im feinen Zwirn daherkommt und die hiesige Polizei nur eine blöde grüne Uniform trägt.«

»Ich bedaure, daß Ihnen Ihre Uniform nicht gefällt. Ich finde, sie steht Ihnen ausgezeichnet.« Eine Anspielung auf die farbliche Korrespondenz zwischen Müllers Gesichts- und Uniformfarbe verkniff sich Smitz mit Mühe.

»Wieviel Mann sind Sie hier in K.?« fragte Smitz.

»Zwei.«

»Und wo ist der zweite Mann?«

»Warum wollen Sie das alles wissen?« fragte Müller gereizt.

»Das ist wohl eine Frage, die erlaubt sein dürfte, Herr Müller. Sie werden mir sicherlich Auskunft über die Besetzung der hiesigen Polizeiwache geben wollen, zumal ich beabsichtige, auf Ihre Dienste und die Ihres Kollegen zurückzugreifen.«

»So, beabsichtigen Sie das?« Müller grinste. »Mein Kollege Polizeimeister Wolter ist im Urlaub. An der See mit Frau und Kind. Der kommt erst in zwei Wochen wieder. Aber Sie werden doch bestimmt keine Hilfe brauchen – als Spezialist.«

Smitz erwiderte darauf nur: »Haben Sie Ihrerseits schon gewaltsame Todesfälle aufgeklärt?« Und als Müller nicht antwortete, warf Smitz mit falscher Freundlichkeit Zahlen in den Raum: »Vielleicht zehn ...? Fünf ...? Zwei ...? Einen ...? Vielleicht einen, vielleicht keinen?«

Der sowohl riesige als auch bullige Müller stand auf und schlurfte bedrohlich nah an Smitz vorbei zum Klo. Es dauerte, bis er wieder herauskam, und als er kam, war sein Gesicht, das dem eines Säuglings ähnelte, mehr rosig als grün, und sein Atem roch nach Kirschwasser.

St. Aposteln

Die Tür des Pfarrhauses war nicht verschlossen, ebensowenig die Türen, die vom Pfarrhaus in die Sakristei und von dort in die Kirche führten. Zielsicher ging Müller vor Smitz her, und sie stiegen die drei Stufen zum Altar empor, ohne sich zu bekreuzigen. Ihre Schuhe versanken im scharlachroten Teppich, der den Altar umgab.

Müller wies mit seinem trauergerandeten Zeigefinger auf eine Stelle am Boden, unmittelbar neben dem Altar, wo mit Kreide der Umriß eines liegenden Menschen aufgezeichnet war.

»Da lag also der Pfarrer«, stellte Smitz fest.

»Nein, da lag die Mörderin. Der Pfarrer lag da.« Müller deutete auf einen zweiten Kreideumriß hinter dem Altar.

»Und das ist die Tatwaffe.« Müller zeigte auf einen Kerzenständer aus Bronze, der so hoch war wie eine Milchkanne und an dessen rechteckigem Fuß getrocknetes Blut und ein paar Haare klebten.

»Gibt es kein Licht?« fragte Smitz.

Müller schlurfte zurück in die Sakristei und schaltete die Deckenlampen ein, die das Mittelschiff und den Altarraum schwach erhellten. Die vier kleinen Seitenkapellen jedoch lagen weiter in unheilvollem Halbdunkel, aus dem jeden Augenblick eine Scheußlichkeit hervorzuspringen drohte. Smitz dachte jedoch nicht an dergleichen, sondern prüfte die Stellen, an denen Eleonore Tal und der Pfarrer gelegen hatten, und fragte: »Haben Sie irgendwo Alkohol gefunden?«

»Wieso?«

»Fräulein Tal war betrunken.«

»Ach ja? Nein, ich habe nichts gefunden.«

»Keine offene Flasche? Keine Gläser?«

»Nein. Das heißt, in der Sakristei, da sind leere Flaschen. Meßwein.«

»Und sie hat geschlafen?«

»Wer?«

»Wer – Mensch Müller, von wem sprechen wir denn? Fräulein Tal natürlich.«

»Nein. Sie lag da, aber sie hat nicht geschlafen, soweit ich weiß.« Müller machte ein nachdenkliches Gesicht. »Ihre Augen waren auf. Sie hat gezittert.«

Smitz hatte sich hingekniet und besah sich mit einer Lupe, die er seinem Untersuchungstäschchen entnommen hatte, den dicken Teppich, der das Blut des Pfarrers in sich aufgesogen haben mußte, und vergaß dabei, daß das Knien seiner Hose nicht wohltat. Mittels einer Pinzette verwahrte er verschiedene Fasern in kleinen durchsichtigen Plastiktütchen, um sie nach S. zu schicken.

»Vielleicht werden die Fusseln Ihnen erzählen, daß da wer gelegen hat. Das wissen die vielleicht fast so gut wie ich, die Fusseln«, spottete Müller.

Smitz unterbrach seine Arbeit nicht, sagte aber leise: »Sie haben die Leiche vom Tatort entfernt, ohne vorher Fotografien gemacht zu haben. Sie haben den Tatort nicht fachmännisch untersucht. Sie haben ihn nicht einmal gesichert. Offenbar kann jeder hier ungehindert hinein. Sie haben einen toten Mann und eine lebendige Frau gesehen, und damit waren für Sie die Ermittlungen abgeschlossen. Nein, Entschuldigung, Sie haben ja auch noch zwei Kreidemännchen auf den Boden gemalt. Meine Hochachtung!«

»Der Fotoapparat war kaputt«, sagte Müller.

»Der Fotoapparat war kaputt!« rief Smitz, der immer noch auf dem Boden kniete. »Und was war sonst noch alles kaputt, als Sie die Tatwaffe auf den Altar gestellt haben, anstatt sie nach S. zu schicken?! Haben Sie je davon gehört, daß man vor Gericht einem Täter seine Schuld nachweisen muß?! Haben Sie das Wort ›Beweis‹ schon mal gehört? Beweis!«

Müller drehte sich um und ging in die Sakristei, und Smitz brüllte ihm hinterher: »Sie schicken den Kerzenständer noch heute nach S.! Hören Sie mich?! Noch heute!«

Kaum eine halbe Minute später war das Geräusch zu vernehmen, mit dem ein Korken den Hals einer Weinflasche verläßt.

»Nein! Nein, Sie können da nicht rein! Sie können da nicht rein!« rief kurz darauf mit heller Stimme eine junge Frau aus Richtung der Sakristei.

»Und ob ich kann! Finger weg!« antwortete kehlig ein älterer Mann.

»Aber das geht doch nicht!« rief die Frau, und dann hörte Smitz Müller, der sagte: »Nun mal langsam. Was wollen Sie denn?«

»Was ich will?! Was ich will?!« überschlug sich die Stimme des älteren Mannes.

»Ja, was wollen Sie?« fragte Smitz, der in die Sakristei getreten war. Die drei sahen ihn an: Müller, der eine halbleere Flasche Wein in der Hand hielt, der Mann, den Smitz bereits im Zug und vor der Polizeiwache gesehen hatte, und eine junge Frau in Schürze und mit Holzlatschen an den nackten Füßen. Der Mann faßte sich und fauchte: »Wer sind denn Sie?«

»Ich bin Kommissar Smitz aus S. Und Sie?« Ein Ruck ging durch den Mann. Dreimal irrte sein Blick zwischen Smitz und Müller hin und her.

»Wer sind Sie?« wiederholte Smitz ungeduldig. Der Mann suchte nach Worten. Er mochte vielleicht fünfundfünfzig sein, vielleicht schon sechzig. Um Augen und Mund hatten sich Falten eingegraben. Keine Lachfalten. Wie schon vor der Polizeiwache hielt er die Zeitung in der Hand, und sein Hemd hing noch halb aus der Hose, jedoch hatte er jetzt ein Jägerhütchen auf dem Kopf, und auch der Spazierstock, den er wie ein Schwert vor sich hielt, war ein neues Accessoire.

»Herr Müller, wissen Sie, wer das ist?« fragte Smitz.

»Ja. Das ist ...«

»Ich kann für mich selber sprechen!«

»Sie haben nicht geantwortet, als ich Sie gefragt habe. Sie werden Gelegenheit haben zu sprechen, wenn ich Sie wieder dazu auffordere.« Smitz' Stimme klang wie ein Messer auf einer Glasscheibe.

»Das ist Heiner Aldekerk«, sagte Müller, »der Vormund der Mörderin.«

»Sie ist keine Mörderin!« schrie der Mann und fuchtelte mit seinem Spazierstock herum, der mit kleinen bunten Plaketten verziert war, auf die winzige Berge, Wälder und Seen gemalt waren. Beherzt riß ihm die junge Frau den Spazierstock aus der Hand und brachte sich hinter Müller in Sicherheit.

»Wir sind hier in einer Kirche! Und wo doch der Herr

Pfarrer, der Herr Pfarrer ...« Sie schluchzte, ließ den Spazierstock fallen und schlug sich die Hände vor das Gesicht, vor die Augen mit dem leichten Silberblick, die kleine Nase und das runde, weiche Kinn. Ihr langes dunkles Haar fiel ihr über die kräftigen Finger.

»Das ist Maria Hetjes, die Haushälterin des Pfarrers«, sagte Müller.

»Angenehm.« Smitz verbeugte sich leicht, und Maria Hetjes blinzelte zwischen ihren Fingern hindurch und deutete zaghaft einen Knicks an.

»Wer ... Wer von Ihnen ist der Chef?« fragte der Vormund.

»Ich bin mit den Ermittlungen betraut. Herr Müller hat liebenswürdigerweise die ersten Untersuchungen durchgeführt.« Und da Müller die Stirn runzelte, ergänzte Smitz: »Die Zentrale hat in allen Fällen, derer sie sich annimmt, die Leitung.«

Müller setzte die Weinflasche an den Mund und nahm einen großen Schluck. Maria Hetjes rief: »Sie können doch nicht! Das ist doch Meßwein! Das ist gesegneter Wein!« Der Vormund schüttelte vielsagend den Kopf.

»Ich habe mir soeben für den Rest des Tages freigenommen. Der Fall ist in den Händen eines Spezialisten, und ich muß Überstunden abbummeln«, sagte Müller.

»Mein Mündel hat mit der Sache nichts zu tun.« Der Vormund, dem sein Stock fehlte, drehte das Jägerhütchen in seinen Händen. Smitz schwieg und machte ein gelangweiltes Gesicht. Müller hatte sich in einer Ecke auf einen Stuhl gesetzt, über dessen Lehne ein rotweißes Meßdienergewand hing, und ließ die letzten Tropfen Wein in der Flasche kreisen.

Smitz blätterte lustlos in einem Gesangbuch. Maria Hetjes nagte nervös am Zeigefinger, hatte den nackten rechten Fuß auf den linken gesetzt und beobachtete Smitz und den Vormund.

»Mein Mündel hat mit der Sache nichts zu tun«, wiederholte der Vormund.

»Der Sache? Sie meinen den gewaltsamen Tod des Pfarrers?« fragte Smitz.

»Sie hat nichts damit zu tun.«

»Wie können Sie da so sicher sein?«

»Wenn Sie sie kennen würden ... Dann wüßten Sie ... Sie können sie nicht einfach ins Gefängnis stecken. Mein Mündel kann nicht allein in S. bleiben. Sie hat K. noch nie verlassen. Sie braucht ihre gewohnte Umgebung.« Der Vormund riß die linke Augenbraue hoch und verkniff das rechte Auge.

»Es besteht kein Grund zur Beunruhigung. Fräulein Tal ist in bester Obhut.«

»In bester Obhut?! Das ... Sie muß nach Hause! Sie hat mit der Sache nichts zu tun!«

»Woher wollen Sie das wissen?«

»Ich war den ganzen Tag bei ihr.«

»Als die Leiche gefunden wurde, war Fräulein Tal in der Kirche. Wenn Sie nun angeben, Sie seien den ganzen Tag bei ihr gewesen, darf ich dann schlußfolgern, daß Sie auch in der Kirche waren?«

»Was reden Sie denn da! Natürlich war ich nicht in der Kirche. Aber ich war den ganzen Tag mit meinem Mündel zusammen. Sie wollte abends in der Kirche beten, wie sie das oft tut. Dann ist sie zufällig mit der Leiche gefunden worden, und schon ist sie die Mörderin. Damit kommen Sie nicht durch. Ich habe einen Vetter, der ist Staatsanwalt in Z. Ich habe ihn bereits ...«

»Wer kann bezeugen, daß Sie den ganzen Tag mit Fräulein Tal zusammen waren?« unterbrach ihn Smitz.

»Ich weiß nicht. Ich bin ein ehrenwerter Bürger. Ich ...«

»Sie arbeiten nicht?«

»Wieso?«

»Weil Sie den ganzen Tag Zeit gehabt haben wollen.«

»Natürlich arbeite ich. Aber ich habe mich am Montag nicht wohl gefühlt und bin zu Hause geblieben. Mit meinem Mündel. Sehen Sie mich nicht so an! Mir gehört die Hieronymus-Apotheke, ich habe zwei Angestellte, ich bestimme selbst, wann ich arbeite und wann nicht, und ich kann bestens beurteilen, ob ich krank bin oder nicht! Ich – ich arbeite sehr viel!« Ein verächtlicher Blick traf Müller, und der Vormund fuhr fort: »Ich war den ganzen Tag zu Hause mit meinem Mündel. Braucht man heutzutage Zeugen dafür, daß man zu Hause ist?«

»Sehr schön. Sehr schön«, warf Smitz fahrig in den Raum. »Ich werde Sie heute mittag aufsuchen. Zu Hause. Halten Sie sich zu meiner Verfügung. Wenn Sie nun gehen würden ...«

»Aber ...«

»Heute mittag, heute mittag.« Smitz drehte sich um und ging zu der Tür, die in den Kirchenraum führte.

»Ich will mit meinem Mündel telefonieren! Ich habe ein Recht, mit ihr zu telefonieren!« rief der Vormund.

»Ich denke, sie spricht nicht«, antwortete Smitz, mit dem Rücken zum Vormund.

»Was wissen denn Sie! Meine Stimme wird mein Mündel beruhigen!«

»Sie haben kein Recht, mit ihr zu telefonieren. Fräulein Tal hätte ein Recht, mit Ihnen zu telefonieren, aber diesen Wunsch hat sie nicht geäußert. Ich bedaure.«

Smitz trat in den Kirchenraum. Müller folgte ihm und schloß die Tür hinter sich.

»Er wohnt in der Johannesgasse. Nummer 17«, sagte Müller.

Smitz, der so tat, als bemerke er diese kleine kooperative Geste nicht, fragte: »Was haben Sie getan, nachdem Sie Fräulein Tal festgenommen hatten?«

»Ich bin zu Aldekerks Villa gefahren. Sie wohnt da. Er war nicht zu Hause, aber er hat Telefon. Ich habe dann den ganzen Abend bei ihm angerufen. Das letzte Mal um 23 Uhr. Wenn er da war, dann ist er nicht drangegangen. Gestern habe ich auch immer wieder ...«

»Sie haben also das Haus nicht durchsucht, in dem Ihre mutmaßliche Mörderin wohnt?«

»Doch, doch. Wie gesagt, ich wollte schon am gleichen

Abend, aber ... Ich habe das Haus gestern durchsucht. Aldekerk war nicht da, aber in so einem Fall ... Ich habe nichts gefunden.«

»Aldekerk war nicht da ...«, wiederholte Smitz. »Nach dem Mord war er nicht da und gestern den ganzen Tag nicht ...« Die Hände in den Hosentaschen geballt, die Schultern bis zu den Ohren hochgezogen, umkreiste er den Altar und starrte angestrengt auf die Kreideumrisse am Boden. Plötzlich donnerte seine Stimme durch die Kirche: »Haben Sie mir noch etwas zu erzählen?!« Er schlug mit der Faust auf den Altar. »Nein, entschuldigen Sie meine Wortwahl! Ich wollte sagen ...! Was heißt denn sagen ...! Ich flehe Sie an, mich an Ihrer Weisheit teilhaben zu lassen! Lüften Sie mir Ihre Geheimnisse – oder ich werde ...! Ich werde ...! Erinnern Sie sich noch an Ihren Bericht?! Warum stand davon nichts drin?! Oder vorhin, warum haben Sie mir nichts davon erzählt?!« Die dicken Mauern warfen die Worte zurück. Müller verschwand wieder in der Sakristei, und Smitz, der ihm hinterherhinkte, traf dort nur noch auf Maria Hetjes, die ängstlich auf ihre Füße sah und nicht wagte, den Kopf zu heben.

»Lassen Sie niemanden – ich sage niemanden – in die Kirche! Und Sie, Sie gehen auch nicht rein! Schließen Sie die Türen ab! Haben Sie mich verstanden?!« Maria Hetjes nickte heftig, und Smitz zischte: »Ich komme bald wieder.«

Karierte Pantoffeln

Die Villa des Vormunds stand am Rande der Altstadt, umgeben von einer hohen Mauer, an der einen Seite sogar noch von der meterdicken mittelalterlichen Stadtmauer. Smitz gelangte durch ein schweres gußeisernes Tor in den kleinen Park mit drei mächtigen Kastanienbäumen, einem Teich und einer Hollywoodschaukel. Vor dem Haus auf dem Kiesweg stand ein neuer Mercedes Benz 180 D, schwarz, poliert, mit makellosen Weißwandreifen.

»Wenn Sie sich in den Wagen setzen, bekommen Sie einen Hitzschlag«, sagte Smitz, als Heiner Aldekerk in karierten Pantoffeln und Kaschmirjacke auf der Terrasse vor dem Haus erschien.

»Ist Ihnen nicht heiß?« fragte Smitz.

»Sie sind sicher nicht gekommen, um mit mir über die heutige Temperatur zu sprechen. Ich mache Sie darauf aufmerksam, daß ich meinen Vetter, den Staatsanwalt, in Kenntnis gesetzt habe. Er wird unverzüglich geeignete Schritte einleiten.«

»Das sagten Sie bereits ... Ein prächtiges Haus haben Sie da. Darf man eintreten?«

Durch die Diele, vorbei an der Tür zur Gästetoilette, an der ein pinkelnder Knabe aus Messing angebracht war, gelangte Smitz in das Wohnzimmer. Sein Blick fiel zuallererst auf eine große Vitrine, in der alte Apothekerbehältnisse standen, beschriftet mit langen lateinischen Namen. Neben dem Schrank hing von der Decke ein kleiner grünlicher Alligator, ausgestopft, wie er sich in vergangenen Zeiten oft in Apotheken gefunden hatte. Das Beeindruckendste aber war die mächtige Sofagarnitur; eingehüllt in Schondecken aus Brokat mit goldener Spitze umgab sie einen schweren runden Tisch auf Dackelbeinen. Alles war in Dunkelbraun gehalten, auch die Kaschmirweste Aldekerks und seine karierten Pantoffeln, die drei Nuancen der Farbe Braun variierten. Aldekerk machte ein sorgenvolles Gesicht, runzelte die Stirn und preßte die schmalen Lippen aufeinander. Mit seinen nervösen, milchigblauen Augen beobachtete er Smitz, der unschlüssig vor der Sofagarnitur stand.

»Danke, ich stehe lieber«, beantwortete Smitz die Geste, mit der Aldekerk ihn zum Sitzen aufforderte.

»Wo waren Sie vorgestern, Montag, am späteren Nachmittag?«

»Wann genau?«

»Zwischen 4 und 6.«

»Sie können offenbar keine präzisen Fragen stellen. Ich war – wie gesagt – den ganzen Tag mit meinem Mündel zusammen. Gegen Abend bin ich zu meiner Jagdhütte gefahren.«

»Wann?«

»Ich weiß nicht genau, wann.«

»Versuchen Sie, sich zu erinnern.«

»Gegen Abend.«

»Herr Aldekerk, wissen Sie, wann die Leiche gefunden wurde?«

»18 Uhr stand in der Zeitung.«

»Sind Sie vorher oder nachher weggefahren?«

»Vorher.«

»Sie sind also weggefahren. Gut. Wann sind Sie zurückgekommen?«

»Nach K.?«

»Nach K.«

»Gestern, am späten Abend, gegen 23 Uhr.«

»Wie?«

»Was meinen Sie mit ›wie‹?«

»Mit welchem Fortbewegungsmittel.«

»Mit meinem Wagen.«

»Sie konnten Fräulein Tal so lange alleine lassen?«

»Ja.«

»Aber Fräulein Tal ist geistig behindert.«

»Sie kommt sehr gut zurecht. Sie ist sehr selbständig und braucht keine permanente Aufsicht.«

»Sie steht unter Mordverdacht.«

»Das ist dummes Zeug. Ich scheue mich nicht, Ihnen zu sagen, daß das dummes Zeug ist. Ich habe Sie bereits darauf aufmerksam gemacht, daß mein Mündel Tal zum Beten in die Kirche gegangen ist. Mein Mündel ist eine lebenstüchtige junge Frau. Sie hat Schwierigkeiten mit der Sprache und ist geistig ein wenig eingeschränkt, aber sie ist lebenstüchtig, und sie kann mit meiner Hilfe ein sorgenfreies Leben führen.«

»Sie sind also ihr Vormund. Wie sind Sie zu dieser Vormundschaft gekommen?«

»Ist das ein Verhör? Ich akzeptiere kein Verhör. Sie haben kein Recht zu einem Verhör.« Aldekerk konnte seine Erregung kaum bändigen.

»Wir unterhalten uns nur. Sie antworten, wenn Sie wollen. Noch unterhalten wir uns nur.«

Aldekerk nahm seine braune Hornbrille ab, die er weder im Zug noch vor der Polizeiwache oder in der Kirche getragen hatte. »Ich bin seit 1943 Eleonore Tals Vormund. Ihre Eltern sind damals ums Leben gekommen.«

»Sie sind in K. gebürtig?«

»Nein. Ich bin im Krieg nach K. gekommen.«

»Warum?«

»Ich habe hier eine Apotheke aufgebaut. Im wahrsten Sinne des Wortes.«

»Wieso im wahrsten Sinne?«

»Die hiesige Apotheke hat eine Bombe zerstört. Ich habe genau an derselben Stelle meine eigene Apotheke aufgebaut. Die Leute wollen Beständigkeit.«

Es war Aldekerk anzusehen, wie der Stolz auf seine Apotheke ihn ein wenig entspannte.

»Und was ist aus Ihrem Vorgänger geworden?«

»Der hat sich erhängt.«

»So ... Und sie sind gestern nacht mit dem Wagen zurückgekommen. Ist das richtig?«

»Das habe ich Ihnen bereits mehrfach gesagt.«

»Danach haben Sie K. nicht wieder verlassen?«

»Nein.«

»Ihr Mündel hatte keinen Hausschlüssel dabei, als sie verhaftet wurde. Wie wäre sie ins Haus gekommen, während Sie weg waren?«

»Es gibt draußen zwei Verstecke für die Hausschlüssel. Ich habe sie daran gewöhnt. Sie würde nicht beide Verstecke gleichzeitig vergessen. Alles ist ganz natürlich. Alles läßt sich ohne weiteres erklären. Aber Sie, Sie verdächtigen den unschuldigsten Menschen auf der Welt. Ich werde mir das nicht bieten lassen. Ich ...«

»Können Sie mir Fräulein Tals Zimmer zeigen?«

Auf der Treppe in den ersten Stock fragte Aldekerk: »Haben Sie Kinder?« Smitz antwortete nicht.

Schlaf, Kindlein, schlaf

Smitz saß auf einer grünen Holzbank in einer winzigen Grünanlage mit fünf Bäumen, sieben Büschen und einem Sandkasten, in dem ein Häufchen Hundekot lag. Die Grünanlage bildete den Mittelpunkt eines Rondells, in dem nur selten ein Auto kreiste, häufiger schon ein Motorrad oder ein Motorroller.

In der Hand hielt Smitz eine Fotografie, die ihm Aldekerk nur ungern gegeben hatte, darauf das Mündel in einem blauen Sommerkleid, das rote Haar hochgesteckt, das Gesicht glücklich. Ein Schweißtropfen fiel von Smitz' Stirn auf das Foto und rollte über Eleonore.

Im ganzen Haus hingen Bilder Eleonores und in der kleinen Bibliothek, in die Aldekerk Smitz geführt hatte, sogar ein Ölgemälde der jungen Frau, mit zwei grünen Augen, die lebensechter nicht hätten gemalt werden können.

In ihrem Zimmer hatte sie selbst an den Wänden auf der Tapete mit dem rotgelben Nelkenmuster ganz andere Bilder befestigt, Bilder junger Männer. Auf einem war der Heilige Sebastian an einen Baum gebunden, ein Pfeil steckte bereits in seinem Oberschenkel, und sein Lendenschurz drohte zu rutschen. Eine Zeitungsfotografie zeigte Soldaten, die unter der amerikanischen Flagge mit Frauen tanzten, Koreanerinnen, wie die Bildunterschrift verriet. Einige der Bilder waren an den Ecken zerfleddert, woraus Smitz schloß, daß sie mehrfach abgerissen und wieder aufgehängt worden waren. Auf dem Schreibtisch lag ein Malbuch für Dreijährige, in dem mit Buntstiften wild die Seiten bekrickelt waren, ohne Rücksicht auf die Konturen der Marienkäfer, Blümchen und Sterne. Über dem Bett baumelte ein gelber Plüschmond mit einem Kördelchen, an dem Smitz zog, woraufhin der Mond etwas leiernd die Melodie von »Schlaf, Kindlein, schlaf, der Vater hüt die Schaf« spielte. Im Kleiderschrank hing neben einem Dirndl ein durchschimmerndes Röckchen, das kaum das Gesäß bedeckt haben durfte. Dort im Kleiderschrank fand Smitz auch eine Schmuckschatulle, groß wie eine Apfelkiste, gefüllt mit Ringen und Ohrringen, Perlen- und Goldketten, Broschen und Armbändern. »Das ist nichts wert. Alles falsch. Tand«, hatte Aldekerk gesagt, dem deutlich anzumerken war, daß er darauf brannte, den Kommissar loszuwerden, der auf den ersten Blick die Echtheit des Schmucks erkannt hatte.

Eleonores Fotografie im blauen Sommerkleid hatte Smitz in einer Schublade gefunden, in der auch noch ein Lippenstift, ein Zinnindianer und ein mattgelbes Kondom lagen. Aldekerk errötete, als er das Kondom sah, und seine Miene wurde sogleich noch finsterer.

So war der Abschied dann auch wenig herzlich gewesen. Sich ereifernd hatte Aldekerk von seinen Verbindungen zu höchsten Kreisen gesprochen und Smitz mit nicht auszudenkenden Konsequenzen gedroht, wenn Eleonore nicht sofort freigelassen und von jedem Verdacht reingewaschen werde. Auf Fragen hatte er nicht mehr geantwortet, und schließlich hatte er Smitz aufgefordert, das Haus zu verlassen.

Smitz saß also in der winzigen Grünanlage auf einer grünen Holzbank, die Sonne brannte ihm auf die Kopfhaut, die nur wenige Haare schützend bedeckten, und er schlief ein. Schweiß rann über seine dicken Wangen und fing sich im Kragen des bügel- und knitterfreien Nylonhemdes. Sein Kinn, das zunächst auf der Brust gelegen hatte, hob sich und hob sich, und bald lag der Kopf im Nacken, und der Mund öffnete sich und entließ gurgelnde Geräusche.

Zwei Schuljungen kamen vorbei und amüsierten sich über die Idee, dem seltsamen Mann etwas Fieses in den offenen Mund zu stecken, zum Beispiel ein Stöckchen, das zunächst durch den Hundekot im Sandkasten gerührt werden mußte. Diese Idee setzten sie jedoch nicht in die Tat um, da sie befürchteten, daß Smitz der schnellere Läufer sei.

»Mein Herr ... Mein Herr ...«, sagte Maria Hetjes, die Haushälterin des toten Pfarrers, und zupfte Smitz am weißen Hemdkragen, wobei sie einen violetten Abdruck hinterließ, denn sie hatte soeben Blaubeeren gepflückt, die im Garten des Pfarrers wuchsen. Smitz wachte auf. »Mein Herr, ich weiß nicht, wie Sie heißen.« In diesem Augenblick begann die Kirchenglocke zu schlagen. Smitz zählte mit. »6 Uhr«, sagte er dann. »Schon 6 Uhr!«

»Wie heißen Sie, mein Herr?«

»Smitz.«

»Und Ihr Vorname?«

»Mein Vorname? Warum wollen Sie meinen Vornamen wissen?«

»Entschuldigung. Wenn Sie ihn nicht sagen wollen ... Ich heiße Maria.«

»Ich weiß. Balthasar. Ich heiße Balthasar. Lachen Sie nicht. Nichts ist an diesem Namen komisch.«

»Entschuldigung.«

Maria Hetjes hatte sich neben Smitz auf die Bank gesetzt, einen Korb auf dem Schoß, voll mit Blaubeeren, frischem Obst und Gemüse.

»Aus dem Garten des Herrn Pfarrer. Der Herr Pfarrer hat einen Garten am Stadtrand«, sagte sie und dann: »Wo werden Sie übernachten?«

»Im Hotel.«

»Hier gibt es kein Hotel. Es gab mal eins, den Ratskeller, der hatte Fremdenzimmer. Der ist aber abgebrannt.« Ihre Stimme war jung und kräftig.

»Gibt es vielleicht eine Pension?«

»Nein. Es gab mal eine Pension, die hat aber zugemacht. Der Wirt hat das Saufen angefangen, als er wieder zurück war, 47. Und die Frau war auch nicht ohne. Die soll für Geld ... Entschuldigung ... Keine üble Nachrede. Das hat der Pfarrer immer gesagt. Selbst wenn es stimmt, keine üble Nachrede. Beschmutzen wir uns nicht den Mund mit der Unreinheit der anderen. Seien wir rein. So hat er immer gesprochen. Gott hab ihn selig.« Ihre Brust wogte, und ihre Unterlippe schob sich über die Oberlippe.

»Und in D.? Das ist doch in der Nähe.«

»In D.? Die in D., die wissen nicht mal, wie man Hotel schreibt und Pension schon gar nicht.«

»Sie wissen also nichts?«

»Nein, die in D. wissen gar nichts.«

»Ich meine Sie. Sie wissen nicht, wo ich übernachten könnte? Ich möchte ungern in der Polizeiwache schlafen.«

»Doch, ich weiß, wo.«

»Ja?«

»Sie können im Pfarrhaus übernachten. Das Haus ist groß genug. Und wo der Pfarrer doch tot ist.« Ihr frisches volles Gesicht konnte so traurig aussehen, gerade auch, wenn sich ihre Augen einander zuneigten.

Smitz überlegte nicht lange, sagte: »Wenn das ginge. Gerne.« Er stand auf, und ihm war schwindelig, er hatte zu lange in der Sonne gesessen.

Unserem lieben Sohn

»Gulasch mit Sauerkraut!« rief Maria fröhlich und knüllte das Plakat zusammen, das an der Trauerweide neben dem Pfarrhaus gehangen hatte. Das Plakat warb für eine Misswahl nebst Wahl der örtlichen Beinkönigin am nächsten Abend im »Picasso«. Maria hatte es abgerissen.

Ihr langer Zopf wippte freudig. Wie eine Pfadfinderin sah sie aus. »Gulasch mit Sauerkraut! Sie müssen wissen, Gulasch mit Sauerkraut war das Leibgericht des Herrn Pfarrer. Und Apfelkuchen!« Plötzlich betrübt, fiel Maria eine Träne in den Topf, in dem das Gulasch schmorte. »Das war sein Leibgericht, und da, wo Sie jetzt sitzen, da hat er auch immer gesessen, Balthasar. Das macht Ihnen doch nichts aus? Oder? Balthasar.« Ihr Lächeln kehrte zurück. »Das macht Ihnen doch nichts aus, wenn ich Sie Balthasar nenne?«

Smitz hatte nicht zugehört. »Herr Kommissar!?« rief Maria, der es schwerfiel, leise zu sprechen.

»Ja, ja, was denn? Entschuldigen Sie. Ich war woanders«, wachte Smitz aus seinen Gedanken auf. Maria wiederholte ihre letzten Sätze, und Smitz brummte Zustimmung.

Unter einer gerahmten Fotografie des amtierenden Papstes Pius XII., der sorgenbeladen in die Küche blickte, aß Smitz drei Teller Gulasch mit Sauerkraut. Vanilleeis war natürlich nicht im Haus, und Smitz bereute es, seine Lieblingssüßspeise genannt zu haben, denn nur mit Mühe konnte er Maria zurückhalten, loszulaufen und zu versuchen, welches zu besorgen. Nach einem Schnaps, einem starken Kaffee und noch einem Schnaps dankte er und wollte sich zurückziehen. Maria führte ihn durch das dämmrige Haus mit den wertvollen Teppichen, den hohen Decken und den Eichenmöbeln, die schon Generationen von Pfarrern genutzt haben mußten. An einer Wand hingen die Porträts der verstorbenen Vorgänger des toten Pfarrers. »Er hat sich erst im letzten Herbst malen lassen. Gott sei Dank noch rechtzeitig«, erzählte Maria. »Das Bild sollte aber erst nach seinem Tod aufgehängt werden. Er war immer so bescheiden. Er kam ja auch aus ganz bescheidenen Verhältnissen. Sein Vater war Rübenbauer – soll man gar nicht meinen, daß ein Rübenbauer einen so gescheiten Sohn hat – wo doch seine Mutter ... Oh, ich sollte nicht ... Ich ...« Sie bekreuzigte sich zweimal.

Während Maria das Himmelbett mit den Damastvorhängen frisch bezog, saß Smitz im Lehnstuhl des Pfarrers und betrachtete ein großes Gemälde, das dem Bett gegenüber hing und den Doktor Faustus im Zwiegespräch mit Mephistopheles zeigte.

»Es macht Ihnen doch nichts aus, Balthasar, in dem Bett zu schlafen? Es ist zwar das Bett eines Toten, aber hier haben schon all die Pfarrer geschlafen, die jetzt tot sind, und ich habe das Bett ja gerade frisch bezogen. Sie haben es selbst gesehen. Sie sind mein Zeuge.« Und ein Lächeln huschte über ihre Lippen. »Und außerdem ist der Herr Pfarrer ja nicht in seinem Bett gestorben«, fuhr sie fort, und ihr Gesicht, das nach dem üppigen Essen rot glühte, wurde wieder traurig. »Ach, wie schnell doch alles vorbei ist.«

Und nach einem Seufzer: »Ich bin so froh, daß Sie sich jetzt um alles kümmern. Matthias Müller – ich will nichts Schlechtes reden, aber ... Die Leute sagen, daß er kein guter Polizist ist. Der Herr Pfarrer hat das auch gesagt.«

Die Kirchenglocke schlug halb zehn. Smitz gähnte deutlich, und Maria ließ ihn allein, nachdem sie ihm versichert hatte, daß er sich jederzeit an sie wenden könne, wenn er etwas bräuchte, zu jeder Nachtstunde.

Vom Schlafzimmer des Pfarrers führte eine Tür, die so niedrig war, daß selbst Smitz sich bücken mußte, ins Bad, das mit weißem Marmor ausgekleidet war und in dem es kein elektrisches Licht gab. Smitz leuchtete mit einer Kerze und entdeckte das Bild einer üppigen nackten Frau in Öl – die biblische Susanna beim Bade unter freiem Himmel. Aus einer Ecke des Bildes gafften zwei Greise, und gierig trieften ihre zahnlosen Mäuler.

Smitz zog sich aus und hängte seine Kleidung akkurat über den Kleiderknecht. Er vermied es, in den großen Spiegel zu sehen, der seinen dicklichen weißen Körper schonungslos abbildete. Nach diesem Tag in der Hitze tat es wohl, die schweißklebrige Haut zu waschen. Smitz dachte nicht darüber nach, daß der letzte vor ihm, der die Seife und die Rückenbürste in Händen gehalten hatte, der tote Pfarrer gewesen sein mußte, dem es offenbar Vergnügen bereitet hatte, in der Badewanne sitzend die nackte Susanna zu betrachten, was allein – so vermutete Smitz – noch keinen Verstoß gegen das Zölibat bedeuten mochte. Solcherlei Gedanken wanderten Smitz durch den Kopf, während sein Körper sich im Wasser entspannte, das Maria töpfeweise in der Küche auf dem Herd erwärmt und in die Badewanne geschüttet hatte. Die Müdigkeit kroch tiefer und tiefer in ihn hinein.

Smitz hatte seinen Schlafanzug zu Hause vergessen und zog daher wieder seine Unterwäsche an. Mehr aus Pflichtgefühl öffnete er vor dem Schlafengehen die Schubladen einer Kommode. Alte Briefe fand er dort, deren Lektüre ihn nicht reizte. Auch ein Fotoalbum lag da, in Leder gebunden und beschriftet »Unserem lieben Sohn Josef zum 50. Geburtstag, 11. Januar 1953 – von den Eltern Karl und Annelore Reinders«. Die erste Fotografie zeigte das Elternpaar, schon in gesetztem Alter, zwei kleine Menschen, die unsicher in die Kamera blickten, ohne jede Freude am Posieren. Sie hatte sich bei ihm untergehakt, und er hielt seinen Hut in beiden Händen, was ihm etwas von einem Bittsteller gab. Unter dem Vater auf der schwarzen Pappe stand mit weißer Schrift geschrieben »20.3.1880 bis 17.5.1947« und unter der Frau mit anderer Schrift, der des Pfarrers, wie Smitz später feststellte, »10.11.1885 bis 2.2.1953«. Die Mutter war weniger als einen Monat nach dem 50. Geburtstag ihres Sohnes verstorben, und er selbst hatte sie kein halbes Jahr überlebt.

Es folgten einige wenige Fotografien aus der Kindheit, wohl so viele, wie sich ein armer Rübenbauer leisten konnte. Die erste zeigte schwarzweiß den kleinen heulenden Josef im Taufhemdchen, die zweite im Sandkasten, er saß auf seiner Windel, hatte ein weißes Häubchen auf dem Kopf und warf lachend mit einem Schäufelchen Sand in Richtung des Fotografen. Josef wuchs mit jedem Bild. Bald schon fuhr er mit dem Fahrrad eine Allee entlang, und das Fahrrad war bereits zu klein für seine Storchenbeine. Dann trug er ein Meßdienergewand und einen mit Zuckerwasser gefestigten Seitenscheitel. Josef als verschüchterter Jüngling in Badehose an einem See, neben ihm ein knochiges junges Mädchen im Badeanzug, aus deren hübschem Gesicht Verliebtheit sprach. Josef im Priesterseminar, dann kniend bei der Priesterweihe. Der Bischof hatte seine rechte Hand mit dem prächtigen Ring auf Josefs Kopf gelegt, etwa auf die Stelle, wo heute ein großes Loch klaffte. Dann Josef, noch keine dreißig Jahre alt, mit kantigem, energischem Gesicht beim Erntedankfest. Hochgewachsen stand er inmitten einer Gruppe kleiner stämmiger Bauern mit Knollennasen vor Getreidebündeln und Obstkisten. Nun wurden die Fotos zahlreicher: Josef bei einer Taufe, bei einer Hochzeit, beim Leichenschmaus. Immer mit ernstem Gesicht, immer in Meßgewand oder Priesterrock. Ein Foto auf der Kirmes, Josef umgeben von Uniformierten mit Hakenkreuzbinden am Arm. Josef auf dem Wochenmarkt mit Porreestangen in der Hand, im Hintergrund wehte das Hakenkreuzbanner auf dem Rathausdach. Zwei Fotos auf einem Hollandrad inmitten von Kornfeldern. Dann eines mit dem Gesicht des schon bald toten Josef Reinders bei der Segnung eines Automobils, eines Käfers, der ganze Mann in Schwarz. Smitz wollte das Album schon schließen, als sein Blick auf ein kleines Foto unten rechts auf einer der letzten Seiten fiel. Es zeigte den Pfarrer, wie er einem Mädchen das schwere Kirchenportal aufhielt. Eine Hand lag auf der Schulter des Mädchens, das dem Betrachter den Rücken zukehrte, aber Smitz glaubte, Eleonore zu erkennen, und riß das Bild aus dem Album.

In der Nachttischschublade lag eine Broschüre, die den Titel »Vom Glück der Mutterschaft« trug, verfaßt von Pfarrer Josef Reinders. Smitz blätterte und las: Mutterschaft bedeutet von Anfang an nicht nur allergrößte Verantwortung, sondern auch steten Verzicht. Die Gabe und Aufgabe der Selbsthingabe um höherer Ziele willen ist es auch, die die Mutter zur verständnisvollen Lebensbegleiterin des Mannes und Vaters und zum Herzen der Familie werden läßt.

Es klopfte an die Tür, und noch ehe Smitz etwas sagen konnte, stand Maria im Zimmer. Sie lächelte, schien gar nicht zu bemerken, daß Smitz in des Pfarrers Sachen kramte, nestelte an ihrem schlichten weißen Nachthemd, das bis zum Boden reichte und oben erstaunlich weit aufgeknöpft war, und fragte: »Ist auch alles recht?«

»Ja. Danke. Vielen Dank.«

Marias weißes, volles Gesicht leuchtete im Schein der Kerze, die sie in der Rechten hielt, und die kleine Flamme spiegelte sich in ihren glänzenden braunen Augen.

»Ich wollte mich nur vergewissern. Wenn Sie vielleicht noch etwas wünschen. Ein Getränk ... Balthasar.«

»Nein. Danke. Vielen Dank. Sie sind zu liebenswürdig.«

Sie senkte den Kopf, sagte »Gute Nacht« und huschte aus dem Zimmer.

»Gute Nacht«, murmelte Smitz.

Er legte sich ins Bett. Die Bettdecke war zu dick für die heiße Julinacht, und die Matratze war zu weich. Noch einmal stand er auf, öffnete das Fenster ein Stück weiter und zog die Bettdecke aus dem Bezug, mit dem er sich dann zudeckte. Wie immer legte er sich auf seine linke Seite und nahm dabei die Haltung eines Hürdenläufers beim Sprunge an, das linke Bein, mit dem er hinkte, ausgestreckt, das rechte Knie fast bis zur Brust hochgezogen.

Es mochten kaum fünf Minuten vergangen sein, da klopfte es abermals an die Tür. Smitz hörte es, reagierte aber nicht. Noch einmal klopfte es, und Maria trat ins dunkle Zimmer, in der Hand wieder die Kerze. Smitz blinzelte in das Licht und fragte: »Ja ... Ja, was ist denn?«

»Entschuldigung, ich wollte Sie noch etwas fragen.«

»Bitte?«

»Ich wollte Sie nur fragen, was wird jetzt aus Eleonore ... Ich meine ...«

»Sie meinen, wie lange sie eingesperrt wird, wenn sie es war?«

»Ja.«

»Wenn sie es war, dann kommt sie wohl in eine Anstalt und ...«

»In eine Irrenanstalt?« erschrak Maria.

»Ja, in so eine Anstalt. Und daß sie da wieder rauskommt – das ist eher unwahrscheinlich.«

Maria ging traurig und unter Entschuldigungen, und Smitz konnte nicht einschlafen. Er zündete die Kerze auf dem Nachttisch an, um Eleonores Bild zu betrachten, das er aus ihrem Zimmer mitgenommen hatte. Sie sah herrlich aus in dem blauen Kleid. Durch das hochgesteckte Haar gewann ihr Gesicht an Strenge, was die erstaunliche Naivität ihrer Züge milderte.

Wenig später klopfte es wieder, und ohne daß Smitz auch nur Zeit für ein Wort gehabt hätte, trat Maria ein, sah schuldbewußt auf ihre nackten Füße und sagte: »Entschuldigen Sie, entschuldigen Sie vielmals. Aber ... Ich habe Angst. Der Pfarrer ... Ich habe Angst. Verstehen Sie, Balthasar?« Smitz zwang sich zu einem Lächeln und zu einem freundlichen Ton. »Sie müssen keine Angst haben. Sie sind ja nicht allein. Ich bin doch da. Es kann überhaupt nichts passieren. Gehen Sie jetzt ganz beruhigt schlafen. Bitte.«

»Kann ich nicht ... Kann ich nicht bei Ihnen schlafen? Ich meine ... Ich könnte auf dem Boden ... Ich hole mir eine Decke und ...«

»In Ihrem Bett werden Sie am besten schlafen.«

»Aber wo ich doch solche Angst habe.«

»Sie müssen keine Angst haben.«

»Ich habe aber Angst. Der Pfarrer ist tot und ...«

»Ich halte es nicht für angebracht, mit Ihnen in einem Zimmer zu schlafen.«

»Und wenn Sie den Leuten Polizeischutz geben, was machen Sie dann? Lassen Sie die Leute dann auch alleine schlafen?«

»Wir wachen vor der Tür. So ähnlich wie ich jetzt auch. Sie schlafen doch im Nebenzimmer. Rufen Sie mich, wenn etwas ist. Bitte ... Ich hatte einen anstrengenden Tag. Schlafen Sie gut.«

Maria schlich mit gesenktem Kopf aus dem Zimmer, und Smitz schlief endlich ein.

Parabellum

Um Gas zu sparen, ließ der Bürgermeister des Städtchens nur jede zweite Straßenlaterne anzünden, und so versank K. auch an diesem 11. Juli 1953 schon früh in der lauen Dunkelheit. Die Einwohner gingen zeitig zu Bett, und nach Mitternacht brannte nur noch in zwei Gaststätten am Viehmarkt Licht. »Graf von Schlösser« hieß die eine und »Zur Scholle« die andere, womit nicht der Fisch gemeint war. Die Gaststätten gehörten zwei Brüdern, die von ihren Eltern den Ratskeller geerbt hatten, der vor einigen Jahren abgebrannt war, nachdem die Brüder sich monatelang vor den Gästen gezankt und einmal sogar geprügelt hatten. Anlaß ihres Streites war die rechte Art, den Ratskeller zu führen, über die sie keine Einigkeit erzielten. Nach dem Brand eröffnete jeder der beiden mit seinem Anteil der Versicherungssumme eine neue Gaststätte am Viehmarkt unweit der Kirche. Dort standen sie nun hinter ihren Theken, beobachteten sich durch die Fenster, zählten die Gäste des anderen und grüßten sich nicht, wenn sie des Morgens kaum fünfzig Meter voneinander entfernt das Trottoir fegten, der eine im Bauernhemd und mit Holzschuhen an den Füßen, der andere in schwarzer Samtweste und mit einer Fliege um den Hals.

In dieser Nacht gingen zuerst im »Grafen von Schlösser« die Lichter aus. Die »Scholle« verließ dann um eins der letzte Gast, ein pensionierter Volksschullehrer, der nichts vertrug und schon nach dem zweiten Bier pausenlos vom Krieg faselte und sein Gegenüber dabei anspuckte. Er selbst hatte wegen einer Trichterbrust nie gedient und war im Krieg auch schon zu alt für den Krieg gewesen. Umso mehr hatte er sich dann aber beim Volkssturm hervorgetan, und diese Zeit war für ihn nun eine unerschöpfliche Quelle von Heldengesängen.

Aus seinem Schlafzimmerfenster sah der Wirt des »Grafen von Schlösser« den alten Mann in der Dunkelheit über den Viehmarkt wanken und machte zufrieden einen Strich in sein Notizbüchlein, wie er es immer tat am Ende eines der vielen Tage, an denen er seinen Verdienst höher wähnte als den des Bruders.

Um zwei Uhr nachts schlief das ganze Städtchen. Kaum gab es mehr ein Geräusch, nur die Uhren tickten in den Häusern, aus manchem offenen Fenster war ein Schnarchen zu vernehmen, und wo es sich die Leute leisten konnten, brummte auch ein Kühlschrank.

Gegen halb drei mischte sich ein Geräusch hinzu, erst ganz von Ferne, weit weg, dann immer näher, immer ein wenig lauter, bald ein Knattern, ein Motorengeräusch, ein Motorrad, das in das Städtchen einfuhr, von Süden her.

Zwanzig vor drei pochte jemand an die Tür des Pfarrhauses. Maria schreckte aus leichtem Schlaf auf, rief gepeinigt: »Balthasar!« und sprang aus dem Bett. »Balthasar!« Aber Smitz schlief fest. Noch immer pochte es, jetzt heftiger und lauter. Maria war auf den Flur geschlichen, und so mußte sie ansehen, wie sich im Dunkeln die Haustür öffnete, die sie vergessen hatte abzuschließen. Ein Schrei entfuhr ihr, wieder rief sie: »Balthasar!« und »Nein! Nicht reinkommen! Nein!«

Die schwarze Gestalt in der Tür sagte: »Ich muß zum Inspektor.«

»Gehen Sie! Gehen Sie weg!« antwortete Maria, aber da tastete die Gestalt schon nach einem Lichtschalter und fand ihn in dem Augenblick, in dem Smitz in Unterhose und Unterhemd auf den Flur trat, seine Pistole, seine Parabellum, in der rechten Hand.

»Keine Bewegung«, sagte Smitz. »Zur Seite, Frau Hetjes. Aus der Schußlinie.«

Der junge Mann in der Tür hob die Hände über den Kopf. Smitz hinkte auf ihn zu und hielt dabei seine Unterhose fest, deren Gummi gerissen war. Maria preßte sich an die Wand, und Smitz spürte ihren Atem an seinem Ohr, als er an ihr vorbeihinkte, die Parabellum auf die Beine des jungen Mannes gerichtet, den Finger aber nicht mehr am Abzug.

»Wer sind Sie?« fragte Smitz.

»Ich ... Ich ... Ich ...« Der junge Mann war offenbar noch mehr erschrocken als Maria, denn seine Augen öffneten sich riesig, quollen aus den Höhlen, als müsse er ersticken. »Ich bin Oscar Küsters.« Smitz warf einen Seitenblick auf Maria. Die nickte.

»Und was wollen Sie hier mitten in der Nacht? Warum dringen Sie hier ein?«

»Ich muß mit Ihnen sprechen. Ich muß mit Ihnen sprechen, wenn Sie der Inspektor sind.« Die Stimme des jungen Mannes preßte sich hoch durch den dünnen Hals. Sein braves Gesicht paßte nicht zu der abgewetzten schwarzen Lederjacke, dem schwarzen Rollkragenpullover, den Koteletten, dem Bärtchen und der Tolle und am allerwenigsten zu der brennenden Zigarette, die er in der rechten Hand über seinem Kopf hielt und von deren Spitze Asche auf seine Frisur rieselte.

»Ich bin Kommissar Smitz. Machen Sie die Zigarette aus. Wie alt sind Sie?«

»Einundzwanzig.«

»Frau Hetjes, einen Aschenbecher bitte. Ziehen Sie Ihre Jacke aus. Vorsichtig. Langsam.«

Oscar gehorchte, und weil er den einen Schritt zur Garderobe nicht wagte, ließ er die Lederjacke neben sich auf den Boden fallen. Sofort hob er wieder die Arme.

»Lassen Sie die Arme unten. Haben Sie vielleicht einen

Morgenmantel für mich, Maria?« Smitz konnte ein Gähnen nicht unterdrücken. Mit der Parabellum winkte er den jungen Mann zu sich und ließ die Sicherung einrasten.

Dann saßen Küsters und Smitz in der Küche. Maria hatte ihnen einen wäßrigen Saft eingeschenkt und war verschwunden. Smitz, der die Parabellum in die Tasche des dunkelblauen Morgenmantels gesteckt hatte, beobachtete den jungen Mann. Der knetete mit Daumen und Zeigefinger sein Kinn, das ein sehr spärlicher schwarzer Ziegenbart schmückte, der ihm zusammen mit dem Oberlippenbart und den Koteletten etwas von einer Figur aus einem Mantel- und Degenfilm gab.

»Ein Existentialist«, dachte Smitz.

»Ich wollte Ihnen sagen, Eleonore hat mit dem Mord nichts zu tun. Wenn Sie sie kennen würden ... Sie könnte keiner Fliege ... Nein, das ist ein abgedroschenes Bild. Sie ist unschuldig wie ein Neugeborenes. Sie ist nicht behindert. Ausgerechnet sie soll behindert sein! Sie ist vielleicht die einzig Gesunde. Haben Sie ihre Augen gesehen? Haben Sie ihre Augen gesehen?« Smitz nickte.

»Und, was haben Sie gesehen? Was haben Sie gesehen?« Küsters zappelte auf seinem Stuhl herum. Er versuchte, sich eine Zigarette zu drehen, aber seine zittrigen Finger rissen das Papier ein.

»Warum kommen Sie mitten in der Nacht?« fragte Smitz.

»Was haben Sie in ihren Augen gesehen?« wiederholte Küsters.

»Die Fragen stelle ich.«

»Ja, ja, die Fragen stellen Sie ...! Sie, Sie haben nichts gesehen! Aber das wundert mich nicht. Alle sind blind. Blind für das Eigentliche, das Wesentliche.« Er redete schnell, hastig, sah Smitz nicht mehr an, sondern starrte ins Leere. »Das Vollkommene wird zum Makel, zur Behinderung, weil es nicht in den Durchschnitt paßt, in das Mittelmaß. Die Macht des Mittelmaßes ist seine

Masse, mit der es das Vollkommene erdrückt!« Küsters mußte diese Sätze schon häufig gesprochen haben. Endlich hatte er sich eine krumme Zigarette gedreht, steckte sie sich in den Mund und suchte die Streichhölzer in allen Taschen, ehe er sie vor sich auf dem Tisch entdeckte.

»Es ist spät, Herr Küsters. Bald drei Uhr. Die falsche Zeit für allgemeine Erwägungen dieser Art. Sagen Sie, was Sie wollen, oder gehen Sie.« Smitz gähnte.

»Sie war es nicht. Sie hat den Pfarrer nicht getötet. Sie liebt die Kirche. Sie war jeden Tag dort. Sie ist so rein. Kein böser Gedanke, nichts vom üblichen Schmutz. Den ganzen Tag kann sie spielen wie ein Kind. Sie macht stundenlange Spaziergänge. Sie kann stundenlang im Garten die Blumen betrachten und streicheln.«

»Kommen Sie zur Sache.«

»Aber das ist doch die Sache! Eleonore hat den Pfarrer nicht getötet. Das ist ausgeschlossen. Ich weiß es.«

»Woher?«

»Ich kenne Eleonore.«

»Haben Sie mir etwas zu sagen, das gegen Fräulein Tals Schuld spricht? Von Ihrer Privatmeinung abgesehen.«

»Aber alles spricht gegen ihre Schuld. Nichts spricht dafür.«

»Was wissen Sie über die Tat?«

»Daß Eleonore sie nicht begangen hat.«

»Sicher haben Sie dann auch eine Meinung, wer es war.«

»Der Pfarrer war nicht beliebt. Jeder kann es gewesen sein.«

»Er ist also umgebracht worden, weil er nicht beliebt war. Schön.«

»Ach ...«, entfuhr es Küsters.

»Haben Sie Namen?«

»Das ist nicht meine Aufgabe, das rauszufinden.«

»Sie wissen gar nichts.«

»Sie haben keine Beweise gegen Eleonore. Sie können keine haben.«

»Sie heißen also Oscar Küsters. Wo wohnen Sie?«

»Das geht Sie nichts an.«

»Sie haben dieses Haus betreten, obwohl Sie aufgefordert wurden, draußen zu bleiben. Wenn ich will, dann kann ich Sie auf der Stelle verhaften. Also, wo wohnen Sie?«

Küsters kleiner Mut war verbraucht. Bis zu den Fingerspitzen zog er die Glut seiner Zigarette.

»In L., im katholischen Studentenwohnheim. Ich studiere Germanistik.«

»Und hier wohnen Sie bei den Eltern?«

»Bei meiner Mutter. Mein Vater ist tot.«

»Wo wohnt Ihre Mutter?«

»Rosengasse 9.«

»Warum kommen Sie mitten in der Nacht?«

»Ich habe erst heute abend erfahren, also gestern, was passiert ist. Da bin ich sofort losgefahren, von L. aus.«

»Wie haben Sie davon erfahren?«

»Ich habe Eleonores Vormund angerufen. Er hat es mir gesagt.«

»So. Sie stehen in Kontakt zu ihm?«

»Ja.«

»Und wo waren Sie Montagnachmittag?«

»Montagnachmittag? In L., im Studentenwohnheim.«

»Wer kann das bestätigen?«

»Die anderen Studenten.«

Smitz betrachtete seine Fingernägel. »Nun, wenn das alles ist, dann gehen Sie jetzt. Sie wissen, wie spät es ist.«

»Aber was werden Sie jetzt tun?«

»Ermitteln.«

»Ermitteln? Was heißt das konkret?«

»Junger Mann, Sie werden verstehen, daß ich Ihnen zu dieser Nachtstunde keine Vorlesung über Polizeimethoden halten möchte. Wenn Sie dann gehen würden.« Smitz erhob sich, tat zwei Schritte und stolperte über den

Saum des Morgenmantels. Der Pfarrer war ein großer Mann gewesen.

»Sie wollen Eleonore doch nicht länger festhalten?«

»Doch. Natürlich. Solange es nötig ist. Wenn Sie jetzt gehen würden.« Smitz machte ein sehr ungeduldiges Gesicht.

»Aber Sie haben doch keine Beweise gegen Eleonore. Sie können gar keine Beweise haben. Sie hat nichts getan!«

»Ja, ja ... Bitte ...«

»Wer ihre Unschuld nicht schon in ihren Augen erkennt, der muß blind sein! Eleonore war es nicht! Sie müssen sie sofort freilassen!« Der Student wurde ein wenig laut.

»Sie gehen jetzt. Sofort!«

Obwohl Smitz eigentlich einen lächerlichen Anblick bot, dicklich, barfuß, im Morgenmantel und immer noch bemüht, seine Unterhose mit dem gerissenen Gummi vorm Rutschen zu bewahren, wirkte er in diesem Moment doch furchteinflößend. Seine Augen stachen, sein Mund war verbissen, seine Backenknochen zeichneten sich unter dem dicken Fleisch deutlich ab, und seine Hände hatten sich zu Fäusten geballt. Der Student stand auf, und als er nah an Smitz vorbei durch die Küchentür gehen wollte, da machte der einen schnellen Schritt zur Seite. Dieses Ausweichen war wie ein Angriff. Der Student spürte das und ging rückwärts in Richtung Haustür, das Gesicht Smitz zugewandt, der ihm langsam folgte. Maria, die auf einem Stuhl im Flur gewartet hatte, erhob sich ängstlich, und ihre Augen eilten zwischen den beiden Männern hin und her.

»Wiedersehen«, sagte Smitz.

»Wiedersehen«, sagte der Student und zog die Tür hinter sich zu. Sekunden später hörte man sein Motorrad anspringen.

»Entschuldigen Sie die Störung. Ach, keine Ursache, es ist ja erst drei Uhr«, murmelte Smitz. Dann sagte er zu Maria: »Haben Sie sich sehr aufgeregt?«

»Ja.«

»Und jetzt?«

»Es geht wieder.«

»Gut. Es wäre wunderbar, wenn vor acht Uhr niemand mehr kommen würde. Schlafen Sie gut.«

Kreidemännchen

Donnerstagmorgen. Noch im Halbschlaf zählte Smitz die Schläge der Kirchenglocke. Neunmal. Er drehte sich auf die Seite und seufzte: »Noch fünf Minuten«, da klopfte es an die Tür, und schon schob sich Maria ins Zimmer. Sie trug ein Tablett, auf dem sie ein reichliches Frühstück angerichtet hatte, Brötchen, Butter, Jagd- und Blutwurst, Handkäse, zwei gekochte Eier, Erdbeeren. Mit dem Gesäß drückte sie die Tür zu und lachte den zerknitterten Smitz an.

»Guten Morgen, Balthasar. Haben Sie gut geschlafen? Ich bringe Ihnen Ihr Frühstück.«

»Guten Morgen«, gähnte Smitz.

Maria stellte das Tablett auf den Schreibtisch. »Sie müssen sich aufsetzen. Das Kopfkissen in den Rücken ...«

»Nein. Nein, kommt nicht in Frage. Ich frühstücke nie im Bett.« Smitz sprang aus dem Bett, und seine Unterhose rutschte ihm auf die Knie. Er riß sie hoch, verschwand mit zwei Sprüngen, die ihm als einem, der eigentlich hinkte, sehr behend gelangen, im Bad und rief: »In der Küche, ich frühstücke in der Küche! Wenn ich angezogen bin! Danke!«

Dann stützte er sich auf das Waschbecken, sah sich in die müden Augen, gähnte und mußte grinsen.

Naßrasiert, im tadellos sauberen Nylonhemd, ganz familiär ohne Jackett und wegen der zu erwartenden Hitze auch ohne Weste stand Smitz kurz darauf in der Küche, wo Maria gerade die Zigarettenkippen des Studenten in den Mülleimer warf.

»Einen wunderschönen guten Morgen.«

»Einen wunderschönen guten Morgen.«

Smitz lächelte und zeigte dabei einen Goldzahn, oben, der dritte rechts neben den Schneidezähnen. Das Original hatte er bei einer Saalschlacht verloren, noch als ganz junger Mann, Ende der Zwanziger.

»Kaffee oder Tee?« flötete Maria, die ein hellrosa Kleid trug, unter dem sich zart der Büstenhalter abzeichnete.

»Tee, bitte«, sagte Smitz und setzte sich an den Tisch. »Frühstücken Sie nicht?«

»Ich habe schon. Aber ich esse gerne noch ein kleines Brötchen. Zur Gesellschaft.«

Beim Frühstück fragte Maria Smitz aus, nach seiner Wohnung, nach Freundinnen – daß er unverheiratet war, hatte sie richtig aus dem fehlenden Ehering geschlossen –, nach dem Beruf und der Freizeit. Smitz antwortete einsilbig und wunderte sich, daß Maria nicht versuchte, mit ihm über den Mord zu sprechen. Aber aus Rücksicht – sie aß gerade ein Brötchen mit Blutwurst – schnitt er seinerseits das Thema nicht an.

Als Smitz gesättigt war, zauberte Maria ein Vanilleeis hervor, das er nun zum Frühstück essen mußte, weil der ehemalige Haushalt des Pfarrers keinen Kühlschrank besaß und Maria sonst auch zu enttäuscht gewesen wäre.

An der Wand, gegenüber dem Stuhl des Pfarrers, auf dem nun Smitz saß, hing eine Schiefertafel. Smitz kniff die Augen zusammen und las laut: »Offenbarung 9, 17 bis 18. Und die Köpfe der Rosse waren wie Löwenköpfe, und aus ihren Mäulern kamen Feuer und Rauch und Schwefel. Von diesen drei Plagen kam der dritte Teil der Menschen um, vom Feuer und Rauch und Schwefel.«

»Eigentlich habe ich auf der Tafel sonst meine Besorgungen notiert«, sagte Maria, »aber in letzter Zeit hat der Herr Pfarrer da immer Bibelsprüche hingeschrieben. Immer was mit Feuer. Es gibt ganz viele Bibelsprüche mit Feuer.«

Smitz nickte und griff nach der Zeitung, die neben der Blumenvase lag.

»Darf ich?« fragte er.

»Aber natürlich. Der Herr Pfarrer ... Ach ...« Maria stand auf und begann, den Tisch abzuräumen.

Smitz blätterte die Zeitung durch, in der in einem langen Artikel über die Reaktionen auf des Pfarrers Tod in der Bevölkerung von K. berichtet wurde. Blankes Entsetzen und Verzweiflung herrschten demnach. Maria jedoch, die den Abwasch machte, erzählte, daß es die große Frage nach dem Warum, nach dem Motiv sei, die niemanden kaltlasse. Eine Nachbarin, die Frau eines Eisenbiegers, hätte die Theorie entwickelt, ein Mädchenhändlerring stecke hinter der Angelegenheit. Eleonore Tal sollte entführt und nach Ägypten verschleppt werden. In letzter Sekunde konnte sie aber ihren Häschern entkommen. Die Nachbarin gab sogar an, am Nachmittag des Tages der Ermordung des Herrn Pfarrer einen Mohren gesehen zu haben, der durch die Straßen geschlichen sei. Eleonore mußte in die Kirche geflohen sein, war dort dem Pfarrer in die Arme gelaufen und hatte ihn in ihrer Verwirrung und Angst für einen ihrer Häscher gehalten und ihn mit der Kraft des Wahnsinns erschlagen. Furchtbar!

Nicht weniger furchtbar war die Theorie einer Kriegerwitwe und sehr regelmäßigen Kirchgängerin, der Teufel habe Besitz von Eleonore ergriffen. Alle Versuche des Pfarrers, ihn wieder auszutreiben, und im besonderen Eleonores häufige Sitzungen in der Kirche hätten die Macht des Bösen nicht bezwingen, wohl aber schwächen können, bis zu dem Punkt, an dem der Teufel in einem letzten Aufbäumen das junge schöne Mädchen zur Mörderin gemacht und unwiederbringlich hinabgerissen habe in sein Reich der Finsternis und des Grauens.

Eine überaus wirre Theorie ging auf einen Scherenschleifer zurück, der erst am Vortag an der Tür des Trauerhauses geschellt und seine Dienste angeboten hatte. Eine

Unverschämtheit, die er damit krönte, daß er Maria erzählte, der Feuerteufel, der seit einiger Zeit in der Gegend zum besonderen Leidwesen des Herrn Pfarrer Kapellen abfackelte, hätte seine Finger im Spiel. Irgendwie sollte er Eleonore zum Mord angestiftet haben, um den Pfarrer loszuwerden, der ihm auf der Spur gewesen sei. Wirklich an den Haaren herbeigezogen.

Nach dem Abwasch gingen Maria und Smitz in die Kirche.

»Es macht Ihnen doch nichts aus?« fragte Smitz vor dem Altar.

»Wenn ich helfen kann. Es muß ja sein.«

»Also dann. Hier, kommen Sie mal her, hier lag der Pfarrer. Hier der Kopf, da die Füße. Sehen Sie?« Maria nickte.

»Wenn man fällt und dann so liegt, dann muß man vorher hier ...« Smitz schob Maria an den angenommenen Punkt neben dem Altar. »Ja, genau da. Und dann muß man ...« Smitz stand ganz dicht hinter Maria. Sie drehte den Kopf zu ihm, und ihre Nasen stießen beinah aneinander. Maria verlor offenbar ein wenig das Gleichgewicht und klammerte sich an Smitz, und ihre Stirn berührte seine Lippen. Als sie wieder sicher auf den Beinen stand, machte Smitz sich los.

»Bitte noch ein bißchen weiter nach rechts. Ja, genau. Der Pfarrer war zirka fünfundzwanzig Zentimeter größer als Sie. Die mutmaßliche Täterin ist etwa so groß wie ich. Also, wenn ich jetzt ...«

Smitz hatte nach einem Kerzenständer gegriffen, der der Tatwaffe sehr ähnlich war. Er berührte damit leicht Marias Kopf an der Stelle, an der beim Pfarrer das Loch klaffte. Maria zuckte zusammen.

»Ganz ruhig, ganz ruhig. Also, dieses Loch, das kann man nur von hier schlagen, wenn er dorthin fallen soll. Hier steht der Altar. Man kommt nur von hier an den Pfarrer heran. Ja, hier muß man stehen.«

»Mir wird schlecht«, hauchte Maria.

»Wir haben es gleich. Nur noch einen Augenblick. Atmen Sie tief durch«, beruhigte Smitz.

»Von hier, von hier.« Er war ganz aufgeregt. »Ich schlage von hier.« Er deutete den Schlag einmal an, dann ein zweites Mal, ein drittes Mal. Er umkreiste Maria und rieb sich das Kinn. »Aber es müßte ... Einssiebenundachtzig war der Pfarrer und Frau, Fräulein Tal vielleicht einssechsundsechzig. Aber ... Dann ...«

War Eleonore zu klein, um dem Pfarrer die Schädeldecke einzuschlagen? Sie hätte ihn vielleicht am Hinterkopf treffen können, aber nicht ganz oben auf dem Kopf. Wenn er hier gestanden hatte, dann war das kaum möglich.

»Es sei denn, sie hat sich auf ein Höckerchen gestellt«, überlegte Smitz laut.

»Ich glaube, ich ...« Maria sank um. Sie fiel nicht wie ein Brett, eher sackte sie in sich zusammen, als habe man ihr die Luft herausgelassen. Dann lag sie fast genau in den Umrissen des Kreidemännchens, das auf den Teppich gezeichnet war. »Ja, da muß er gestanden haben«, triumphierte Smitz und kniete sich neben Maria, deren langes braunes Haar sich um ihren Kopf gelegt hatte wie ein Heiligenschein. »Wachen Sie auf, Maria«. Er tätschelte ihre rechte Wange, dann beide Wangen, und sie kam zu sich. »Entschuldigung«, hauchte sie und ergriff seine Hand. Sie atmete dreimal tief ein und aus. »Würden Sie mir einen Kuß geben?« fragte sie, und ihr Gesicht leuchtete tiefrot, beinah so tiefrot wie der Teppich, auf dem sie lag.

»An dieser Stelle, genau da, wo Sie jetzt liegen, hat der Pfarrer gelegen«, sagte Smitz ungerührt, und Maria seufzte, ließ seine Hand los und stand auf.

»Entschuldigung. Brauchen Sie mich noch? Wenn nicht, dann würde ich gerne beten. Sie wissen ja, wo die Tür ist.« Maria war immer noch rot, aber ihre Lippen waren nicht mehr kußbereit, sie waren gar nicht mehr vorhanden, und ihre Stimme war fast tonlos.

»Danke für Ihre Hilfe«, sagte Smitz. Maria drehte sich

um, ging zu einem Platz in der dritten Bankreihe im Mittelschiff und kniete dort nieder. Smitz untersuchte weiter den Tatort, konnte sich aber nicht mehr konzentrieren, zumal ihn Marias Flüstern ablenkte. »Die Reinheit führt ganz nah zu Gott. Ich trage brennende Sehnsucht, rein zu sein. Gott ist mein Freund, darum kann ich es auch.«

Als er ging, hatte sie ihr Gesicht in den Händen verborgen. Smitz wagte nicht, sich zu verabschieden. Er humpelte durch die Sakristei zurück ins Pfarrhaus, warf dort schnell seine Sachen in den Koffer, zog doch noch eine Weste unter das Jackett und ging, ohne eine Nachricht, einen Gruß oder ein Wort des Dankes auf dem Küchentisch zu hinterlassen.

Der jugendliche Liebhaber

Nachdem er das Pfarrhaus verlassen hatte, war Oscar Küsters noch eine Zeitlang auf seinem Motorrad durch die Nacht gefahren. Auf einer schnurgeraden Allee, die aus K. heraus in die Felder führte, hatte er das Licht ausgeschaltet und war wie ein Irrer in die Dunkelheit gerast, hatte dann aber rechtzeitig vor der nächsten Kurve das Licht wieder eingeschaltet. Einmal hatte er gebrüllt, ein gellendes »Scheiße«, bei dem sich seine Stimme überschlug. Als er nach K. zurückkam, war er hupend durch die Straßen gefahren, und in mehreren Schlafzimmern war Licht angegangen. Dann war er in die Straße eingebogen, in der er mit seiner Mutter seit dem Krieg wohnte. Das Vorhängeschloß der Hoftür klemmte, aber schließlich hatte er es doch öffnen und das Motorrad in den Hof schieben können. Durch den Keller, der eine Tür zum Hof hatte, war er ins Haus gelangt und dann hinaufgestiegen in den dritten und letzten Stock, zur Mansardenwohnung. Seine Mutter war nicht daheim. Er machte Licht, warf einen Blick in den Vorratsschrank, nahm sich eine Möhre, aß sie und ging in sein Zimmer, eine kleine Kammer, in der nur Platz war für ein Bett, eine alte Schulbank, die als Schreibtisch diente, und einen Kleiderschrank. Seine Bücher mußte er auf dem Schrank und über dem Bett auf einem Bord lagern, das schwer durchhing und ihm sicher eines Nachts ein schlimmes Erwachen bereiten würde, wenn es einmal brach.

Er zog die Schuhe aus und warf sich aufs Bett. Dann fischte er ein Buch vom Bord, in dem er Fotos von Eleonore aufbewahrte, und betrachtete sie.

Als Oscar Eleonore das erste Mal gesehen hatte, da war bereits Krieg. Acht Jahre alt war er und hatte schon verstanden, daß die Deutschen, zu denen er gehörte, dabei waren, die Franzosen zu schlagen. Das Wort Blitzkrieg kannte er, und mit seinen Schulkameraden drängelte er sich oft vor der Litfaßsäule, an der die Landkarte mit dem Frontverlauf klebte. Durch K. verlief eine wichtige Straße Richtung Westen, und auf dieser Straße fuhren viele Tage lang grüne Lastwagen, auf deren Ladeflächen Soldaten saßen. Die schoben nun die Front auf der Karte an der Litfaßsäule immer weiter vor, näherten sich Paris, eroberten die Hauptstadt der Franzmänner, marschierten unterm Eiffelturm, wovon die Zeitung ein Bild brachte. Mutter aber war traurig gewesen, als der Vater eingezogen wurde, und Oscar hatte geweint, weil sie geweint hatte, aber verstanden hatte er sie nicht. Der Vater war Oberleutnant der Reserve und Apotheker. Für Oscar war klar, was mehr Spaß machen mußte.

Es waren Ferien, und Oscar durfte bei seiner Mutter in der Apotheke sein und Hustenbonbons lutschen. Der uralte Apotheker, von dem sein Vater die Apotheke gekauft hatte, war aus dem Ruhestand wieder ins Geschäft eingetreten und blühte auf. Gönnerhaft verteilte er Tabletten an die Patienten und gab ihnen nur zu gerne den Rat, nicht auf den Arzt zu hören und ruhig ein paar Tabletten mehr zu nehmen. Wenn Oscar einmal hinfiel oder sich den Kopf an einer der zahllosen Medikamentenschubladen stieß, die der Alte immer offenstehen ließ, pflegte der zu sagen: »Schmerzen sind gesund.« Oscar mochte den Alten trotzdem, weil er ihm Bonbons gab und eine sprudelnde Limonade zu mixen wußte, die nach Waldmeister schmeckte.

Einmal aber hatte Oscar die Katze verfolgt, die eigentlich nicht in die Apotheke durfte. Um die vielen Ecken war er ihr nachgejagt, war dann mit dem Kopf gegen eine Schublade gerannt, ganz benommen zu Boden gegangen und hatte gespürt, wie warmes Blut seine Stirn hinunterperlte, an der Nase vorbei, über die Lippen. Als er wieder klarer sehen konnte, bemerkte er ein kleines Mädchen, das ihn neugierig anblickte, dann mit der kleinen Hand auf seine blutige Stirn patschte und zur Mutter lief, die mit Oscars Mutter sprach. Eva Küsters hatte den Unfall ihres Sohnes nicht bemerkt. Sie war schon immer eine Frau gewesen, die von ihrer Umwelt nur wahrnahm, was direkt vor ihrer Nase geschah. Vielleicht dachte sie deshalb auch nur selten an ihren Mann, obwohl er doch noch lebte, damals, und die Front nach vorn schob.

Die Mutter des kleinen Mädchens hatte einen spitzen Schrei von sich gegeben, als es mit blutiger Hand und strahlendem Gesicht zu ihr kam. Sie hatte das Kind am Arm gepackt, gerade als es die Hand an Mutters Kleid abwischen wollte, und hatte die Hand mit einem Taschentuch gesäubert, das sie zuvor mit Speichel benetzte, während Eva Küsters Jod und ein Pflaster holte.

»Da ist nichts. Keine Wunde«, hatte die Mutter des Mädchens erstaunt gesagt und war mit dem Blick der freien Hand des kleinen Mädchens gefolgt, die in die Ecke wies, wo Oscar auf dem Boden saß und immer noch blutete. Sie war dann schnell auf ihn zugegangen, und er war geflohen, aus Furcht, sie werde auch bei ihm das Taschentuch verwenden. So hatte Oscar Eleonore kennengelernt.

Es dauerte mehr als ein Jahr, bis er sich traute, sie anzusprechen. Nun waren auch die Amerikaner im Krieg, und

Oscar hatte ihr Land auf dem Globus im Arbeitszimmer hinter dem Medikamentenlager gefunden und nicht verstanden, warum sie den weiten Weg über das Wasser wagten. Aber eigentlich war es ihm auch egal. Was ihn umtrieb, war die Frage, wie er dieses Mädchen wohl ansprechen könne. Er kam sich albern vor, weil sie ihm gefiel, obwohl sie doch ein Mädchen war und dazu ein so kleines, vielleicht sechs Jahre alt. Sie ging nicht zur Schule, was ihn wunderte und ihr in seinen Augen etwas Außergewöhnliches gab, etwas Besonderes, eine Position oberhalb der Kinder, die er sonst kannte und die alle zur Schule mußten, um dort zu leiden. Bald fand er aber heraus, daß sie häufig zu einem Haus ganz in der Nähe der Schule ging, und er vermutete, daß sie dort vielleicht Unterricht erhalte, vielleicht einen ganz besonderen Unterricht, für Wunderkinder.

Sooft er konnte, folgte er ihr nach der Schule, wenn sie dieses Haus verließ, und schwor sich jedesmal, sie dieses Mal anzusprechen, tat es aber nie, schämte sich mit jedem Mal mehr und war dann am Boden zerstört, als er es endlich gewagt hatte, endlich, und sie ihn freundlich, aber gleichgültig ansah und nicht antwortete auf seine Frage nach ihrem Namen, den er doch kannte, und er haßte sich für diese Frage.

Später hatte er ihr beigebracht, ihren Namen zu sagen, so wie er ihr fast alle Wörter beigebracht hatte, die sie sprechen konnte. »Oscar«, hatte sie das erste Mal gesagt, als sie hinter ihm auf seinem Motorrad saß, das er aus dem Schrott alter Krads der Wehrmacht zusammengeschraubt hatte. Sie fuhren durch die Felder, und Oscar war überglücklich, als er seinen Namen aus ihrem Mund hörte, und vergaß darüber ganz, daß er sie nicht zu Hause absetzen durfte, weil doch ihr Vormund strengstens verboten hatte, daß sie zu ihm auf das Motorrad stieg. Natürlich stürzte der Vormund aus dem Haus, als er das Knattern des Motors und Eleonores Lachen hörte. Aber er sagte nichts, diesmal sagte er nichts. Statt dessen drehte er sich um, ging zurück ins Haus, mürrisch, bitter, denn auch er wußte, daß sich die Zeiten geändert hatten seit damals, als Eleonores Eltern umgekommen waren, als er das Mädchen aufgenommen und Oscar mindestens einmal in der Woche im Garten der Villa erwischt hatte, hinter einem Busch. Oscar, der Eleonore betrachtete wie ein Kunstliebhaber ein Gemälde. Eleonore hatte am ganzen Leib gezittert, als Oscar einmal nicht schnell genug gewesen war und der Vormund mit einer Rute auf ihn eindrosch und den Jungen, der fliehen wollte, dabei am Arm festhielt.

Am Tag darauf ging Oscars Mutter mit ihrem Sohn zum Haus des Vormunds und zog dem Jungen dort die Hose herunter, um die Striemen zu zeigen, und Oscar haßte danach tagelang seine Mutter mehr als den Vormund. Aber damals begann Eleonore, sich für ihn zu interessieren. Oft ging er zur Apotheke, wo sie spielte wie er einst, und wenn sie ihn sah, dann stürmte sie heraus, gab ihm die Hand und verbeugte sich, wie sie es ihren Vormund bei den Kunden besseren Standes machen sah.

Das war schon die Zeit, in der der Vormund der Chef von Oscars Mutter war. Ihm gehörte nun die Apotheke, und sie arbeitete für ihn, und er mochte es nicht, wenn der Drecksbengel, wie er Oscar nannte, in die Apotheke kam. Aber er verbot Eleonore nicht ihre seltsamen Begrüßungen, wie er ihr ohnehin nichts verbot. Das wäre auch nicht einfach gewesen, weil sie doch nichts verstand. Wie schwierig war es für Oscar, mit ihr Verabredungen zu treffen. Meist mußte er warten, bis sie irgendwann aus der Villa ihres Vormundes kam, denn zu schellen wagte er nicht. Manche Stunde hatte er an der Mauer gelehnt, die die Villa umgab, und hatte gewartet, bei Regen, Schnee, selbst bei Sturm, und nur allzuoft vergebens. Wenn sie aber herauskam und ihn sah, dann blieb sie bei ihm, und er nahm sie überallhin mit, und der Spott, den ihm dies eintrug, hörte spätestens auf, als er sie eines Tages, der Krieg war vorbei, mit zum Badesee nahm und er der einzige der Jungen war, der eine Freundin hatte. Einer von ihnen hatte Schnaps aus dem Keller seiner Eltern gestohlen, den sie tranken, und Oscar küßte Eleonore, was ihm Ruhm eintrug. Es war sein erster Kuß, und sie hatte ihn erwidert.

Doch vorher, gegen Ende des Krieges, als er ins Schnellkommando der örtlichen Hitlerjugend kam, da hatte er wenig Zeit gehabt, nach ihr Ausschau zu halten. Die Hitlerjungen mußten im Schutt der zerbombten Häuser herumkriechen und Leichen bergen. Vor dem ersten Einsatz waren sie sehr aufgeregt gewesen, begierig, endlich mitmachen zu können. Als es dann soweit war, mußten sie drei Stunden lang Trümmer beiseite schaffen, bis sie schließlich zu einem Luftschutzkeller vorstießen, in dem drei Frauen und zwei Kinder saßen. Erstickt waren sie, hatten keine äußeren Verletzungen, waren aber schon so steif, daß die Jungen sie kaum voneinander lösen konnten, und Oscar wagte es nicht, ihnen die aufgerissenen Augen zu schließen. In dieser Nacht klopfte er an Eleonores Fenster, das erste Mal, und sie ließ ihn hinein und hielt ihn im Arm, während er weinte.

Einmal, Jahre später, hatte der Vormund vor der Tür der Mansardenwohnung gestanden, in der Oscar und seine Mutter lebten. Die Mutter hatte ihn eingelassen und ihm den Mantel abnehmen wollen, aber er hatte nur gesagt, er bleibe nicht lange. Dann hatten die beiden im Wohnzimmer gesessen, und Oscar hatte sein Ohr an die Tür gepreßt und den Vormund gewichtig sprechen hören: »Liebe Frau Küsters, ich schätze Sie überaus. Und weil ich Sie so schätze, komme ich zu Ihnen. Ihr Sohn macht mir Sorgen. Er stellt meinem Mündel nach. Ich möchte nicht viele Worte verlieren. Sie sind eine Frau, die das Schicksal in eine schwierige Situation gebracht hat. Ich habe dafür Verständnis, vollstes Verständnis. Durch Ihre Anstellung bei mir habe ich ja bislang auch versucht, Ihre schwierige Lage zu mildern. Aber ich muß Sie nun um eine Gegenleistung bitten. Es ist nicht länger tragbar, daß Ihr Sohn sich benimmt, wie er sich benimmt. Lassen Sie es mich kurz und ein einziges Mal sagen: Wenn Ihr Sohn sich nicht von meinem Mündel fernhält, dann sehe ich mich gezwungen, eine endgültige Trennung zwischen meinem Haushalt und dem Ihren zu vollziehen.«

Oscars Mutter hatte genickt. Sie hatte nur genickt, einmal »Ja« gesagt und gelächelt. Sie hatte die Kraft gehabt zu lächeln. Selbst noch, als sie Oscar von dem Gespräch erzählte und ihn bat, sich doch ein richtiges Mädchen zu suchen, ein ordentliches Mädchen, ein normales Mädchen. Oscar war aus dem Zimmer gestürzt, aus der Wohnung, hatte im Hausflur gegen die Wände getreten und war mit seinem Motorrad davongefahren, halsbrecherisch, viel zu schnell, immer um K. herum, bis der Tank leer war.

Zwei Monate später hatte Oscar sein Studium in L. angetreten, einer recht fernen Stadt, mit einem Zuschuß des Vormundes, den die Mutter herausgehandelt hatte und von dem Oscar nichts wußte. Aber Eleonore sah er weiterhin. Er hatte ihr schließlich beigebracht, zu zählen und die Tage im Kalender abzustreichen, so daß sie sah, an welchem Tag sie ihn erwarten konnte, nachts.

Im dritten Monat

Wieder diese Sonne, diese Hitze, diese engen Gassen und die alten Menschen, die dort herumliefen, und die ganz jungen und die wenigen, die in Smitz' Alter waren, nicht jung, nicht alt. Die meisten waren doch gefallen, vermißt, in Gefangenschaft, was auch immer. Oder auf Arbeit, im Dienst, schließlich war es Vormittag. Smitz hinkte, und sein Bein schmerzte. Die Galle kam ihm hoch, als ein Pferd ihn mit dem Maul anstieß, ein Pferd, das einen Fuhrwagen zog, der gummibereift war, weshalb Smitz ihn nicht gehört hatte. Aber er hätte ja das Pferd hören müssen, das Geräusch der Hufeisen auf dem Pflaster. Hatte er aber nicht gehört. Seine Gedanken schwirrten zu

Maria, zum Kerzenständer, zu Eleonore, die jetzt in einem kleinen Krankenzimmer saß, hinter einem vergitterten Fenster, und sicher nicht wußte, warum sie dort war, und die vielleicht Angst hatte. Ob sie nur den Augenblick wahrnahm? Nein, das konnte nicht sein. Vieles in ihrem Zimmer hatte von Anhänglichkeit gezeugt, die Bilder der Männer, die viele Male abgerissen und wieder aufgehängt worden waren, die zahllosen Puppen, die unter häufigen Liebkosungen Farbe, Haare, ja teils Gliedmaßen gelassen hatten. Sie nahm mehr wahr als den Augenblick, sie hatte eine Vergangenheit, und jetzt hatte sie in dem Krankenzimmer mit dem vergitterten Fenster eine Gegenwart, die ihr unbegreiflich sein mußte. Oder nicht? Wußte sie, was Unrecht ist? Sie mußte es wissen. Sie konnte nicht ohne das Wissen gelebt haben, daß man einem anderen Menschen nicht den Schädel einschlägt. Aber schließlich war sie zu klein, um dem Pfarrer den Schädel einzuschlagen.

Smitz hatte ein Gefühl, als brüte er etwas aus, als zöge ein Fieber auf. Seine Augen schmerzten und natürlich sein Bein, sein treu schmerzendes Bein. Hinken, hinken und manchmal nicht wissen, wie den Fuß überhaupt noch aufsetzen. Und dann, an solchen Tagen, die unendlichen Flure in S., im Justizpalast. Wenn er nur noch schleichen kann, wenn selbst sein Stock ihm nicht mehr hilft, den er nur im äußersten Fall verwendet. Und er schleicht langsam über die Flure, vor Schmerz und Angst vorm Schmerz ganz unsicher, schwankt beinah, und keiner glaubt ihm, daß es der Schmerz ist, dieses verdammte Bein, und jeder denkt, er habe getrunken, der Verlierer, der Krüppel.

Das Pferd hatte Smitz mit dem Maul an der Schulter angestoßen und dabei eine schleimige Schaumspur hinterlassen. Smitz schimpfte, aber der Fuhrwagen rollte einfach weiter, und der Kutscher drehte sich um und grinste. »Spedition Pooten« stand auf dem Wagen, »Transporte aller Art«.

Smitz setzte sich für einen Moment auf eine Bank, seinen Koffer neben sich, kaute auf der Unterlippe, schloß die Augen, atmete tief und beruhigte sich. So gut es ging entfernte er den Fleck mit seinem Taschentuch, das er danach in den Mülleimer neben der Bank warf. Er sah sich um und bemerkte zu seinem Erstaunen, daß an einem Haus auf einem großen Schild »Hotel zum Rhein« stand. Smitz beeilte sich, dorthin zu kommen, trat ein und fragte den alten Mann an der Rezeption unwirsch: »Haben Sie noch ein Zimmer frei?«

»Jawoll!« sagte der Alte, der offenbar keine Zähne mehr hatte, denn der Abstand zwischen Nase und Kinnspitze war unnatürlich gering.

»Reservieren Sie mir eins. Smitz heiße ich. Komme spätestens am Abend wieder.«

»Jawoll«, wiederholte der Alte.

Smitz hinkte weiter, mit verbissenem Mund, in Richtung Polizeiwache, immer noch mit dem Koffer in der Hand, den er erst wieder bemerkte, als er die Wache erreichte, wo er sich dann fragen mußte, warum er ihn denn nicht gleich im Hotel gelassen hatte. Die Tür der Polizeiwache war angelehnt, und Smitz rief zweimal nach Müller, doch der war nicht da. Unschlüssig setzte Smitz sich auf einen Stuhl und ließ den Blick schweifen. Auf einem halbrunden Tisch stand ein Gummibäumchen, das mit dem Tode rang. Smitz stand auf und gab ihm Wasser aus einer Kanne, die aber kein Wasser enthielt, sondern Schnaps, was Smitz erst bemerkte, als ihm der Geruch in die Nase stieg. Doch da war es schon zu spät für den Schnaps und wohl auch für das Gummibäumchen. Smitz füllte auf dem Klo Wasser in die Kanne und stellte sie zurück auf den Kreis, den sie auf der dick verstaubten Fensterbank hinterlassen hatte.

Der Telefonhörer war klebrig. Smitz ließ ihn auf die Gabel zurückfallen und suchte vergeblich sein Taschentuch. Mit zwei Fingern nahm er dann den Hörer wieder auf und bat das Fräulein vom Amt, ihn mit einer Nummer in S. zu verbinden, im Justizpalast.

»Ja?« meldete sich dort eine Männerstimme.

»Hallo, Hans. Hier ist Smitz.«

»Hallo, Balthasar.«

»Hallo. Wie weit bist du?«

»Ziemlich weit. Der Kerzenständer ist die Tatwaffe. Die Fingerabdrücke von der Tal sind drauf und die der Leiche. Sonst nur noch ein paar verwischte. Mit denen kann man nichts anfangen.«

»Und Fräulein Tal?«

»Du hattest recht, sie ist schwanger. Im dritten Monat. Woher wußtest du das? Kann man doch noch gar nicht sehen.«

»Ich habe es nicht gewußt. Sonst hätte ich nicht gefragt.«

»Hilft dir das weiter?«

»Wenn ich nicht weiß, wer der Vater ist ... Wie geht es ihr?«

»Sie ist gesund, aber sie leidet offenbar sehr darunter, eingesperrt zu sein. Sie sieht furchtbar unglücklich aus.«

»Hat sie was gesagt?«

»Nein. Ich habe mehrmals versucht, mit ihr zu reden, aber sie spricht kein Wort. Das ist hoffnungslos. Sie hat jetzt einen Anwalt, aber der weiß auch nicht, was er tun soll. Geschlossene Anstalt, wenn du mich fragst.«

»Abwarten. Sonst was Neues?«

»Nein. Oder doch. Natürlich! Du wirst es nicht glauben! Der Chef hat seine erste Leiche gesehen. Eine Frau ist ihm auf den Kühler gesprungen, aus dem fünften Stock. Er soll gekotzt haben. Der Rosbers war dabei. Der sagt, das kann man ihm nicht verdenken. Muß richtig unappetitlich gewesen sein. Trifft nicht den Falschen, was?«

»Ja. Also, bis dann. Wenn was ist, ruf hier in der Polizeiwache an oder im Pfarrhaus, Telefonnummer 131. Nur im Notfall im Pfarrhaus.«

»Ja, 131.«

»Mach's gut.«

»Balthasar?«

»Ja, was ist noch?«

»Stimmt was nicht?«

»Was soll nicht stimmen?«

»Du klingst so ...«

»Du klingst so!« Smitz wurde giftig. »Hör mir bloß auf mit du klingst so! Das habe ich ...«

»Mensch, Balthasar, reg dich ab.«

»Ja, ja, Entschuldigung. Ich glaube, das alte Fieber ... Du weißt schon.«

»Paß auf dich auf. Du rufst mich an, wenn was ist, ja?«

»Danke. Nichts für ungut.«

»Auch wenn du es nicht hören willst, du klingst so wie damals.«

Smitz legte auf, ging zum Klo, um sich die Hände zu waschen, fand dort aber nur ein Stück Seife, bei dem zu befürchten war, daß es die Hände noch schmutziger machen würde, und begnügte sich mit kaltem Wasser.

Eine Strafe Gottes

Als Smitz die Polizeiwache verließ, kam ein Mann mit einem Bleistift hinterm Ohr und einem Block in der linken Hand auf ihn zu. Die Rechte hielt er Smitz entgegen.

»Guten Tag«, sagte der Mann, und als Smitz die Hand nicht ergriff, wiederholte er: »Guten Tag« und fügte hinzu: »Ich bin Adolf Hilpert, Reporter für den Niederrheinischen Boten.« Smitz erwiderte nichts, ging aber auch nicht weg. Der Mann zog seine Hand zurück, kicherte nervös und sagte: »Kann ich Ihnen ein paar Fragen stellen?«

»Worüber?« fragte Smitz.

»Worüber!« wiederholte Hilpert, kicherte, bog dabei seinen langen, schlacksigen Körper wie in einem Lachkrampf, zog in derselben Bewegung seinen Bleistift hinterm Ohr hervor und wiederholte noch einmal: »Worüber!

Sie sind gut!« Smitz musterte ihn. Fast zwei Köpfe größer war Hilpert und sehr mager, mit eingefallenen Wangen, Spitzkinn und Dolchnase, nicht älter als Smitz, aber äußerlich das völlige Gegenteil des Kommissars, dem ein Schweißtropfen über die glänzende Stirn rollte. Wie ein Papagei war Hilpert gekleidet, weiße Hochwasserhose, gelbes Hemd und grüne Krawatte.

»Sie sind doch Inspektor Balthasar Smitz, sind Sie nicht?!« brüllte Hilpert, der seine Stimme nicht im Griff zu haben schien, denn ihre Lautstärke schwankte enorm.

»Bin ich nicht«, antwortete Smitz. »Ich bin Kommissar.«

»Aha, Kommissar«, sagte Hilpert, kicherte erneut und wiederholte: »Kann ich Ihnen ein paar Fragen stellen?«

Smitz sah unglücklich aus. Er blinzelte in die Sonne, blickte dann etwas ratlos auf seine Schuhe, die von feinem Sommerstaub überzogen waren, und antwortete: »Wenn Sie wollen. Aber nicht hier. Gehen wir in den Schatten. Vielleicht bei der Kirche.«

Während sie zu der Bank gingen, auf der Smitz am Vortag die Zeitung gelesen hatte, für die Hilpert schrieb, sprach dieser mit sich selbst über das Wetter. Als sie dann saßen, fragte er unvermittelt: »Alter? Name?« Smitz sah ihn groß an.

»Kleiner Scherz!« kicherte Hilpert. »Kleiner Scherz! Wir sind doch eigentlich aus der gleichen Branche. Fragen stellen, Fragen stellen, das ist es doch! Nur wir, ich meine wir Reporter, wir müssen etwas höflicher sein, nicht wahr, wir können die Leute ja nicht verhaften, nicht wahr! Ist das nicht wahr?« Und er kicherte wieder, doch Smitz verzog keine Miene.

»Spaß beiseite!« brüllte Hilpert, und Smitz bereute, nicht mit ihm in die Polizeiwache gegangen zu sein. Zwar war kein Mensch auf dem Platz, aber selbst in den Häusern mußte man Hilperts Organ hören. Smitz beantwortete nun nach und nach die Fragen zu seiner Person und zu seinem Beruf, soweit es ihm angebracht schien.

So verweigerte er eine Antwort auf die Frage, ob er als Unverheirateter eine Freundin habe. »Ach kommen Sie. Kommen Sie«, kicherte Hilpert und stubste Smitz mit dem Ellenbogen an, woraufhin der zusammezuckte und langsam zum anderen Ende der Bank rutschte, was aber Hilpert nicht beirrte, denn der rutschte mit, und bald saß Smitz halb in der Luft, bis er sich mit einem Ruck wieder Platz verschaffte und Hilpert recht unsanft in die Mitte der Bank zurückschob. »Verzeihung«, murmelte er dabei.

Hilpert schoß nun wild Fragen heraus, nach dem Tathergang, nach Eleonores Unterbringung in S., nach der möglichen Strafe, nach dem Motiv, nach der Zusammenarbeit mit Müller und nach vielem mehr, und Smitz antwortete wortkarg und unergiebig. Was sollte er auch tun, wo er doch kaum etwas wußte. So sagte er dann schließlich: »Ich bedaure, aber ich stehe erst am Beginn der Ermittlungen. Ich kann Ihnen nicht mehr sagen. Und selbst wenn ich mehr wüßte, dürfte ich Ihnen nicht mehr sagen. Sie verstehen ...«

Hilpert nickte verständnisvoll und fragte: »Wie viele Mörder haben Sie schon verhaftet?«

»Ein paar Dutzend, aber das tut hier wohl nichts zur Sache«, sagte Smitz und übertrieb damit erheblich.

Hilpert, dessen Kichern eine ironische Nuance bekommen und dessen ausgemergeltes Gesicht sich zu einer ungläubigen Fratze verzogen hatte, meinte nun: »Eigentlich wissen Sie ja gar nichts. Wie will denn jemand wie Sie so einen Fall lösen? Wo Sie doch eigentlich gar nichts wissen.«

Smitz erhob sich und antwortete: »Ich tue meine Arbeit. Sie halten mich nur auf« und ging. Aber Hilpert folgte ihm.

»Die Leute sind beunruhigt, Herr Smitz, die Leute sind sehr beunruhigt! Sie müssen zu den Leuten sprechen. Sie müssen öffentlich auftreten und zu den Leuten sprechen. Sie haben die Pflicht, das zu tun. Sie ...«

Smitz drehte sich um und sagte unwirsch: »Ich muß keine Volksreden halten, ich muß diesen Fall aufklären. Schreiben Sie Ihre Artikel, und ich tue meine Arbeit. Und jetzt lassen Sie mich in Ruhe.«

»Die Öffentlichkeit hat ein Recht ...!« brüllte Hilpert, und Smitz, der trotz des Hinkens schneller als der Reporter war, drehte sich abermals um und brüllte zurück: »Wenn Sie Ihren Ton nicht mäßigen und Ihre Lautstärke, dann werden Sie mit den Konsequenzen ...« Er stockte, und schon kam die Frage: »Welche Konsequenzen? Wollen Sie mich einsperren, weil ich Fragen stelle? Weil ich Fragen stelle, die alle interessieren, die die Allgemeinheit interessieren?«

»Hören Sie, Herr Hilpert ...«

»Ja? Ja?« antwortete Hilpert und grinste überlegen.

»Ein Mensch ist getötet worden, und ein anderer Mensch wird der Tötung verdächtigt. Das ist schwerwiegend. Das ist ernst.«

»Ja, und? Und?« fragte Hilpert.

»Ich tue meine Arbeit. Verlassen Sie sich darauf. Ich tue meine Arbeit. Ich versuche, diesen Fall aufzuklären. Aber dabei helfen Sie mir nicht. Dabei helfen mir Ihre Fragen nicht, und dabei helfen mir auch keine Volksreden. Schreiben Sie, was Sie wollen, aber stören Sie mich nicht bei meiner Arbeit.«

»Oh! Danke! Ich darf schreiben, was ich will!« rief Hilpert und riß dabei den Mund sperrangelweit auf, wie ein Karpfen. Smitz hatte den Weg zum Marktplatz eingeschlagen, und Hilpert folgte, blieb aber zwei Meter hinter ihm, schwieg sogar kurz, sagte dann jedoch: »Wissen Sie, wissen Sie, ich habe mich immer gefragt, was wohl aus dieser Eleonore einmal werden würde. Ich meine, so ein hübsches Mädchen.« Er kicherte. »Wie ungerecht die Natur doch manchmal ist. Kein Verstand, aber ein Körper, ein Körper!« Er kicherte wieder. »Ich könnte Ihnen da Dinge erzählen, Dinge, sag ich Ihnen ...«

»Was für Dinge?« fragte Smitz tonlos.

»Ich bitte Sie – Sie erzählen mir, was Sie wissen, ich erzähle Ihnen, was ich weiß. Ist das ein Geschäft? Ist das ein Geschäft?«

Smitz ballte die Fäuste. Erst dieser Müller und dann noch der Spinner hier.

»Aber ich will Sie ja nicht ganz im Regen stehenlassen«, sagte Hilpert und zeigte seine langen Zähne. »Wissen Sie, daß Eleonore Tal fast täglich beim Pfarrer war? Fast täglich! Das müssen Sie sich mal vorstellen. So eine Frau. Wo man schon beim Hinsehen ... Also ich meine ... Sie verstehen schon. Und ich sage Ihnen, das ist auch eine Strafe Gottes. So eine Frau ist auch eine Strafe Gottes. Für alle, die sie nicht haben können.« Eine melancholische Falte zeigte sich auf seiner hohen Stirn, und er wiederholte: »Eine Strafe Gottes. Stellen Sie sich vor, Sie werden jeden Tag an das Tor des Garten Eden geführt, Sie dürfen aber nie rein! Sie dürfen nie rein! Nie und nimmer!« Und wieder kicherte er, diesmal so sehr, daß er sich verschluckte und das Kichern in einen Hustenanfall mündete. Smitz schlug ihm nicht auf den Rücken, er blieb nicht einmal stehen, so daß sich ein größerer Abstand zwischen den beiden bildete. Nachdem Hilpert ausgehustet hatte, folgte er im Laufschritt.

»Kommen Sie«, sagte Smitz unvermittelt milde, als Hilpert ihn hechelnd erreichte, und er zeigte auf eine Kneipe, über der ein Schild mit der Aufschrift »Zur Scholle« hing. »Wir trinken ein Bier, und Sie schütten mir Ihr verliebtes Herz aus.«

Hilpert aber murmelte plötzlich etwas von »Keine Zeit mehr, muß noch recherchieren«, und weg war er. In der Scholle hatte er Hausverbot, nachdem er nach einem mißlungenen Versuch, sich aus amourösen Gründen sinnlos zu besaufen, am nächsten Tag dem Wirt in der Zeitung angedichtet hatte, er verkaufe Schnaps, der mit Wasser gestreckt sei. Es hatte sogar ein juristisches Nachspiel gegeben.

Freunde beim Bier

Die Tür der Gaststätte »Zur Scholle« stand weit offen. Beim Eintreten fiel der Blick zuerst auf die Theke, die aus einem Eichenstamm gehauen und vorn zu den Gästen hin mit Zinn beschlagen war. Die Wände des Schankraumes waren bis Brusthöhe mit blauweißen Kacheln bedeckt, darauf Motive aus der Region, Windmühlen, gedrungene Bauern, Schlittschuh laufende Kinder auf zugefrorenen Kanälen, Wasserträger mit ihrer Last, Kirchtürme, Pappelalleen. Über den Kacheln waren die Wände vom Ruß des großen offenen Kamins gedunkelt und in den Ecken beinah schwarz. Die Tische waren aus grobem Holz, die Stühle robust, sicher ungerührt, wenn sich am Abend die Männer schwer auf sie fallen ließen, Stunden verharrten und schwerer und schwerer wurden von dem Bier, das sie ihrem Gewicht hinzufügten.

Hinter der Theke stand der stämmige Wirt in seinem blauschwarzen Bauernhemd, und hinter ihm hingen kopfüber zwanzig Schnapsflaschen, alle am Ende des Halses mit einem Dosierer versehen, den man mit einem Glas hochdrücken mußte, um es zu füllen.

Als Smitz die Scholle betrat, drehten sich die drei Männer an der Theke nach ihm um. Smitz nahm den Hut ab, grüßte und zeigte auf den Pflug, der zur Zierde an Eisenketten über der Theke hing. »Wenn der mal nicht runterfällt«, scherzte er.

Der Wirt grinste und sagte: »Der Pflug oder das Wetter, nicht wahr, Franz?« Und Franz, ein mittelalter Mann mit Bauch, der die Uniform eines Bahnbeamten trug, leerte sein Schnapsglas und meinte: »Ja, der Pflug oder das Wetter. Mann, ist das wieder heiß heute. Mann, ist das wieder kalt. Wie das wieder schüttet. Oder der Pflug. Wenn der mal nicht runterfällt. Paß auf, der fällt gleich runter. Das Wetter oder der Pflug. Aber der Pflug ist seltener.«

Nun grinsten alle vier Männer Smitz an, und Smitz

grinste zurück und sagte: »Am häufigsten ist aber sicher ›Herr Wirt, bitte ein Bier.‹ Nicht wahr?«

»Ja«, lachte das breite Wirtsgesicht, »nur den ›Herrn Wirt‹, den lassen die meisten hier weg und das ›Bitte‹ auch. Ich kann schon froh sein, wenn die überhaupt das Maul aufkriegen. Manch einer hebt gerade mal den Finger. Hier, der Paul zum Beispiel.« Und er zeigte auf einen seiner drei Gäste, einen etwa vierzigjährigen Mann in einem zerschlissenen Anzug, der an Gesäß und Ellenbogen fast durchgescheuert war. Die Krawatte hatte der Mann wild verknotet, die Schuhe waren sichtlich zu groß und obendrein durchgelatscht, und das schlecht rasierte Gesicht ließ einen wenig erleuchteten Geist erahnen.

»Was?« fragte Paul, der seinen Namen gehört hatte.

»Wie bestellt man ein Bier, Paul?« fragte der Bahnbeamte, und Paul hob den Zeigefinger wie in der Schule. Alle lachten, auch Smitz bemühte sich.

»Eine Runde«, sagte Smitz und hob ebenfalls den Zeigefinger.

»Sie sind doch der Kommissar! Sie sind doch der Kommissar!« rief der dritte Mann an der Theke, ein alter Knochen, bei dem alles Falte war und der einen langen vorstehenden Schneidezahn hatte, der einfach nicht im Mund verschwinden wollte, selbst wenn die rissigen Lippen geschlossen waren.

»Wie kommen Sie denn darauf?« fragte Smitz.

»Ich möchte nicht behaupten, daß man Ihnen das äußerlich ansieht, denn dann würde ich mich ja dem Verdacht aussetzen, ich hätte durch häufigere Gelegenheit Erfahrungen mit der Polizei, was in keiner Weise zutrifft. Aber man spricht von Ihnen, hier in der Stadt«, bemerkte der alte Knochen, wobei er mit Wohlgefallen seinen eigenen Worten lauschte.

»K. ist eben klein«, sagte der Wirt, ließ seine Unterlippe hängen, zog die Schultern ein wenig hoch und zeigte seine Handflächen. »Hier spricht sich alles schnell herum.«

»Wo Sie es schon wissen – und überhaupt, warum sollten Sie es nicht wissen. Gestatten Sie, daß ich mich vorstelle: Smitz, Kommissar, Mordkommission. Ich komme aus S.«

»Gustav Ölmann«, sagte der Wirt.

»Angenehm, Richard Bartholomäus, Volksschullehrer a. D.«, sprach der alte Knochen.

»Franz Krens. Ich bin der hiesige Bahnhofsvorsteher«, ließ sich der Uniformierte vernehmen.

»Paul«, sagte Paul, »Landarbeiter.« Und noch einmal: »Landarbeiter.« Er hielt Smitz seine dick verbundene rechte Hand hin, merkte, daß er mit dieser Smitzens Hand nicht würde schütteln können, und hob die linke, die Smitz ergriff.

»Sie haben sich verletzt?« fragte Smitz, nur um etwas zu sagen.

»Ja«, sagte Paul und grinste verlegen, als habe er etwas ausgefressen.

»Jetzt erzähl doch endlich mal, wie das passiert ist, Paul«, warf der Wirt ein, und zu Smitz: »Sie müssen wissen, er will es uns nicht sagen. Aber jetzt, wo Sie da sind ... Also ein Kriminaler ... Da kannst du doch nicht anders, nicht wahr, Paul, jetzt mußt du reden, jetzt hilft nichts mehr.«

Alle sahen Paul an, der verlegen den Kopf senkte.

»Komm schon, Paul«, ermunterte ihn der Bahnhofsvorsteher.

»Mir ist eine Kiste auf die Hand gefallen. Beim Strauch«, sagte Paul langsam.

»Beim Strauch?« fragte der Wirt.

»Ja.«

»Ich dachte, du wolltest nicht mehr für den Strauch arbeiten.« Der Wirt schüttelte verständnislos den Kopf.

»Nein«, sagte Paul.

»Ja, und warum hast du es dann getan?« fragte der Bahnhofsvorsteher.

»Weiß nicht.« Paul zuckte mit den Achseln.

»Der Strauch«, wandte sich der Volksschullehrer a. D. an Smitz, »das ist ein hiesiger Unternehmer ...«

»Was heißt denn Unternehmer?!« unterbrach ihn der Bahnhofsvorsteher. »Im- und Export! Was heißt das denn schon?! Und dann den Paul schlagen! Ich versteh dich nicht, Paul. Der hat dich doch geschlagen, und du gehst da trotzdem noch hin?«

Paul trat von einem Fuß auf den anderen, sagte aber nichts, schluckte nur einmal vernehmlich.

»Ist ja gut, Paul«, raunte der Wirt wohlmeinend und schob Paul ein Gläschen eiskalten Schnaps hin.

Man trank ein Bier und noch ein Bier und einen Schnaps und noch ein Bier und erzählte dies und das, und bald lag eine Stimmung in der Luft, in der es kaum verwundert hätte, wenn einer der Herren Smitz gefragt hätte: »Weißt du noch, damals?« Obwohl, beim Du, da war man dann doch noch nicht.

Man lachte. Der Wirt laut, der Bahnhofsvorsteher auch, aber mit wissendem Blick, der Volksschullehrer a. D. weniger als die anderen, aber wenn, dann durchdringend und meckernd. Paul lachte dumpf und glücklich, und Smitz, der lachte beinahe tonlos.

Nach dem zweiten Bier begann der Volksschullehrer a. D. fast jede seiner Ausführungen mit den Worten »Damals im Krieg ...«, und er spuckte beim Sprechen.

»Damals im Krieg«, sagte er, »da wäre so was nicht vorgekommen. Und wenn, dann hätte man eine radikale Lösung, will sagen kurzen Prozeß, wenn Sie verstehen, was ich meine. Und überhaupt! Wenn jemand schwach im Geiste ... Von vornherein, damals ...« Er stutzte, sah Paul an und fuhr fort: »Was kann man denn heute noch erwarten? Heute! Geht mir weg mit heute!« Er trank einen Schluck, fragte: »Sind wir denn heute überhaupt noch ein richtiges Land?« und gab die Antwort gleich selbst: »Nein, wir sind kein richtiges Land mehr. Wir sind ein Land, das der Russe in Stücke gehauen hat. Und eine

Armee haben wir auch nicht mehr! Ein Land ohne Armee ist gar kein richtiges Land. Ein Land ohne Armee, das ist wie ein Bock ohne Hörner, ein Schuster ohne Schuhe, ein Lehrer ohne Schulklasse. Wir brauchen wieder eine Armee.« Der Wirt, der Bahnhofsvorsteher und Paul machten lange Schülergesichter, voll schicksalsergebener Langeweile und Sehnen nach dem Ende der allzuoft gehörten Belehrung.

»Die Armee ist die Stütze der Ordnung in den Köpfen. Ihre reine Existenz verhindert daher unnatürliche Auswüchse. Sie läßt einen Geist der mitunter harten aber letztendlich wirkungsvollen Lösungen gedeihen. Und wer das nicht glaubt, der wird doch zumindest nicht den Russen am Rhein haben wollen! Da hat doch Adenauer ganz recht. Wir brauchen eine Armee. Da hat Adenauer doch völlig recht. Daß er nicht gedient hat wie unsereins, das ist ja nun nicht mehr zu ändern. Aber recht hat er trotzdem. Recht hat er. Alle Wege des Marxismus führen nach Moskau. Daß Stalin jetzt tot ist, Gott sei Dank, das macht es auch nicht viel besser.«

Der Wirt schaltete sich ein: »Laß doch die Politik, Richard. Das ist doch nur ein schmutziges Geschäft. Ehrliche Leute wie du und ich sollten die Finger davon lassen. Es geht doch auch allen immer besser.«

»Besser geht's! Besser geht's! Aber nicht allen, nicht allen. Ich sage nur Pit Düllmen. Mehr muß ich gar nicht sagen«, bemerkte der Bahnhofsvorsteher und schüttelte bitter den Kopf.

»Pit Düllmen«, sagte auch Paul und schüttelte ebenfalls den Kopf.

»Pit Düllmen?« fragte Smitz.

»Ja, Pit Düllmen!« rief der Bahnhofsvorsteher. »Der wohnt im Bahnhof, unterm Dach. Ein kleines Zimmer, aber hell und günstig. Klo und Badezimmer zwei Treppen tiefer. Aber immerhin. Man hilft, wo man kann.«

Der Volksschullehrer a. D. verdrehte die Augen und hob den Finger für ein neues Bier.

»Ja, Pit Düllmen«, fuhr der Bahnhofsvorsteher fort und sah Smitz bedeutungsschwer an. »Ich rechne Ihnen das mal vor.« Und er schlug immer wieder mit der rechten in die linke Handfläche, daß es klatschte. »1910 geboren hier in K. Der Vater Maurer, die Mutter Näherin. Mitte der Zwanziger macht Pit die Maurerlehre. Mitte der Dreißiger heiratet er Irene Stülkers. Ein Jahr später wird der erste Sohn geboren. Noch ein Jahr später der zweite Sohn. Dann der dritte. 1940 Kommiß, Pioniere. 1953, vor vier Monaten, kommt er zurück aus Rußland, aus der Sowjetunion von mir aus. Und dann? Wohnhaft im Bahnhofsgebäude. Ist Gelegenheitsarbeiter. Aber ich habe Ihnen noch nicht alles gesagt, Herr Smitz, ich habe noch nicht alles gesagt. Kurz vor Kriegsende bekommt Irene Düllmen, geborene Stülkers, die Nachricht, daß ihr Mann vermißt wird. Schriftlich in so einem Brief. Auf dem Feld der Ehre ... Sie kennen das ja. Ein paar Jahre später, Ende der Vierziger, läßt sie die Ehe scheiden. Sie hätte ihn auch für tot erklären lassen können. Das wäre das Einfachste gewesen. Aber sie macht sich die Mühe und läßt die Ehe scheiden. Immerhin. Und warum? Natürlich weil sie wieder heiraten will. Und wen? Einen alten Schulfreund von Pit, Thomas Beeker, der ist Schreiner. Die beiden bekommen ein Kind, ein Mädchen. Und auf einmal kommt der Pit zurück!« Der Bahnhofsvorsteher bebte. Er hob zwei Finger für ein Bier und einen Schnaps und malte in der Luft einen schnellen Kreis für eine Runde. Dann ruhiger: »Natürlich hat Pit mit Irene gesprochen. Nach dreizehn Jahren das erste Mal. Nach dreizehn Jahren das erste Mal! Aber sie wollte bei ihrem neuen Mann bleiben. Pit ist jetzt dreiundvierzig Jahre alt. Das ist doch eigentlich kein Alter. Aber Sie sollten ihn mal sehen. Sie sollten ihn mal sehen.« Er schüttelte den Kopf.

»Der deutsche Soldat hat im Krieg seine Ehre nicht verloren. Das hat selbst dieser Eisenhower gesagt. Und dann so was«, seufzte der Volksschullehrer a. D.

»Sie hat immer eine Kerze im Fenster gehabt. Eine grüne Kerze. Sollte Pit heimleuchten. Eine grüne Kerze«, sagte Paul traurig.

Die fünf Männer tranken schweigend, und Paul rang mit den Tränen. Er war es dann aber auch, der die Stimmung rettete. »Einen schönen Wagen hat der Aldekerk«, sagte er unvermittelt.

»Ein wunderbares Modell.« Der Volksschullehrer a. D. schlug vor Begeisterung mit der flachen Hand auf die Theke. »Mercedes Benz 180 D. Deutsche Wertarbeit. Damals im Krieg und danach, da hat man doch gesehen, wie der Amerikaner und der Engländer mit diesen Wagen, diesen Jeeps, rumgefahren sind. Das war doch nichts. Immer kaputt, immer Pannen. Und der Franzose, der hatte noch nicht mal eigene Wagen. Da sieht man es mal wieder. Wir Deutschen haben ja auch den Motor erfunden.«

»Ja, aber dieser Aldekerk«, warf der Wirt ein, »der ist und bleibt ein seltsamer Mensch. Doch der Wagen, herrlich, muß ich schon sagen.«

»Man kennt ihn ja eigentlich nicht«, sagte der Bahnhofsvorsteher. »Gut. Er hat seine Apotheke, seine Villa, seinen neuen Wagen, sein Mündel. Also, daß die den Pfarrer ermordet haben soll, das will man gar nicht glauben. So ein nettes Mädchen. Natürlich, nicht ganz bei Trost, aber so nett anzusehen und immer freundlich. Was sagen Sie denn dazu, als Fachmann?« fragte er Smitz.

»Die Ermittlungen laufen, die Ermittlungen laufen. Sie steht unter Verdacht. Mehr kann ich nicht sagen«, antwortete Smitz.

»Der Müller hat mehr gesagt«, bemerkte der Wirt.

»Der Müller!« rief der Volksschullehrer a. D. »Den kenne ich! Erzähl mir nichts vom Müller! Den kenne ich! Den habe ich unterrichtet. Fünf Jahre habe ich den unterrichtet. Ich sage euch, das war eine Strafe! So ein primitiver Mensch! Eine Geißel! Hier, unser Paul, der ist nicht der Hellste, nicht wahr, Paul?« Paul nickte eifrig. »Aber der Müller, der ist auf eine ganz gemeine Art beschränkt, auf eine hinterlistige Art. Der kann lügen, daß sich alles biegt. Der hat doch den ganzen Krieg geschwänzt! Wegen eines Herzfehlers! Daß ich nicht lache! Wegen eines Herzfehlers! Und als ich hier den Volkssturm organisiert habe, da hat der auch wieder simuliert. Fieber hat der uns vorgespielt. Seife hat der gefressen. Das hat dem richtig aus dem Maul geschäumt vor lauter Seife. Und dann hat der sich auch noch absichtlich ein Bein gebrochen. Der ist doch absichtlich von der alten Stadtmauer runtergesprungen, direkt bei der Villa vom Aldekerk. Kann mir doch keiner erzählen ...! So ein Subjekt. Und dann das Saufen.« Der Volksschullehrer a. D. wackelte zur Begleitung seiner Rede heftig mit dem faltigen Kopf auf dem Truthahnhals.

»Aber damals war das doch noch gar nicht die Villa vom Aldekerk«, warf der Wirt ein.

»Ich weiß auch, daß das damals noch nicht die Villa vom Aldekerk war!« geiferte der Volksschullehrer a. D.

»Aber wie der Aldekerk an die Villa gekommen ist und wieso er der Vormund von Eleonore geworden ist, das weißt selbst du nicht«, frotzelte der Bahnhofsvorsteher.

»Wieso? Wieso? Die Eleonore, die ist doch die Tochter vom Johann Tal und von der Elsbeth Tal und ...«

»Ja, ja, das mußt du uns nicht erzählen. Wir sind auch von hier«, sagte der Bahnhofsvorsteher, und der Wirt warf ein: »Ein so schönes Paar, und ausgerechnet die werden von einer Bombe erwischt. Im Schlaf! Eine Schande! Es trifft eben immer die Falschen.«

»Und Eleonore hat nur überlebt, weil sie vor lauter Angst allein im Luftschutzkeller geschlafen hat. Das muß man sich mal vorstellen – das Kind hat mehr Angst vor den Bomben als davor, allein im Keller zu sein. Die muß damals sieben oder acht gewesen sein«, sagte der Bahnhofsvorsteher zu Smitz und nickte gewichtig.

»Das wissen wir doch alles«, winkte der Wirt ab.

»Gab es denn keinen Bombenalarm?« fragte Smitz.

»Das ist auch wieder so was!« rief der Volksschullehrer a. D. »Ich bin bis heute sicher, daß der Müller das zu verantworten hat. Der hatte doch Meldedienst in der Nacht. Der Alarm ist zu spät ausgelöst worden! Viel zu spät! Gepennt hat der! Gepennt wie in der Schule!«

Der Bahnhofsvorsteher warf ein: »Der Pfarrer hat schon ganz recht gehabt, auf der Kanzel. Ohne eine wachsame Polizei gehen wir ganz schnell vor die Hunde.«

»Das hat er gesagt?« fragte Smitz.

»Das hat er gesagt«, bestätigte der Bahnhofsvorsteher. »Und dabei hat er den Müller angesehen. Sonntags! Die Kirche war voll! Das muß man sich mal vorstellen!«

»Wissen Sie noch mehr über Eleonores Eltern?« fragte Smitz.

»Sicher, sicher, wenn Sie das interessiert. Ich will Ihnen das gerne erzählen. Also, wir hatten Krieg, nicht wahr, Paul?« dozierte der Volksschullehrer a. D., und Paul lächelte zustimmend. »Was weiß man, was da alles passiert ist? Auf jeden Fall sind viele gestorben. Die Tals, das war ein junges Ehepaar, ein ganz junges Ehepaar, die kamen aus – ich weiß nicht woher. Die haben sich hier niedergelassen, schon vorm Krieg, in der Hubertusstraße. Johann Tal hat in der Adler-Druckerei gearbeitet, als Setzer. Ich hatte da des öfteren mit ihm und seinem Chef zu tun, wegen diverser Plakate. Ja. Und sie, also Elsbeth, war Krankenschwester und ist der städtischen Hebamme zur Hand gegangen. Sie müssen wissen, die beiden haben sich im Krankenhaus kennengelernt. Also nicht hier in K., vorher, woanders. Er ist dort unter ein Fuhrwerk gekommen, so ein schweres Brauereifuhrwerk. Hat ein Bein verloren. Da konnte er dann auch nicht mehr in den Krieg. Das war ihm schwer. Ich habe selten einen gesehen, dem das so schwer war. Der Engländer hat dann mit seinen Terrorangriffen begonnen, und 43 oder 44 sind die beiden getötet worden, von einer dieser verdammten Brandbomben. Aber Eleonore hat überlebt.« Er nahm einen Schluck Bier und wischte sich den Schaumbart weg. Etwas erschöpft wirkte er. »Dann ist der Aldekerk gekommen, ganz offiziell als ihr Vormund, und hat sich in der ehemaligen Van-Huekelhoff-Villa niedergelassen. Den hat doch hier vor dem Krieg keiner gekannt.«

»Ja, der ist erst im Krieg gekommen«, bestätigte der Wirt.

»Der verkehrt ja bis heute mit niemandem«, sagte der Volksschullehrer a. D. »Da weiß man nicht viel. Ja, Weibergewäsch, das gibt es natürlich. Aber nichts Sicheres, nichts Sicheres. Auf jeden Fall muß der richtig Geld haben. Der hat hier ja ruckzuck seine Apotheke aufgemacht. Hieronymus-Apotheke! Und die ganzen Mietshäuser, die der hat.«

»Das wissen wir doch alles«, winkte diesmal der Bahnhofsvorsteher ab.

»Aber der Herr Kommissar vielleicht nicht!« Der Volksschullehrer a. D. schätzte keine Unterbrechungen.

»Ja, wenn Sie vielleicht ... Das würde mich schon interessieren«, bemerkte Smitz höflich.

»Na also!« freute sich der Volksschullehrer a. D. und warf dem Bahnhofsvorsteher einen triumphierenden Blick zu.

»Also, damals im Krieg, da hatte unser Apotheker, der Willi Küsters, Heimaturlaub. Aber als er dann hier angekommen ist, hatte eine Bombe die Apotheke getroffen. Vom Engländer. Einen Tag, bevor der Küsters gekommen ist. Ja, das war ein Schlag. Aber es ist ja noch schlimmer gekommen, noch viel schlimmer. Wir haben alle mit dem Küsters vor dem Trümmerhaufen gestanden, und der Pfarrer hat das Wort ergriffen und dem Küsters gesagt, daß er stark sein muß und daß seine Frau unter den Trümmern liegt.« Der Volksschullehrer a. D. schluckte. »Da überlebt einer die Front und hängt sich auf.«

»Die Beerdigung war schön«, sagte Paul bedächtig.

»Ja«, sagte der Wirt, »der Pfarrer und der Willi Küsters ... Und jetzt sind beide tot. Furchtbar ... Also, ich finde das furchtbar ... Grausam ... Wenn ich daran denke, wie Eva auf Willis Beerdigung ... Ich dachte, die stirbt uns auch noch weg.«

»Eva?« fragte Smitz.

»Ja, Eva.« Der Wirt rieb sich ein Auge. »Willis Frau. Die war doch gar nicht tot. Die war doch auf dem Land, auf Hamsterfahrt.«

»Aber der kleine Oscar war zu Hause«, wußte Paul.

»Oscar Küsters, dieser Student mit dem Ziegenbart?« fragte Smitz, und Paul nickte.

»Ja, was sollte Eva denn machen?« fuhr der Wirt fort. »Der kleine Oscar konnte doch nicht mit, da hat sie ihn eben zu Hause gelassen. Die konnte den ja auch nirgends hinbringen. Der kleine Oscar ist doch immer ausgebüchst. Das hatte doch keinen Zweck.«

Der Volksschullehrer a. D. räusperte sich und sagte: »Das hat der Pfarrer sich bis zuletzt nicht verziehen, daß er Oscar nicht geglaubt hat.«

»Mami ist auf Hamsterfahrt. Mami ist auf Hamsterfahrt«, quäkte Paul mit Kleinjungenstimme.

»Der Pfarrer hat den Jungen nach O. gebracht, in das kirchliche Heim. Sofort nachdem die Apotheke zerstört war. Höchstpersönlich. Das hätte er nicht tun sollen. Nach O.! Das war doch viel zu weit weg.« Der Wirt schüttelte traurig den Kopf. »Wenn Willi den Jungen gesehen hätte, dann hätte er sich doch nicht umgebracht, da hätte er doch ... Selbst wenn Eva wirklich tot gewesen wäre ...«

Sie schwiegen, bis der Bahnhofsvorsteher fragte: »Und was wird jetzt aus Eleonore?« Sein wissender Gesichtsausdruck war ganz der Rührung gewichen. Alle Blicke richteten sich auf Smitz, der noch einigermaßen nüchtern war, weil er die Schnäpse geschickt einer Topfpflanze zum Trinken gegeben hatte.

»Ich sehe noch nicht ganz klar. Aber wenn sie es war, dann steht es schlecht um sie.«

»Müller hat gesagt, sie war es«, seufzte der Wirt.

»Der soll sich mal schön zurückhalten«, meinte der Bahnhofsvorsteher verächtlich. »Seit Monaten diesen verdammten Feuerteufel nicht fangen und jetzt große Töne spucken, in der Zeitung.«

»Feuerteufel?« fragte Smitz.

»Ja, drei Kapellen hat der schon angezündet«, sagte der Bahnhofsvorsteher.

»Vier«, korrigierte der Wirt. »Vier. Alle völlig ausgebrannt.«

»Hier in K.?« fragte Smitz.

»Nein, in der Umgebung, auf den Dörfern. Aber wer weiß, vielleicht ist K. auch bald dran«, sagte der Wirt und klopfte dreimal auf die Eichentheke.

»Eleonore hat neben dem Pfarrer gelegen«, sagte Paul traurig, und eine Gänsehaut überzog seine nackten Unterarme. Wie die anderen auch hatte er seine Jacke wegen der Hitze ausgezogen und die Hemdsärmel bis zu den Ellenbogen hochgekrempelt. Smitz nickte ihm aufmunternd zu und konnte sich nicht zurückhalten zu sagen: »Unter uns, der Müller hat den Fall nicht untersucht, der hat nur Eleonore und den toten Pfarrer gesehen und seine Schlüsse gezogen. Aber Schlußfolgerungen sind noch keine Beweise.«

»Dann war sie es nicht?« fragte der Wirt.

»Das habe ich nicht gesagt«, antwortete Smitz.

Nach einer Pause sagte der Bahnhofsvorsteher: »So ein nettes Mädchen. Aber der Aldekerk, der ist sich zu schade, einem guten Tag zu sagen. Dem würde eher die Hand verdorren, als daß der den Hut zieht.«

»Zu dumm, daß es in K. nur eine Apotheke gibt«, meinte der Wirt. »Da muß man dem noch sein Geld in den Rachen werfen.«

Alte Klatschtanten

Smitz hatte die Scholle verlassen. »Ermitteln ...«, hatte er gesagt. »Ich muß ermitteln. Die Herren!« Und er hatte beide Arme baumeln lassen und sich tief verbeugt, wie ein Pianist am Ende eines Konzertes, mit seiner grauen Weste, die er trotz der Hitze noch trug, mit den Schweißperlen auf der Stirn und den wenigen zerzausten Haaren. Die Herren hatten ihn wild durcheinander zum Bleiben aufgefordert und ihn dann, als sie sahen, daß er nicht aufzuhalten war, eingeladen, sehr bald wiederzukommen, und sie hatten ihm allen erdenklichen Erfolg gewünscht.

Erst vor der Tür spürte Smitz den Druck auf der Blase. Aber zurück in die Scholle wollte er nicht. Er machte sich also eiligst auf die Suche nach einem Plumpsklo im Hinterhof eines der Häuser. Schnell wurde er fündig. Wieder draußen, wusch er sich die Hände an einer Pumpe. Dann fand er noch ein Zitronenbonbon in der Westentasche, warf es sich in den Mund und fühlte sich gleich etwas besser.

Die Sonne stand gleißendgelb am Himmel und brannte ohne Erbarmen. Smitz flüchtete in den Schatten einer Kastanie in der Mitte des Viehmarktes.

Eine Coca-Cola, dachte er, eine Coca-Cola, und sah im selben Augenblick etwas entfernt das Schild des »Grafen von Schlösser«, das neben dem Schriftzug ein Posthorn und ein röhrender Eber schmückten. Smitz hinkte hinüber und trat ein. »Eine Coca-Cola«, sagte er zum Wirt und fügte Sekunden später hinzu: »Guten Tag, die Damen«, denn an einem Tisch neben der kleinen Theke aus schwarzem, poliertem Palisanderholz saßen zwei ältere Damen, tranken trotz der Hitze unverdrossen Kaffee zur Sahnetorte, erwiderten den Gruß aber nicht. Der Wirt in seiner schwarzen Samtweste, mit der Fliege um den Hals und dem schmalen Oberlippenbart hatte etwas von einem Totengräber. Er vergewisserte sich mißbilligend: »Coca-Cola, der Herr?«

»Ja. Haben Sie nicht?«

»Doch, der Herr.« Der Wirt drehte sich auf dem Absatz um und verschwand durch eine Schwingtür.

»Coca-Cola!« rief eine der beiden Damen, eine Hutzelige in blauem Kleid mit weißen Pünktchen und mit einem runden Hütchen auf dem grauen Haar, an dem vorn ein Schleier befestigt war, der wie ein Einkaufsnetz aussah. »Coca-Cola! Sie wollen Coca-Cola trinken, junger Mann? Wissen Sie denn nicht, wie schädlich das ist?«

»So etwas Ungesundes«, pflichtete die zweite Dame bei, die kräftiger war als die erste und sich ihre recht kurzen Haare hatte schwarz färben lassen. Mit ihrer Frisur, die ein schuppiger Mittelscheitel spaltete, war sie in den zwanziger Jahren stehengeblieben.

Die Hutzelige ergriff wieder das Wort, sprach aber nicht zu Smitz, sondern zur Kräftigen: »Ich habe von einem jungen Mann gehört, dem hat dieses amerikanische Getränk den ganzen Magen zerfressen. Er hatte richtige große Löcher im Magen. Das müssen Sie sich mal vorstellen! So was müßte doch verboten werden!«

»Und auch für die Nerven ist dieses Getränk sehr schädlich«, betonte die Kräftige.

»Von Getränk kann man ja gar nicht reden. Es ist ein Gift. Eine Säure«, belehrte die Hutzelige die Kräftige.

Der Wirt trat durch die Schwingtür, in der Hand ein Fläschchen Coca-Cola.

»Herr Ölmann, Sie sollten so etwas nicht an Ihre Gäste ausschenken.« Die Hutzelige wackelte verständnislos mit dem Kopf. Herr Ölmann schob bedauernd die Schultern nach vorn und bemerkte heiser: »Der Kunde ist König.«

»Nein!« Die Hutzelige erhob ihren Zeigefinger, sah Herrn Ölmann und Smitz ernst an und verkündete, ein wenig die Worte suchend: »Als Wirt hat man eine Pflicht seinen Gästen gegenüber. Der Wunsch des Gastes ist dann nicht mehr Befehl, wenn der Gast vor sich selbst geschützt werden muß.« Die Kräftige nickte zustimmend, und Smitz sagte: »Wenn es Ihnen nichts ausmacht. Eine Coca-Cola wird mich nicht umbringen.«

Die beiden Damen machten einen spitzen Mund, und Herr Ölmann servierte. Smitz trank, verkniff sich das Ahhh! eines durstigen Mannes und setzte das Glas auf die Theke, bemüht, beim Absetzen keinerlei Geräusch zu verursachen.

Alle schwiegen. Smitz wollte schon sein Glas leeren und sich davonmachen, da fuhr Müller auf dem Rad am »Grafen von Schlösser« vorbei, und die beiden Damen, die das Fenster im Blick hatten, sagten wie aus einem Munde: »Dieser Müller ...« Sie seufzten, und die Hutzelige fuhr nach einem weiteren Seufzer fort: »Jedes Wort, jedes einzelne Wort, das der Herr Pfarrer in seiner Predigt gesagt hat, ist die reine Wahrheit. Ich habe seine Worte nicht vergessen. Wie lange müssen wir noch der Tatenlosigkeit unserer Polizei zusehen?! Wann wird unsere Polizei endlich etwas unternehmen?! Wann wird der Teufel, der unsere Gotteshäuser anzündet, endlich ausgerottet?!«

»Das haben Sie aber gut behalten«, anerkannte Herr Ölmann.

»Sehr gut. Sehr gut«, bestätigte die Kräftige.

Nach erneutem allgemeinem Schweigen hauchte die Hutzelige: »So ein feiner Mann. So ein feiner Mann. Das ist mir ein Rätsel.«

»Ja, ein Rätsel«, echote die Kräftige.

Smitz bedeutete Herrn Ölmann wortlos, daß er noch eine Coca-Cola wolle, und Herr Ölmann verschwand abermals durch die Drehtür, die Nase hoch in den Lüften.

»Die kleine Eleonore Tal. Das kann man nicht begreifen«, sagte die Hutzelige.

»Ja, das kann man nicht begreifen«, echote die Kräftige.

»Ich weiß noch, wie der Herr Pfarrer den Wagen unseres Hänschens gesegnet hat. Das ist jetzt zwei Jahre her. Nein, drei Jahre. Das war ein so feierlicher Augenblick. Wie er den Wagen mit Weihwasser besprengt hat und dann uns.« Die Hutzelige deutete die Handbewegung an, die der Pfarrer damals wohl gemacht haben mußte. »Mit so einem eleganten Schwung!«

Die Kräftige nickte und sagte: »Ein Jammer, daß er keine Nachkommen hat«, woraufhin die Hutzelige sie strafend ansah.

»Danke«, sagte Smitz, als Herr Ölmann ihm die zweite Coca-Cola eingeschenkt hatte, und ein strafender Blick traf auch ihn.

»Eleonore Tal ist doch so ein hübsches Mädchen«, seufzte die Kräftige.

»Aber vom Teufel besessen! Man fragt sich, was aus ihr wohl werden wird«, meinte die Hutzelige. »Und aus ihrem Vermögen«, fügte sie hinzu.

»Vermögen?« warf Smitz von seinem Platz an der Theke ein.

»Belauschen Sie uns etwa? Man belauscht nicht die Gespräche von Damen, und man mischt sich schon gar nicht ein«, empörte sich die Hutzelige.

»Verzeihung.« Smitz verbeugte sich auf seinem Barhocker, unterließ es aber weiterhin, sich vorzustellen. Die beiden Damen flüsterten nun einige Sätze lang, fanden aber bald wieder zu ihrer gewohnten Lautstärke zurück.

»Doch, doch, das gehört ihr«, versicherte die Hutzelige.

»Ist sie denn schon einundzwanzig?«

»Ich glaube nicht. Nein. Aber das gehört ihr ja trotzdem.«

»Aber ihre Eltern waren doch ...«

»Sicher, sicher«, unterbrach die Hutzelige. »Aber die Erbschaft ...«

»Aber ...«

»Daß Sie das nicht wissen, meine Liebe«, wunderte sich die Hutzelige.

»Aber ich weiß das doch«, antwortete die Kräftige.

Smitz nippte an seiner Coca-Cola, Herr Ölmann polierte ein Glas.

»Aber wer bekommt denn das jetzt alles?« fragte die Kräftige zaghaft.

»Was denn, meine Liebe?«

»Das Erbe von Eleonore.«

»Wieso Erbe?«

»Aber ...«

»Es gibt keine Todesstrafe mehr, meine Liebe.« Und

nach einer nachdenklichen Minute fuhr die Hutzelige fort: »Aber es gibt Gott sei Dank noch Strafen. Gott weiß, wen er straft. Und wenn wir glauben, der Strafe sei es nicht genug, so sollen wir uns in Geduld üben. Denn die Strafe kommt. Sie ist des Herrn.«

»Das haben Sie schön gesagt.«

»Gott weiß, wen er straft. Das sieht man doch bei diesem Düllmen. Der wäre doch besser totgeblieben in Rußland. Wenn der nur seine Frau nicht immer geschlagen hätte. Ich habe sie oft genug gesehen, morgens in der Kirche. Mit blutigen Lippen! Mit blutigen Lippen!« Und nach einer Pause: »Selig, wer nie heiratet.« Und wieder nach einer Pause: »Der arme Herr Pfarrer. Der arme, arme Herr Pfarrer.«

Smitz trank sein Glas aus, zahlte, murmelte einen Gruß und ging.

»Ein schäbiger Mann«, sagte die Hutzelige.

»Aber er war gut angezogen«, erwiderte die Kräftige.

»Ein schäbiger Mann bleibt ein schäbiger Mann, egal wie er sich verkleidet«, entschied die Hutzelige und wackelte unfreiwillig mit ihrem alten Zeigefinger, den sie in die Luft hielt.

Eine geliehene Waschmaschine

Kaum war Smitz aus der Tür des »Grafen von Schlösser« getreten, sah er nicht weit entfernt zwei Männer, die nebeneinander hergingen, der eine älter, mit Spazierstock, der andere jung. Die zwei bogen um eine Hausecke, und Smitz, der denselben Weg nahm und kaum dreißig Sekunden später dort auch abbog, rannte in die beiden Männer, die unmittelbar hinter der Ecke standen und aufeinander einredeten.

»Der Kommissar ...«, sagte Aldekerk, als er Smitz erkannte, und der Student Küsters schwieg erstaunt.

Im selben Moment kam ein Junge, vielleicht sieben Jahre alt, auf seinem Fahrrad um die Ecke und fuhr gegen Smitz' schlimmes Bein. Der Junge kippte mit seinem Fahrrad um und mit ihm der kleine Anhänger, der mit einer Strippe an den Sattel gebunden war und auf dem eine transportable Waschmaschine stand, die der Junge im Auftrag seiner Mutter bei der Leihstelle für 3,50 DM gemietet hatte.

Der Junge, die Waschmaschine, das Fahrrad und Smitz lagen auf dem Kopfsteinpflaster, und der Junge begann zu heulen. Smitz ächzte vor Schmerz, rappelte sich aber auf, stellte auch den Jungen wieder auf die Beine und sagte: »Heul nicht, ist halb so schlimm.« Aber der Junge heulte und jammerte mit tränenerstickter Stimme: »Die Waschmaschine ...« Mehr brachte er nicht heraus. Smitz schob ihn zu Aldekerk und sagte: »Halten Sie ihn fest. Der kippt uns sonst noch um vor Aufregung.« Aldekerk packte den Jungen, und als der versuchte, sich loszureißen, gab er ihm eine Ohrfeige. Smitz, der gerade die Waschmaschine auf den Anhänger heben wollte, war mit einem Satz bei Aldekerk, griff in dessen Schlaghand und drückte zu, daß man ein Knirschen gehört hätte, hätte es Aldekerk nicht mit einem kleinen Schmerzensschrei übertönt. »Gehen Sie«, knurrte Smitz.

Aldekerk gehorchte mit offenem Mund, und der Student, der die ganze Szene regungslos beobachtet hatte, stolperte hinter ihm her. Smitz tupfte mit einer Papierserviette, die er im »Grafen von Schlösser« hatte mitgehen lassen, die blutigen Knie des Jungen ab und wischte dann auch noch schnell über die Waschmaschine. Als der Junge sich etwas beruhigt hatte, lachte Smitz: »Ist doch halb so schlimm. Wenn deine Mutter schimpft, dann sag ihr, daß du nichts dafür kannst. Wenn sie dir nicht glaubt, soll sie mich anrufen. Hier, bei der Polizei.« Und Smitz gab dem Jungen seine Visitenkarte, setzte ihn auf das Fahrrad, klopfte ihm auf die Schulter. »Danke, Herr

Kommissar!« rief der Junge, als er schon um die nächste Ecke bog.

Smitz schlug die Richtung ein, die die beiden Männer genommen hatten, und tatsächlich sah er sie schon bald wieder vor sich. Sie gingen schnell, und Smitz konnte ihnen kaum folgen, mußte sich auf die Unterlippe beißen, denn ihm tat nach dem Sturz das Bein doppelt weh. Endlich blieben die beiden stehen, und Smitz beobachtete hinter einem Baum versteckt, wie der Vormund seine Brieftasche zog und dem Studenten mehrere Geldscheine gab. Wie viele und was für welche, das konnte Smitz nicht erkennen, obwohl er recht nah dran war, und so schwor er sich, nun doch endlich zum Augenarzt zu gehen.

Feier im kleinsten Kreis

Als die Nacht anbrach, trottete Smitz langsam durch die Straßen, blieb vor einem Etablissement stehen, aus dem das Lied »Der Señor aus Ecuador« tönte, massierte vorsichtig seinen linken Unterschenkel und hörte die blecherne Mikrophonstimme eines Ansagers, die sich in das Lied mischte.

»Meine Damen, meine Herren!«

»Komm, sagte der Señor aus Ecuador der Señorita leis ins Ohr«, sang es weiter, »wir tanzen beide unsren Rumba.«

»Meine Damen, meine Herren! Und ganz besonders meine Damen hier auf der Bühne! Jetzt wird es spannend!« rief der Ansager.

»Si, sagte die Rosita dem Señor, wenn ich einmal mein Herz verlor, geschah das nur bei einem Rumba.«

»Wir kommen nun zur Wahl der Beinkönigin! Bitte einmal die Musik aus! Danke! Wir kommen nun zur Wahl der Beinkönigin! Unsere Jury, Herr Hübber und Herr Poters, haben sich soeben auf die Bühne begeben!« Der

Ansager wurde dramatisch. »Walten Sie Ihres Amtes! Walten Sie Ihres Amtes! Aber nur schauen, meine Herren, nur schauen! HeHeHe! Dazu ein bißchen Musik!«

»Die Fischerin vom Bodensee ist eine schöne Maid, juchee! Ist eine schöne Maid, juchee, die Fischerin vom Bodensee!«

Smitz war eingetreten und hielt sich nah beim Eingang des Etablissements, über dem in rosa Lettern »Picasso« stand. Der Saal war voll, viele junge Frauen, auch einige junge Männer und nicht wenige ältere. Auf einer kleinen Bühne standen grell angestrahlt sechs Schönheiten in kurzen Röcken und Nylonstrumpfhosen mit dunkler Mittelnaht. Ihre Beine begutachteten gewissenhaft die Herren Hübber und Poters, wobei Herr Poters ein Monokel zu Hilfe nahm. Herr Hübber machte sich Notizen. Die Schallplatte leierte ein wenig.

»Und fährt sie auf den See hinaus, dann legt sie ihre Netze aus! Schon ist ein junges Fischlein drin, im Netz der schönen Fischerin!«

Die sechs Schönheiten kicherten und bewegten aufgeregt ihre Köpfchen und Händchen, nur ihre Füße waren wie angenagelt. Die Jury jedoch ließ keinerlei Anzeichen von Amüsement oder gar Erregung erkennen, richtete sich schließlich wieder zu gerader Haltung auf, flüsterte dem Ansager etwas ins Ohr und verließ die Bühne, um sich zu beraten.

»Hoffen wir auf ein einstimmiges Urteil«, sagte der Ansager in sein Mikrophon, das er mit einem Taschentuch umwickelt hatte.

Smitz verließ das Picasso und hinkte weiter durch die Straße, in der gerade der Laternenmann im blauen Kittel jede zweite Gaslaterne anzündete. Hätte Smitz in der vergangenen Nacht die Schubladen des Pfarrers gründlicher durchsucht, dann hätte er einen zerknüllten Zeitungsartikel nicht übersehen, in dem Zeilen standen wie: Der Adjutant des Sturmbannes II/20, Sturmführer Anton Hülgen, scheidet aus seinem Amt und übernimmt mit Wirkung vom 01. November die Führung des Sturmes 18/20 in K. In ihm begrüßt die SA einen Führer und langjährigen Aktivisten, der dieser ehrenvollen Berufung würdig ist. Und daneben das Foto des Ansagers der Wahl der Beinkönigin in Uniform. Er hatte zugenommen, seither.

Die Tür des Hotels zum Rhein war verschlossen. Smitz klingelte, aber niemand öffnete. Er klingelte weiter, klingelte Sturm, aber es tat sich nichts. Durch ein Fenster sah er dann den alten Mann hinter der Rezeption. Sein Kopf lag halb auf dem Anmeldungsbuch und sah tot aus, kreidebleich, und Speichel tropfte ihm aus dem Mund, der weit geöffnet war und keine Zähne mehr enthielt. Der Mann umfaßte mit einer Hand zärtlich eine Schnapsflasche, und Smitz gab es auf.

Auf der Landstraße, nicht weit hinter den letzten Häusern des Städtchens, war es stockfinster. Smitz' Bein schmerzte heftig, und ein unfreundlicher Gedanke an den Jungen, der ihn mit dem Rad angefahren hatte, eilte ihm durch den Kopf.

Die Landstraße teilte sich, und Smitz wußte nicht, ob er rechts oder links gehen sollte. Er kramte eine Münze aus der Hosentasche hervor, warf sie in die Luft und griff daneben, als er sie wieder auffangen wollte. Die Münze fiel mit hellem Klang auf den Asphalt und rollte in das Gras am Straßenrand. Smitz brauchte in der Dunkelheit beinah fünf Minuten, bis er sie wiedergefunden hatte. Der Adler lag oben – also rechts.

Die Richtung stimmte. Nach vielleicht fünfhundert Metern traf Smitz auf ein kleines graues Haus. Er klingelte vergeblich an der Haustür, ging dann um das Haus herum und fand die Terrassentür angelehnt. Vorsichtig spähte er hinein, konnte aber nichts erkennen, klopfte, sagte zweimal: »Müller?« und »Ich bin es, Smitz« und trat ein.

Heiße, muffige, verqualmte Luft schlug ihm entgegen. Durch einen schmalen Flur, in dem an der Wand ein

Spaten, eine Harke und ein Rechen hingen, gelangte Smitz in einen Raum, der wohl das Wohnzimmer sein mochte. Dort stand eine Fernsehtruhe, auf deren Bildschirm ein lachender Mann im karierten Entertainer-Sakko erschien. Der Mann redete, aber der Ton war ausgeschaltet.

Vor der Fernsehtruhe schlief Müller in einem Ohrensessel. Neben ihm, auf einem Beistelltischchen, standen eine leere Flasche Cognac Imperial und ein voller Aschenbecher. Auf dem grünlichen Teppich, der mit Brandflecken übersät war, lagen Kippen, Socken, Zeitungen, Schuhe, Teller, Bierflaschen, Schnapsflaschen, Gläser und Tassen. Auch ein zerknittertes Plakat lag dort. Es zeigte einen alten Herrn mit Regenschirm, und zu lesen war: »Willst du so alt werden wie Adenauer? Halt's wie er – werde nie Soldat.«

Bedacht, auf nichts zu treten, bewegte sich Smitz vorsichtig auf Müller zu, und Alkoholdunst stieß ihm entgegen. Smitz wollte Müller wecken, doch seine Hand zuckte zurück vor dem durchgeschwitzten Unterhemd und den schweißfeuchten haarigen Armen und Schultern. Müller schlief fest und atmete gurgelnd.

Smitz bemerkte neben dem Aschenbecher ein Schlüsselbund und steckte es ein. Er hätte sich im ganzen Haus umgesehen, wäre ihm von der schlechten Luft nicht übel geworden. So blieb ihm eine große Holzkiste im Keller verborgen, in der fünf Kruzifixe, drei Kelche und acht Heiligenfiguren lagen. Nur in die Küche trat er und fand dort, was er gesucht hatte: eine Flasche Wein. Er nahm sie mit und verließ durch die Terrassentür das Haus.

Auch wenn Smitz kaum noch gehen konnte, der Rückweg in die Stadt erschien ihm doch kürzer. Die Polizeiwache fand er ohne Umwege. Einer der Schlüssel, die er bei Müller gefunden hatte, paßte in das Türschloß. Sein Koffer stand noch dort, wo er ihn am Morgen stehengelassen hatte, und auch das Haar, das er unauffällig befestigt hatte, war nicht durchgerissen, wie es passiert wäre, hätte Müller den Koffer geöffnet.

In der einzigen Zelle fand er eine Pritsche ohne Matratze und in einem Spind auf dem Flur eine alte Wehrmachtsdecke. Er wusch sich auf der Toilette, so gut es ging, und setzte sich dann in Unterhose, Unterhemd und Socken auf die Pritsche, neben sich die Flasche Wein und seine Taschenuhr. Es war wenige Minuten vor Mitternacht. Schlag Mitternacht würde Smitz vierzig Jahre alt werden. Der 13. Juli 1953, sein Geburtstag. Smitz drückte mit dem Schlüssel der Polizeiwache den Korken in die Flasche, weil er keinen Öffner gefunden hatte, und nahm Punkt Mitternacht einen kräftigen Schluck. Er war nicht traurig, nicht wehmütig. Er saß einfach auf der Pritsche und erinnerte sich an seinen dreißigsten Geburtstag, 1943, und daran, daß er an jenem Tag sicher gewesen war, den vierzigsten nicht zu erleben.

Smitz war froh, allein zu sein. Es machte ihm nichts aus, in dieser schmutzigen kleinen Zelle zu sitzen. Er dachte an seine Knochen, an sein Skelett und daran, wie sicher er zehn Jahre zuvor gewesen war, daß es an diesem 13. Juli 1953 vom Fleische befreit irgendwo verscharrt sein würde. Vierzig Jahre, das war ganz schön alt, wenn man sich erinnerte und wenn man viel gesehen hatte und viele, die nicht so alt geworden waren. Smitz erhob sich von der Pritsche, mußte sich bewegen, hinkte durch die Polizeiwache, sah sich auf dem Klo noch einmal im Spiegel ins Gesicht, blickte auch noch einmal hinaus auf die dunkle, verlassene Straße, legte sich dann aber doch auf die Pritsche und schlief bald ein.

Ausflug nach W.

Irgendwann konnte Smitz einfach nicht mehr auf der harten Pritsche liegen. Also stand er sehr früh auf und zog einen Anzug aus hellem Leinen an, in dem er aussah wie ein amerikanischer Schaupieler. Dazu trug er einen Panamahut, den er von seinem Vater geerbt hatte. Der Hut war so fein gearbeitet, daß man ihn zusammenrollen und in einem Holzkistchen verwahren konnte, das nicht größer war als ein Griffelkästchen. Wenn man den Hut dem Kistchen wieder entnahm, war er tadellos.

In Müllers Schreibtischschublade entdeckte er einen Packen Lebensmittelkarten, ein kleines Vermögen vor dem Ende der Rationierung. In der Schublade lag auch ein Warenhauskatalog, in dem mehrere Papierschnipsel steckten, die Seiten markierten. Auf einer dieser Seiten wurde für die Fernsehtruhe geworben, die Smitz am vorherigen Abend bei Müller gesehen hatte. Fernsehtruhe Leonardo Luxus von Philips, 1 900 Deutsche Mark. Smitz verglich diesen Preis mit dem anzunehmenden Gehalt Müllers und war verblüfft. Auf den anderen markierten Seiten fand er Waschmaschinen, Kühlschränke, Herrenbekleidung und auch einen Elektrorasierer, der mit dem Satz angepriesen wurde »Trocken rasieren – und du hast mehr Spaß am Frühstück«.

Smitz richtete alles so her, wie er es vorgefunden hatte. Müller sollte nicht bemerken, daß er hier übernachtet hatte. Kurz vor sieben verließ er die Polizeiwache, nachdem er sich davon überzeugt hatte, daß die Straße leer war. Hungrig ging er am Bäckergeschäft vorbei, trat aber nicht ein, weil er sich heute dem Geschwätz der Bäckersfrau nicht gewachsen fühlte. Überhaupt war er in einer Stimmung, in der er niemandem begegnen wollte, am allerwenigsten Maria, die gerade aus der Haustür trat, als Smitz das Pfarrhaus passierte. Beide grüßten verhalten, und Smitz versuchte, schnell um die nächste Hausecke zu biegen, aber Maria fragte: »Wo haben Sie denn geschlafen, Balthasar?«

Smitz drehte sich um, lachte verlegen und tat, als habe er sie falsch verstanden. »Ja, wirklich, ein schöner Tag. Danke. Ich wünsche Ihnen auch einen schönen Tag!« Und er winkte und verschwand hinter der Hausecke. Maria, die eigentlich zum Bäcker wollte, ging zurück ins Haus. Auch sie fühlte sich mit einem Mal dem Geschwätz der Bäckersfrau nicht mehr gewachsen.

Am frühen Vormittag stieg Smitz in den Eilzug nach S. Er öffnete das Fenster und steckte den Kopf in den Fahrtwind, um sich nach der Nacht auf der Pritsche zu erfrischen. Die flache, sonnenbeschienene Landschaft zog vobei. Hier und da ein Wäldchen, eine Pappelreihe, ein Wassergraben, ein Trampelpfad und sonst Felder, Kohl, Getreide, Kartoffeln, Wegkreuze und Bauernhöfe und dann, neben einer alten Eiche, die Ruine einer Kapelle, das Dach eingestürzt, die Fenster durch die Hitze geschmolzen, verkohltes Holz lag herum. Der Brand konnte noch nicht lange her sein.

Smitz setzte sich und dachte an den Pfarrer Josef Reinders, der, wie Maria erzählt hatte, häufig mit dem Rad durch die Felder gefahren war, die der Zug gerade durchquerte. Noch gelang es Smitz nicht, sich den Pfarrer als Lebenden vorzustellen, noch war er nur eine Leiche und das Leben, das dieser tote Körper einmal geführt hatte, fern und kaum vorstellbar.

Der Pfarrer hatte lange Radtouren geliebt. Mit ernstem Gesicht und steifem Rücken hatte er auf seinem schwarzen Rad gesessen. Das eiserne Kruzifix, das er an einer schweren Kette um seinen Hals trug, baumelte dabei in der Luft, schlug manchmal gegen den Lenker und erzeugte so ein Geräusch, das an ein leicht verstimmtes Glöckchen erinnerte. Der Pfarrer hatte es immer vermieden, bei seinen Touren begleitet zu werden. Er, der ständig den Leuten seelsorgerisch zur Seite stehen mußte, liebte diese ruhigen einsamen Stunden und befuhr daher auch die Wege nicht, die ihn unweigerlich zu Bauern geführt hätten, denen sein Besuch willkommener Anlaß für einen Schwatz und einige kräftige Schlucke gewesen wäre.

Schließlich fuhr der Zug in W. ein, dort, wo am vorgestrigen Morgen der Vormund in den Zug gestiegen und im Gang über Smitz gestolpert war. Smitz stieg hier nun aus und ging in das Städtchen, das Pfarrer Reinders oft besucht hatte, zumeist mit dem Zug. Hier hatte Pfarrer Reinders dann immer seinen väterlichen Freund getroffen, den uralten Pfarrer Specovius, der kaum mehr aus seinem Lehnstuhl herauskam, jedoch nicht in eines der kirchlichen Häuser für greise Geistliche eintreten wollte, weil es ein solches in W. nicht gab und er also W. hätte verlassen müssen, was er nie getan hatte, sein ganzes Leben lang nicht, und was er auch so kurz vor seinem baldigen Tod, der nun schon so manches Jahr erwartet wurde, nicht mehr tun wollte. Pfarrer Specovius hatte in W. das Licht der Welt erblickt, und in seiner Kindheit und Jugend war er von einer sehr schwächlichen Konstitution gewesen, so daß die Mutter ihn kaum aus dem Haus gelassen hatte, geschweige denn aus dem Städtchen. Später trat er in das örtliche Priesterseminar ein und erfuhr dort viel Spott, weil er so gar nichts von der Welt gesehen hatte. Gedemütigt faßte er damals den Entschluß, W. nun erst recht nicht zu verlassen, und zwar nie. Dieser Entschluß festigte sich, und von ihm abzuweichen wurde mit den Jahren undenkbar. Ein nicht kleiner Teil des Ehrgeizes des Pfarrers Specovius richtete sich auf seine unverbrüchliche Seßhaftigkeit. Lange hatte er gegrübelt, ob es im erlaubten Rahmen sei, ein anderthalb Kilometer entferntes Dorf, das eingemeindet worden war, zu besuchen, oder ob dies einen Verstoß gegen seinen Entschluß, sein Gelübde darstelle, weil doch dieses Dorf zu Zeiten der Geburt des Pfarrers nicht Teil des Städtchens W. gewesen war. Schließlich rang er sich aber dazu durch, das Dorf zu besuchen, zumal es zu seiner Pfarrei gehörte.

Seine schlimmste Erfahrung war jedoch ein Ruf nach S. gewesen, zu einem Symposium, das drei Tage hätte dauern sollen. Pfarrer Specovius geriet damals in Panik und schrieb dem Bischof einen herausfordernden Brief, in dem er zwischen den Zeilen versteckt mit offenem Ungehorsam drohte. Nachdem der despektierliche Brief abgeschickt war, verstärkte sich die Panik des Pfarrers, weil er nun fürchtete, den Bischof gegen sich aufgebracht und zu einer drastischen Maßnahme – vielleicht gar zu einer Versetzung – veranlaßt zu haben. Doch der Bischof antwortete milde und gestattete Pfarrer Specovius, in W. zu bleiben, wo er hingehöre, und beruhigte ihn, daß das Symposium auch ohne ihn stattfinden könne. Der Ruf sei aus Dankbarkeit für lange, treue Arbeit im Dienste der Kirche ergangen und nicht dem Glauben entsprungen, er, der Pfarrer Specovius, sei auf diesem Symposium unverzichtbar. Das war die einzige Spitze im Brief des Bischofs, und wenn sie auch stach, so überwog doch die Freude über die gebannte Gefahr.

Kaum drei Stunden hatte Smitz in W. verbracht, als er am frühen Nachmittag zum Bahnhof zurückkehrte. Der Zug nach K. sollte erst in dreißig Minuten abfahren, und so beschloß Smitz, in der Bahnhofsgaststätte ein Getränk zu sich zu nehmen. Auf dem Weg zur Theke entging sein Panamahut nur knapp einem langen orangefarbenen Klebestreifen, der in der Mitte der Gaststätte von einem dreiarmigen Leuchter hing, um Fliegen zu locken, die bereits in großer Zahl an ihm klebten und im Todeskampf mit den Flügeln schlugen, bis auch diese sich verklebten und die Fliegen starr auf ihr Ende harren mußten. Um diese Zeit zu verkürzen, war der Klebestreifen vergiftet.

Smitz hatte sich immer gefragt, was im Kopf eines Opfers vorging, kurz vor dem Tode, vielleicht Aug in Aug mit dem Mörder, vielleicht noch das Messer im Blick, das sich gleich in den noch unversehrten Körper zu versenken drohte. War das Messer schrecklicher als die Pistole, bei der der Flug der Kugel nicht sichtbar sein würde? Und wenn ein Mensch zu sterben hätte wie die Fliegen am Klebestreifen?

»Ein Bier«, sagte Smitz, und die Bedienung hinter der Theke, die aussah wie ein Schulmädchen, fragte höflich: »Hell oder dunkel, der Herr?«

»Hell, bitte.«

»Würde gerne auf das Wohl des Herrn trinken, kann mir aber kein Bier leisten«, sagte ein Mann, der etwas jünger als Smitz zu sein schien und beim Fenster in einem aus Schrott zusammengeschweißten Rollstuhl saß.

»Hell oder dunkel?« fragte Smitz.

»Hell«, antwortete der Mann.

Smitz nickte der Bedienung zu, und nachdem sie ihm und dem Mann das Bier gebracht hatte, prosteten die beiden einander zu, und Smitz befürchtete einen Moment, der Mann würde nun zu ihm an die Theke rollen, würde erzählen, wie er seine Beine verloren hatte, und ein paar Invalidenwitze reißen, um seinen Sportsgeist unter Beweis zu stellen. Aber der Mann schaute nur aus dem Fenster, nippte an seinem Bier und grüßte, als der Zug einfuhr und Smitz hinausging. Smitz hatte zuvor ein paar Münzen auf die Theke gelegt und mit dem Kopf kaum merklich zu dem Mann gedeutet – sie sollte ihm noch eins bringen –, und das Schulmädchen hatte verstanden.

Das war noch nicht der Zug nach K. Smitz zögerte, ob er ein schnelles zweites Bier trinken sollte, aber er entschied sich dagegen, als er an einem Laden fünfzig Meter entfernt das Schild »Hier telefonieren« sah. Er rief seinen Kollegen Hans in S. an und fragte nach Eleonores Befinden. Hans berichtete ihm von einer großen Ruhelosigkeit, einem ständigen Auf- und Abgehen in der Krankenzelle. Man habe überlegt, sie in einen größeren Saal zu verlegen, damit sie nicht mehr allein sei, habe aber davon Abstand genommen, weil eine geistesschwache Mörderin die gewöhnlichen Insassinnen womöglich beunruhigt hätte. Wisse man denn, ob sie nicht nachts, von irren Gedanken getrieben, einer der Frauen ein Kopfkissen auf das Gesicht drücken würde? Die Morgenmäntel hätten zwar keine Gürtel, damit man sich nicht erhängen könne, aber was würde sie hindern, eine mit dem eigenen Wundverband zu erdrosseln?

Auch Hans, der diese Befürchtungen eigentlich für

übertrieben hielt, war beunruhigt von Eleonore, deren zarte Erscheinung so gar nicht zu ihrer mutmaßlichen Tat passen wollte, so daß sie schon dieser Widerspruch verdächtig und gefährlich erscheinen ließ.

Sie habe, sagte Hans, eine Schwester, die sie waschen wollte, in die Hand gebissen. Waschen, so habe sich dann erwiesen, könne sie sich selbst.

Es habe auch der Vormund angerufen und verlangt, mit Fräulein Tal zu sprechen. Das habe man ihm verwehrt. Ob man ihn unter Aufsicht mit seinem Mündel sprechen lassen solle, wollte Hans wissen. Smitz verneinte.

Aldekerk

Heiner Aldekerk saß in seinem kleinen Park auf seiner Hollywoodschaukel, die er eigentlich verabscheute, mit ihrem lächerlich blau-weiß gestreiften Stoff und ihrer Wackeligkeit, die jedem klaren Gedanken abträglich war. Aber Eleonore, ja, Eleonore hatte die Schaukel geliebt, und nun saß er dort, dachte an sie und zuckte mit dem rechten Auge. In der Hand hielt er ein Glas Bier, und ihm fehlte ein Beistelltischchen, um es abzusetzen. Schon öffnete er den Mund, um seine Haushälterin zu rufen, aber da fiel ihm ein, daß sie doch im Sommerurlaub war, bei ihrer Schwester in der Eifel, und wie schön es doch auch sein konnte, einmal keine fremde Person im Haus zu haben. Wenn nur Eleonore da wäre. Er trank einen Schluck Bier und nahm den Niederreinischen Boten zur Hand:

Gespräch mit einem interessanten Zeitgenossen
Wie ich mit Kommissar Balthasar Smitz sprach

Mit großem Interesse las Aldekerk den Artikel. Zweimal las er ihn, das Ende, die letzten Absätze, sogar dreimal:

... so scheint mir derzeit nur eines sonnenklar: Dieser Kommissar weiß nichts. Er weiß absolut nichts. Daher kann ich als ein Mensch, als einer von Ihnen, nur empfehlen, halten Sie sich eher zu Hause auf, bis wir wissen, wer der wahre Mörder ist. Denn noch können wir nicht sicher sein, daß Eleonore Tal die Tat begangen hat. Sie ist eine zarte Frau, die ein schweres Schicksal trägt. Aber was sagt denn unser Kommissar aus S. dazu? Er sagt gar nichts. Ihm ist diese Frau gleichgültig. Schlimmer noch, wir alle, wir alle sind ihm gleichgültig. Wir, um deren Sicherheit es geht. Wir, die wir keine Waffe bei uns tragen, um uns zu verteidigen gegen das, was vielleicht da droht aus dem Sumpf, der ein Verbrechen geboren hat.

Als ich mich verabschiedet habe von diesem ahnungslosen Kommissar, da sah ich, wie er in einer Kneipe einkehrte, die zu allem Überfluß in keinem guten Ruf steht. So klärt ein Kommissar aus S. seine Fälle auf. Er geht in eine Kneipe, während wir trauern und in Furcht leben. Sollte denn nicht jede Minute des Tages und selbst der Nacht, soweit es menschenmöglich ist, der Aufklärung dienen und dem Wohle der Bevölkerung? Verzeihen Sie mir meinen Zorn, aber ich glaube, er ist gerecht. Geben Sie auf sich acht in dieser schweren Zeit. Hilfe haben wir wohl nur von dem zu erwarten, bei dem nun unser Pfarrer ist. Von unserem Herrgott.

Ihr Adolf Hilpert

Aldekerk trank sein Glas aus, lehnte sich zurück, stieß sich sogar mit den Füßen vom Boden ab, um die Schaukel zu bewegen, und murmelte: »Wenn dieser verdammte Pope doch noch leben würde.«

Eines Tages hatte er, Aldekerk, sich an den Pfarrer gewandt. Leicht war ihm dieser Schritt nicht gefallen, aber er hatte keinen anderen Ausweg mehr gesehen. Maria hatte die Tür des Pfarrhauses geöffnet, hatte ihn in die Diele gebeten, ihm einen Stuhl gewiesen und war verschwunden. Aldekerk hatte dann dagesessen, lange Minuten, und sich gewundert, wie schwierig es wohl sein mußte herauszufinden, ob der Pfarrer ihm sein Ohr leihe. Der Pope, wie Aldekerk den Pfarrer bei sich nannte, und er sorgte sich, daß ihm im Gespräch ein Herr Pope entfahren könne. Maria aß währenddessen in der Küche ein Wurstende. Es machte ihr Spaß, diesen Aldekerk warten zu lassen. Ging er denn je in die Kirche? Behandelte er seine Kunden nicht wie den letzten Dreck? Hatte er jemals auf der Straße gegrüßt?

Der Pfarrer empfing den Ungeliebten mißmutig. Irgendwie mußte Aldekerk ihn dann aber erweicht haben. Jedenfalls zog der Pfarrer bald an dem geflochtenen Band, das in seinem Arbeitszimmer hing und mit dem er ein Glöckchen in der Küche betätigen konnte.

»Zwei Schnaps und die Flasche«, hatte er zu Maria gesagt, als sie vorsichtig die Tür öffnete. »Zwei Schnaps und die Flasche.« Kein Bitte und auch kein Danke, als sie das Gewünschte brachte. So war es immer mit ihm.

Nach diesem Gespräch erschien Eleonore häufig im Pfarrhaus, und der Pfarrer verschwand mit ihr in seinem Arbeitszimmer, oder er nahm sie mit in die Kirche.

Damit hatte Aldekerk seinem Mündel den geistlichen Beistand gesichert, den er sich so sehr für sie gewünscht hatte, und so war er nach dem Gespräch recht aufgeräumt gegangen, hatte sogar einen Gruß gemurmelt, als er an der Küchentür vorbeikam und Maria sah, wie sie eine Kohlroulade mit einem Faden zusammenband. Er war dann auf der Straße nach rechts abgebogen, stadtauswärts, obwohl er zur Apotheke doch links herum hätte gehen müssen. Waren es die roten Punkte in seinem Gesicht gewesen? Die Alkoholunverträglichkeit, die ihn schließlich sogar aus der Schützenbruderschaft getrieben hatte? Was hatte er gelitten. Mehrere Jahre hatte er durchgestanden, und es war jedes Jahr dasselbe gewesen. Bei der Vorbereitung des großen Schützenfestes gab es noch Ausreden, Ausflüchte: »Ich muß früh raus. Mein Magen ...« Obwohl, mit der Gesundheit konnte er als Apotheker nur schlecht kommen, denn immer hieß es dann: »Wenn du dir schon selbst nicht helfen kannst ...« Das Du hatte er bei seinem Austritt den Vereinskameraden kollektiv entzogen. Aber als er noch dabei war, da kamen immer unabänderlich die Tage des Schützenfestes. Um halb sieben in der Frühe ging es los mit dem Morgenappell. Dann ein erster Umzug durch das Städtchen zur Kirche, zur heiligen Messe, an der in diesem Falle sogar Aldekerk teilnahm, das grüne Hütchen mit der Feder vor sich auf der Ablage neben dem Gesangbuch, das er nur der Form halber in die Hand nahm, wenn der Pfarrer sagte: »Wir singen nun Lied Numero ...« Die meisten sangen aber mit, und ein Hauch von Schnaps wehte mit ihrem Atem bis zum Pfarrer, bis zu seinem Altar, neben dem er eines Tages tot liegen sollte. Aldekerk hatte sich bis dahin noch hindurchlavieren können, hatte die Fläschchen, die auch während der Messe weiter kreisten, an sich vorbeigehen lassen. Doch wenn die Schützenbrüder nach der Messe für die Prozession Aufstellung nahmen, bei der die Mutter Gottes im hellblauen Kleid durch das Städtchen getragen wurde, dann kam auch er nicht mehr ungeschoren davon. Man prostete einander zu, und nicht nur einmal. Die Kameraden begannen sogleich zu spotten, wenn sich auf Aldekerks Stirn und Wangen die roten Punkte zeigten.

Beim ersten und zweiten Schützenfest ging es ja noch, aber dann wußten es alle und warteten darauf. Kaum hatte er getrunken, starrten sie ihn an. Zumindest hatte er das Gefühl. Sie kicherten, nannten ihn Streuselkuchen mit Kirschen und empfahlen ihm, die beste Apotheke am Platz aufzusuchen. »Die beste!« brüllte immer einer. »Die einzige!« brüllte ein anderer. Dann begann der Umzug. Und noch ein Schnaps und noch ein Schnaps, und auch wenn Aldekerk so viele wie möglich ausließ oder unauffällig vergoß, so begann es doch bald zu jucken, unter den Achseln, im Schritt. Aber die Prozession war lang, und überall standen am Straßenrand Leute. Auch Eleonore stand jedesmal da, hinter sich die Kinderfrau, die ihr die

Hände auf die Schultern gelegt hatte, um sie festhalten zu können, wenn sie loswollte, denn sie wollte immer los, zu ihm, wenn sie ihn sah, den Vormund in der ungewohnten Uniform. Unglücklich wirkte er, verkrampft, mit seinen roten Punkten, die immer erst am nächsten Morgen verschwinden sollten und mit ihnen das Jucken. Aber dann ging es ja schon wieder weiter, drei Tage lang. Häufig hatte er überlegt auszutreten, hatte aber gezögert. Jeder Geschäftsmann in K. war im Schützenverein, und sein Austritt hätte die Geschäftswelt beleidigt. Doch irgendwann obsiegte das Leid über Vernunft und Pflicht, und von da an verbrachte er die Tage des Schützenfestes in seiner Jagdhütte.

Eine Genugtuung war es dann schon gewesen, als eines Tages, Monate nach dem Austritt, der übelste Spötter, der Metzgermeister Dietrich Haverkamp, vor Aldekerks Tür gestanden hatte. Dietrich Haverkamp, der es einmal sogar gewagt hatte, heimlich einen Schweineschwanz hinten am Gürtel von Aldekerks Schützenuniform zu befestigen, einen Schweineschwanz, den er dann die ganze Prozession über getragen hatte, bis der Pfarrer ihn am Ende entdeckte und eigenhändig entfernte und sich derart erregte über diese entweihende Tat, daß er an diesem Tage dem zweiten Frühstück der Bruderschaft fernblieb, was wiederum die Zügellosigkeit beförderte, so daß bereits vor zwölf Uhr mittags vier der Schützen ihren Mageninhalt von sich gegeben hatten.

Dietrich Haverkamp stand also vor Aldekerks Tür und neben ihm, an seiner Hand, sein Sohn, ein Klops, der sein Übergewicht dazu nutzte, Kleinere und Schwächere umzurennen, sich auf sie zu werfen und sie plattzuwalzen. Der Junge heulte, Blut lief ihm aus der Nase, und er konnte nur noch ein Auge öffnen, denn das andere war zugeschwollen.

»Wo ist Ihr Mündel?« fragte Haverkamp, der Aldekerks Gruß nicht erwidert hatte.

»Wieso?« fragte Aldekerk.

»Sehen Sie sich mal meinen Sohn an! Das war Ihr Mündel!«

»Gibt es dafür Zeugen?«

Haverkamp sah seinen Sohn an: »Wer war dabei?«

»Niemand«, wimmerte der Sohn. »Ich habe mit Steinen auf sie geworfen, und dann hat sie mich verhauen.« Es war für Haverkamp nicht einfach, sich eingestehen zu müssen, daß der eigene Sohn, das eigen Fleisch und Blut, strohdumm war. Aldekerk grinste, sagte dann aber: »Ich kann mir nicht vorstellen, daß Eleonore so etwas getan hat.« Und wie gerufen kam Eleonore gerade um die Ecke, sah den kleinen Haverkamp mit seinem dicken Auge, zeigte mit spitzem Zeigefinger auf ihn und begann zu lachen. Der große Haverkamp drehte sich auf den Hacken um und stampfte nach Hause, den wimmernden Sohn hinter sich herschleifend. Zu Aldekerks Glück gab es noch einen zweiten Metzger in K., während Haverkamp nun immer zur Apotheke ins entfernte O. fahren mußte, was wegen der offenen Beine seiner Mutter, die im Metzgerladen auf einem Schemel zu sitzen pflegte und allen Kunden geschäftsschädigend detailliert ihr Leid klagte, häufig der Fall war.

Auch Aldekerk hatte ein geschäftsschädigendes Element in seiner Apotheke, und das war er selbst. Es hatte eine ganze Zeit gedauert, bis er dahinter gekommen war, und eigentlich wollte er es auch dann nicht wahrhaben. Selbst nicht, als der Pfarrer ihm eines Tages sagte, er, Aldekerk, solle doch ein wenig freundlicher zu den Kindern und den Alten sein. Nein, er hatte sich zuerst empört über den Pfarrer, der ihm so etwas sagte, vorsichtig, aber doch eindringlich. Dazu war er extra in die Apotheke gekommen und hatte Aldekerk um ein kurzes Gespräch gebeten. Aldekerk hatte ihn in das kleine Arbeitszimmer hinter dem Medikamentenlager geführt, hatte ihm aber keinen Stuhl angeboten und sich auch selbst nicht gesetzt. Als der Pfarrer sein Sprüchlein aufgesagt hatte, hatte Aldekerk ihn gefragt, wie er dazu käme. »Das war nur ein

Rat, Herr Aldekerk. Ich wollte Sie nicht beleidigen. Ich bilde mir auch nicht ein, etwas von der Geschäftswelt zu verstehen. Aber man hört so dies und das, und ich befürchte, die Leute kommen nicht gerne zu Ihnen. Nehmen Sie das nicht persönlich, aber ...«

Aldekerk hatte ihn nach Beispielen gefragt, nach Namen, aber der Pfarrer hatte geschwiegen und war schließlich mit dem unguten Gefühl, einen Fehler gemacht zu haben, gegangen. Er hatte gehofft, daß Aldekerk ihm sein Herz ausschütten würde, ihm sagen würde, warum er immer so unfreundlich war, warum er die Kinder anfuhr, wenn sie mit der Waage spielen wollten, warum er das Bänkchen abgeschafft hatte, auf dem die Alten früher oft noch gesessen hatten, zu einem Schwatz über ihre Gebrechen. Jetzt duldete er nicht einmal mehr, daß sie sich vor einem Regenschauer in die Apotheke retteten, es sei denn, sie kauften etwas.

Aldekerk hatte sich über den Pfarrer geärgert, über dessen Einmischung, dessen Anmaßung. War er denn nicht Apotheker aus Berufung? Erfüllte er seine Aufgabe nicht mit der größten Genauigkeit, der größten Gewissenhaftigkeit? Konnte sich auch nur ein einziger Patient beklagen, er, Aldekerk, habe ein Medikament nicht mit der größten Perfektion und Akkuratesse bereitet? Was wollten die Leute denn? Was war ihnen denn wichtiger? Ein Bückling, ein pomadiges Getue, ein Gnä-Frau-bittesehr-gnä-Frau-bitte-gleich oder aber die Gesundheit, das höchste Gut, zu dem er verhalf?

Aldekerk hatte sich bald wieder beruhigt und zwei Tage nach dem Besuch des Pfarrers seinen besten Anzug angezogen, einen dunkelblauen Zweireiher mit goldenen Knöpfen. Dann hatte er sich auf den Weg gemacht, zu Eva Küsters Mansardenwohnung. Er war die knarrende Holztreppe hochgestiegen, und ein unangenehmer Kohlgeruch hatte ihm den Atem verschlagen. Vor der Wohnungstür hatte er sich ausgiebig geräuspert und dann, weil es keine Klingel gab, mit seinem Spazierstock zweimal kräftig gegen die Tür geschlagen. Die Frau, die ihm öffnete, hätte er auf der Straße nicht wiedererkannt, so sehr hatte sie sich verändert seit damals, als sie ihm das Grundstück verkauft hatte, auf dem ihre Apotheke gestanden hatte. Sie war mager geworden und grau, und sie hatte einen schicksalsergebenen Blick, resigniert, aber doch lächelnd, wie eine, die jeden Augenblick einen schweren Schlag erwartet und mit ihrem Lächeln den Schlagenden erweichen will, sie doch nicht zu hart zu treffen.

Eva Küsters erkannte Aldekerk sofort. Sie ließ ihn ein und ging ihm voraus in das kleine Wohnzimmer, in dem sie sich abends ihr Lager zurechtmachte, denn die Kammer, einen ehemaligen Taubenschlag, hatte sie ihrem Sohn überlassen. Als sie einladend auf den einzigen Sessel wies, winkte Aldekerk ab und sagte gönnerhaft: »Frau Küsters, ich will nicht lange um den heißen Brei reden. Ich möchte, daß Sie für mich arbeiten, in der Apotheke.« Nach diesen Worten hatte sich Eva Küsters in den Sessel fallen lassen. Zurück in ihre Apotheke, die sie hatte verkaufen müssen – obwohl, die Apotheke hatte es ja gar nicht mehr gegeben, nur Trümmer und natürlich Schulden, denn die Kredite, die ihr Mann aufgenommen hatte, waren noch nicht abbezahlt gewesen. Auf keinen Fall hätte sie die Apotheke selbst wieder aufbauen können. Niemand hätte ihr das notwendige Geld gegeben, ihr, einer Witwe, Ende dreißig und mit einem kleinen Jungen. Was hätte sie auch mit einer Apotheke anfangen sollen. Ihr verstorbener Mann war der Apotheker gewesen, und sie selbst hatte nur bedient, verkauft, aber das mit Hingabe.

Sie willigte ein und kündigte schon am nächsten Tag in der Wäscherei, in der sie als Büglerin angestellt war. Die Apotheke lief von da an besser, und sogar das Bänkchen für die Alten wurde wieder aufgestellt. Aldekerk selbst zeigte sich nur noch selten vorn in der Apotheke. Meist saß er hinten in seinem kleinen Arbeitszimmer oder im Labor, wo er Salben anrührte und Pillen drehte, oft noch lange nachdem schon alle Rezepte bearbeitet waren. Einmal hatte Eva Küsters ihn gefragt, was er denn da tue, und er hatte ihr mit ernster Miene geantwortet, er versuche, Gold zu machen. Aber sie hatte ihm nicht geglaubt, und tatsächlich hatte er sich einen Scherz erlaubt, denn die Wahrheit wollte er ihr nicht sagen, seinen Traum nicht verraten, seinen Traum von einem wirkungsvollen Haarwuchsmittel. Sicher hätte sie gelacht, aber ihm war es ernst, denn er wußte um die Wichtigkeit des Haupthaares auch für den Mann, und zudem war das große Geld, das ein Patent auf solch ein Mittel einbringen mußte, nicht ohne Reiz, ganz zu schweigen vom Ruhm. So dachte er dann auch oft über den Namen nach, den er dem Mittel geben würde, am Tage des Erfolges. »Aldekerks Elixier«, »Aldekerks Wunderhaar« oder schlicht »Aldekerks Haarwuchsmittel«? Nein, noch überzeugte ihn kein Name, und so hoffte er auf eine Eingebung, natürlich auch für das Rezept, für das er einiges auf sich nahm, viele Stunden im stickigen Labor und immer wieder brennende oder juckende Ausschläge auf der Kopfhaut.

Mit der Anstellung Eva Küsters hatte Aldekerk nun die Mutter des Jungen in der Hand, der seiner Eleonore der liebste war und ihm der größte Dorn im Auge. Aber auch andere Jungen versuchten, die ungewöhnlich hübsche Eleonore zu umgarnen. Sie ging damit um, wie sie mit fast allem umging, sie nahm es, wie es war, sie blieb gleichgültig. Nur daß man sie anfaßte, das mochte sie nicht, das hatte sie nie gemocht, schon als Kind nicht, wenn die alten Tanten ihr kosend in die Ärmchen kniffen oder gar die feuchten alten Lippen auf ihr herzallerliebstes Kindergesicht drückten, um sie über den Tod ihrer Eltern hinwegzutrösten. Selbst wenn Aldekerk sie berührte, versteinerte sie, und ihr Gesicht wurde ernst, aber da er ohnehin nicht den zärtlichen Vater spielen wollte, war es ihm nur recht, daß sie sich gegen Berührungen wehrte, auch wenn es die seinen waren. Umso mehr ärgerte es ihn, als er sie das erste Mal mit einem Jungen Hand in Hand sah, und dieser Junge war Oscar Küsters. Von da an verfolgte er den Jungen, beleidigte seine Mutter, drohte ihr mit Kündigung für den Fall, daß er die beiden noch einmal zusammen sähe. Eva Küsters ließ alles über sich ergehen und bat ihren Sohn wieder und wieder, sich doch ein Mädchen zu suchen, das sprechen könne.

Aldekerk war einsam, und er schien gerne einsam zu sein. Der einzige Mensch, mit dem er außerhalb seiner Arbeit regelmäßig Umgang hatte, war Eleonore. Im Sommer saß er oft in seinem kleinen Park in einem Liegestuhl, ein Getränk neben sich auf einem Beistelltischchen, ganz wie auf dem Deck eines Kreuzfahrtschiffs, und sah ihr zu, wie sie auf dem Rasen mit einem ihrer Kaninchen spielte, die unglücklicherweise ab und an ihr Leben ließen, weil Eleonore sie zu sehr koste und drückte. Dann mußte sie immer weinen und ließ sich zum Trost sogar ausnahmsweise in die Arme nehmen. An Winterabenden las er ihr Märchen vor, und sie lauschte seiner Stimme, und er fragte sich dann, ob sie ihn nicht vielleicht doch verstand. Alle Mahlzeiten nahmen sie gemeinsam ein. Mittag- und Abendessen bereitete eine Köchin, aber das Frühstück machte Aldekerk selbst, weil er am Morgen keinen fremden Menschen im Haus haben wollte, und er achtete sehr darauf, daß Eleonore immer nur das Beste aß und davon reichlich.

Lange hatte man an den Theken des Städtchens gerätselt, welche Leidenschaften dieser Mann wohl haben mochte, der ein so zurückgezogenes Leben führte und der doch ganz offensichtlich reich war, sehr reich, viel reicher, als ihn die Einnahmen aus der Apotheke machen konnten. Wie, wenn nicht mit einem Vermögen, hätte er die Apotheke wieder aufbauen und sich eine Villa kaufen können und auch noch andere Häuser in K., die er vermietete, und dann auch immer wieder neue Autos, Limousinen. Oder lebte er von Eleonores Erbe, von dem man auch nicht so recht wußte, ob es das überhaupt gab? Wie überhaupt hatte er ihr Vormund werden können?

Alles offene Fragen, die die Leute umtrieben. Besonders aber die Frage nach seinem Liebesleben, die hinter vorgehaltener Hand diskutiert wurde. Hatte er eins? Und wenn ja, mit wem? Es wäre für ihn sicherlich ein leichtes gewesen, in eines der Landbordelle zu gehen oder über die nahe Grenze zu fahren und dort in der nächsten größeren Stadt den körperlichen Trieben nachzugeben. Aber es gab keine Gewißheit, daß er dies tat, nein, nicht einmal das kleinste Indiz. Keiner hatte je seine Limousine vor einem der Etablissements gesehen, diesen einsamen Häusern am Rande der Landstraßen. So kam dann ein Gerücht auf, von dem später niemand mehr wissen wollte, wer es aufgebracht hatte. »Weißt du schon?« hieß es. »Der Aldekerk, der hat nichts für Frauen übrig. Der ... Du weißt schon ...« Und es folgte meist ein bedeutsamer Blick, denn wer wollte so was schon aussprechen. Jedenfalls wußten es plötzlich alle, und alle waren entsetzt. Auch Aldekerk, dem zwar nicht an großer Beliebtheit gelegen war, der aber auch nicht ganz am Rande stehen wollte und konnte. Schon nahmen seine Umsätze ab. Also wagte er die Flucht nach vorn. Er zog wieder seinen besten Anzug an, zu der Zeit ein schwarzer mit Weste, und machte einen Besuch bei einer stadtbekannten Dame, Gerda Richter, die einmal irgendwo Sängerin gewesen war und die der Krieg nach K. verschlagen hatte, wo sie mit ihrem Bubikopf und mit ihren Federboas durchaus auffiel. Trotz ihrer leicht anrüchigen Exzentrik war es ihr gelungen, eine Art Salon zu gründen, in dem sie einmal wöchentlich die besseren Damen des Städtchens um sich versammelte, Damen, die alle einen Hang zum Mondänen teilten. Die Frau des Bürgermeisters und die des Stadtdirektors, die des Chefarztes des Hospitals zum Heiligen Geist und die des Gymnasialdirektors, nicht zu vergessen die Frau des größten Bauunternehmers und selbstverständlich die einzige echte Adlige, Freiherrin Gerlinde von Bleichgenstein, die eine feine Lungenschwäche simulierte und hinter einem samtenen Tüchlein herzzerreißend zu hüsteln verstand.

Aldekerk sprach also bei Gerda Richter vor, die sich wegen der Banalität ihres bürgerlichen Namens Madame nennen ließ und nur Madame.

»Madame«, sagte Aldekerk, als er von der Haushälterin in den Salon geführt worden war und vor dem Kanapee stand, auf dem Madame saß. »Madame, ich komme mit einer großen Frage. Mit einer Frage, die Sie sicher überraschen wird, die aber schon lange in mir brennt und die ich deshalb nun stellen möchte, ohne Umschweife. Madame, wollen Sie meine Frau werden?«

Madame vergaß sich einen Augenblick und ließ ihren Mund weit offenstehen, dann räusperte sie sich, sah hilfesuchend an die Decke, atmete tief durch und sagte: »Das kommt mehr als plötzlich. Und überaus unerwartet. Ich werde darüber nachdenken. Wenn Sie mich entschuldigen würden.« Und sie eilte aus dem Raum.

Tatsächlich mußte Aldekerk mehrere Tage auf die Antwort warten, und als ihm hinterbracht wurde, die alternde Sängerin habe sich verspekuliert und bräuchte dringend Geld, da kostete ihn diese Nachricht zwei schlaflose Nächte. Aber am Morgen nach der zweiten Nacht erhielt er endlich die ersehnte Absage, schriftlich, gehüllt in ein Kuvert, das nach Veilchen duftete. Mit grüner Tinte hatte Madame die Worte geschnörkelt: »Ich muß Ihnen leider furchtbar weh tun, doch mein Herz ist nicht mehr frei.« Bald wußte das ganze Städtchen von der Geschichte, und die Gerüchte verebbten, zumal Aldekerk nun wiederholt in der Nähe eines der Landbordelle einen ausgiebigen Spaziergang machte, während sein Wagen genau dort parkte, wo kaum einer seinen Wagen gerne sehen ließ.

Mutter Gottes mit dem Kinde

Als der Zug in K. einfuhr, erwachte Smitz, der von seinem Ausflug nach W. zurückkam, aus tiefem Nachmittagsschlaf. Vor dem Bahnhofsgebäude traf er den Vorsteher. »Ah!« sagte Smitz und erinnerte sich sogar an den Namen: »Ah, Herr Krens!«

»Herr Smitz! Guten Tag!« Der Bahnhofsvorsteher schüttelte Smitz kräftig die Hand.

»Wie laufen die Ermittlungen?«

»Sie laufen, sie laufen«, sagte Smitz, zog ein Taschentuch aus der Hosentasche und wischte sich die Schweißperlen von der Stirn. »Wenn nur diese Hitze nicht wäre. Die macht einen ganz verrückt. Kein Wunder, daß die Leute sich im Sommer ständig umbringen. Also gegenseitig. Sich selbst bringen die Leute ja lieber im Winter um.«

Der Bahnhofsvorsteher nickte zustimmend und sagte: »Ja, ja, ich verstehe, was Sie meinen. Nehmen Sie den Pit Düllmen. Wenn der so weitermacht, dann bringt der sich im nächsten Winter um. Jetzt geht es ja noch. Erntearbeit, das lenkt ab. Aber ...« Er schaute hoch zu einem kleinen runden Fenster im Giebel des Bahnhofsgebäudes. »Da ist er ja. Tag, Pit!«

»Tag, Franz!« rief ein kleiner magerer Kopf mit kurzgeschorenem Haar und einer Zigarette im Mundwinkel.

»Das ist der Düllmen. Da sehen Sie ihn mal. Raucht wie ein Schlot«, flüsterte der Bahnhofsvorsteher. »Ich weiß gar nicht, wie der sich das leisten kann.« Und dann laut: »He, Pit, das ist Kommissar Smitz aus S.!« Ein paar Leute, die auf dem Bahnsteig warteten, drehten sich um. Smitz gebot dem Vorsteher mit einer knappen Handbewegung, die Stimme zu senken.

»Oh, Entschuldigung.« Der Bahnhofsvorsteher zog die Schultern hoch und schielte nach links und rechts. »Inkognito, ich verstehe«, murmelte er, und Smitz zischte einen Gruß. Der Bahnhofsvorsteher flüsterte: »Herr Smitz, Herr Smitz. Falls Sie es noch nicht wissen, in der Kirche ist etwas gestohlen worden, heute morgen.«

»Was?«

»Das weiß ich nicht. Mein Junge, der hat das von einem Freund gehört, aber woher der ... Das weiß ich auch nicht.« Der Bahnhofsvorsteher spielte mit der rechten Hand ratlos Klavier auf seinem runden Bauch.

»Danke.« Smitz zog seinen Hut tief ins Gesicht und ging.

Die Tür des Pfarrhauses war wieder nicht abgeschlossen. Smitz schellte trotzdem und wartete, bis Maria öffnete. Sie schien nicht erstaunt. »Guten Tag, Herr Smitz. Herr Müller ist in der Kirche.« Sie trat zur Seite, um ihn einzulassen. In die Augen hatte sie ihm nicht gesehen.

Smitz wollte geradewegs in die Kirche, aber als er die Küchentür passierte, sprang ihn eine Alte an, mit Kopftuch, grauem Mantel und Säbelbeinen. Sie klammerte sich an seinen Arm.

»Ich habe ihn! Ich habe ihn!« krächzte sie triumphierend. Den zahnlosen Mund aufgerissen, die Augen feurig, versuchte sie, Smitz in die Küche zu zerren.

»Frau Sievers! Frau Sievers! Das ist nicht der Dieb! Das ist der Kommissar!«

»Der Kommissar?« Die Alte lockerte ihren Klammergriff. »Woher willst du das wissen, Kindchen?«

»Sie gestatten, daß ich mich vorstelle, Verehrteste. Kommissar Smitz aus S. Wenn Sie vielleicht ... Danke.« Die Alte hatte seinen Arm freigegeben und stand vor ihm, noch zum Sprunge bereit.

»So, so, Kommissar. Dann hast du also das arme Mädchen eingesperrt? Dieses gottesfürchtige Geschöpf.« Sie schüttelte den Kopf. »Und läßt dir die Mutter Gottes mit dem Kinde unter der Nase wegklauen.«

»Sie müssen entschuldigen«, sagte Maria zu Smitz. »Frau Sievers duzt alle. Sie ist beinah hundert.« Und etwas lauter zu der Alten: »Nicht wahr, Sie sind beinah hundert, Frau Sievers?«

»Was fragst du denn, Kindchen? Das weißt du doch.«

»Frau Sievers hat sogar den Herrn Pfarrer geduzt.«

Smitz besah sich unwillig den Abdruck, den die mäßig sauberen Hände der Alten auf dem linken Ärmel seines Jacketts hinterlassen hatten, und fragte: »Die Mutter Gottes?«

»Mit dem Kinde«, nickte die Alte, die offenbar ein wenig Vertrauen faßte. Sie war zum Küchentisch gewackelt, wobei ihr Kopf wie das Pendel einer Uhr nach links und rechts ausschlug, und hatte sich mühsam auf einen Stuhl gesetzt. Ihre Füße in den grauen Schnürschuhen reichten nicht bis zum Boden.

»Die Mutter Gottes mit dem Kinde«, wiederholte sie.

Als Smitz in die Sakristei trat, rülpste Müller gerade vehement.

»Prost«, sagte Smitz, und Müller grüßte mit einer Meßweinflasche, in der nur noch ein Pfützchen schwappte. Sein massiges Säuglingsgesicht war feuerrot.

»Smitz.« Er grinste mit geschürzter Unterlippe, und Speichel tropfte ihm aufs Kinn. »Smitz, nehmen Sie sich eine Flasche. Sie haben es sich verdient. Laufen den ganzen Tag herum. Bei der Hitze.«

»Hier ist etwas gestohlen worden?«

»Ja.«

»Was?«

»Ein Bild.«

»Was für ein Bild?«

»Ein Ölbild.«

»Was war drauf?«

»Maria mit dem Kind.«

»Könnten Sie sich entschließen, nicht nur auf Fragen zu antworten, sondern alles zu sagen, was Sie wissen?«

»Alles? Von der Grundschule an?«

»Müller ...«

Und Müller stellte sich stramm auf die Beine und erzählte zackig, was er wußte, und Smitz hatte den Eindruck, er wolle sich über ihn lustig machen.

Das Bild hatte in einer Seitenkapelle gehangen, flankiert von zwei Kerzen, davor ein Kniebänkchen. Dort hatte die alte Frau Sievers täglich nach der Morgenandacht für ihren toten Mann und ihre zwei im Feld gebliebenen Söhne gebetet. Täglich, bis wenige Tage vor des Pfarrers Tod, als ein höllisches Reißen in der rechten Seite die alte Frau Sievers ans Bett fesselte und erst wieder losließ am Morgen nach des Pfarrers Tod, an dem sie die Kirchentür verschlossen vorgefunden hatte. Als dann am vierten Tag die Kirche immer noch verschlossen war, ging sie zu Maria. »Maria, ich muß beten«, hatte sie gesagt, und Maria zögerte keine Sekunde, das strikte Verbot des Kommissars, wen auch immer in die Kirche zu lassen, zu mißachten. Was war das für ein Schrei gewesen, als die alte Frau Sievers sich wie gewohnt in der Seitenkapelle auf das Bänkchen gekniet, ihr erstes Gebet gesprochen und dann langsam und demütig den Kopf gehoben hatte, um das Bild zu grüßen – die Mutter Gottes, gekleidet wie eine Nonne, und das Kind, eingewickelt wie eine Mumie. Nur das Gesichtchen lugte aus den weißen Tüchern, und verklärt blickten die Augen gen Himmel.

Das Bild war verschwunden ...

»Raubmord?« sagte Müller, und das Fragezeichen war kaum zu hören.

»Raubmord?« sagte Smitz mit großem Fragezeichen. »Also meinen Sie jetzt, daß Eleonore Tal es nicht getan hat?«

Müller kratzte sich am Ohr. »Das habe ich nicht gesagt.«

»Das Bild war nicht bei ihr, als sie gefunden wurde. Sonst hätten Sie mir das doch gesagt, oder?« Smitz konnte sich mittlerweile vieles vorstellen.

»Ein Komplize ...« Müller wirkte etwas ratlos. Smitz, der dicht vor Müller stand und dessen miesen Geruch einatmete, hatte seinen Inquisitionsblick aufgelegt. Er mußte hochgucken, weil Müller um einiges größer war. Vielleicht war es dieses Größenverhältnis, das Müller seine Selbstsicherheit wiederfinden ließ, vielleicht war es auch nur der Alkohol. Ebenso langsam wie überheblich sprach er: »Sie muß an der Tat beteiligt gewesen sein, so oder so. Sie war in der Kirche. Kann sein, daß sie einen Komplizen gehabt hat. Kann sein, muß aber nicht. Kann ja auch sein, daß das Bild noch irgendwo in der Kirche ist. Kann sein ...«

»... muß aber nicht«, vollendete Smitz.

»Genau. Man müßte eben mal alles absuchen. Oder sie hat es anderswo versteckt. Aber was geht mich das an? Ich bin mit dem Fall nicht betraut, wie Sie wissen.«

»Sie werden die Kirche absuchen!« befahl Smitz.

»Werde ich nicht.«

»Doch, Sie werden.«

»Nein, werde ich nicht.«

Smitz ließ Müller stehen und ging nachdenklich durch die Kirche, vorbei an den Seitenkapellen. In einer stand auf einem kleinen Stuckbord eine Schale, in der der Kopf Johannes des Täufers lag.

»Müller!« rief Smitz, während er die Johannesschale betrachtete. »Müller! Ich habe meinen Schlüssel verloren.«

»Beten Sie zum Heiligen Antonius«, rief Müller vom anderen Ende der Kirche.

»Selbst noch nie passiert?« fragte Smitz.

»Was?«

»Schlüssel verloren.« Die Worte hallten durch die Kirche.

»Ich ... Verloren oder verlegt?«

»Wieso?« fragte Smitz.

»Also, was halten Sie von Raubmord?« wechselte Müller das Thema.

»Grundsätzlich halte ich nichts von Raubmord. Und in diesem speziellen und überaus hypothetischen Fall ... Wir müssen alles in Erwägung ziehen.«

»Wir?« rief Müller.

»Wir? Wieso wir?« tat Smitz arglos.

»Sie haben ›wir‹ gesagt!« Müller hatte sich in die letzte Bank gesetzt, wie in der Schule, und Smitz auf die Stufen vor dem Altar.

Die Kirche war sehr still, wenn die beiden nicht sprachen.

»Müller? Wenn ich Sie bitten würde, die Kirche abzusuchen?«

»Was wäre dann?«

»Ja, würden Sie es tun?«

Nach einer Minute antwortete Müller: »Also gut.«

Nach wieder einer Minute fragte Smitz: »Müller?«

»Ja?«

»Was war der Pfarrer eigentlich für ein Mensch?«

»Wieso fragen Sie mich das? Fragen Sie doch Maria.«

»Ich frage Sie, weil mich Ihr Urteil interessiert.«

»Ach ...«

»Sie haben den Pfarrer nicht leiden können, was? Die vier abgebrannten Kapellen ... Hat Ihnen die Hölle heiß gemacht, sozusagen?«

»Blödsinn. Der Pfarrer war ein Klugscheißer«, antwortete Müller in einem Ton, der keine weiteren Auskünfte versprach.

Smitz stand auf und trottete zurück zu der Kapelle mit der Johannesschale. Neben den Kopf des Täufers legte er Müllers Schlüsselbund. Als er dann die Kirche verließ, fragte er Müller im Vorbeigehen: »Ist der Heilige Antonius eigentlich auch für das Finden von Mördern zuständig?«

»Weiß ich nicht. Müßte man den Pfarrer fragen.«

Schon in der Tür zur Sakristei drehte sich Smitz noch einmal um und sagte streng: »Übersehen Sie nichts. Ich wiederhole: nichts.«

»Arsch«, knurrte Müller, als Smitz ihn schon nicht mehr hören konnte.

In der Küche saßen die alte Frau Sievers und Maria traurig, aber hungrig und aßen Spiegeleier mit Speck. Smitz blieb in sicherem Abstand in der Tür stehen. »Ich hätte da noch ein paar Fragen.«

»Setz dich, mein Junge. Setz dich, iß ein Spiegelei.« Und zahnlos grinsend fügte die Alte hinzu: »Verhungert siehst du ja nicht aus. Recht so!«

Smitz sah Maria an, aber sie wich seinem Blick aus und stellte einen Teller auf den Tisch. Zu groß war sein Hunger, als daß er hätte ablehnen können.

»Danke. Ich darf?« Er zog sein Jackett aus und setzte sich.

»Hast du schon eine Spur?« fragte die Alte.

»Eine Spur?«

»Ja, eine Spur. Das Bild, mein Junge!«

»Nein. Ich bedaure. Noch nicht.«

Und die Alte erzählte, wie sie bemerkt hatte, daß das Bild gestohlen war.

»Ich glaube, es war wertvoll«, sagte Maria. Smitz suchte wieder ihren Blick, aber sie wich ihm erneut aus und verließ die Küche. Die Alte schaufelte sich die beiden letzten Eier auf den Teller, und Smitz, der leer ausgegangen war, griff sich verstohlen einen Kanten Brot, der auf dem Tisch hinter der Blumenvase lag, verborgen vor den schwachen Augen der Alten, die erzählte und aß und ihren Redefluß mit Messer und Gabel dirigierte.

»Der Pfarrer hat immer gesagt, Essen hält Leib und Seele zusammen, und das ist die reine Wahrheit.« Und sie erzählte, wie im ersten Krieg – so nannte sie den Ersten Weltkrieg –, wie also im ersten Krieg der große Hunger geherrscht habe. Es sei so schlimm gewesen, daß die Leute schon begonnen hätten, ihre Hunde und Katzen zu verspeisen. Selbst hier auf dem Lande, was aber gar nicht verwunderlich gewesen sei, wegen der Nähe der Front.

Da hätten die Soldaten alles, aber auch wirklich alles abgegrast, und die Landbevölkerung hätte noch Glück gehabt, wenn man ihr die Hunde und Katzen gelassen habe. In diesen Tagen habe sie, Hermine Sievers, einmal einen Jungen auf der Straße gesehen, vielleicht zwölf, dreizehn Jahre alt, klapperdürr, in zerschlissenen Hochwasserhosen und barfuß trotz der Kälte. Der Junge habe ganz verstohlen in einem Kartoffelsack etwas mit sich herumgetragen. Das sei ihr seltsam vorgekommen, und so sei sie ihm gefolgt und habe es einmal leise aus dem Kartoffelsack miauen gehört. Der Junge sei schnurstracks zur Kirche gelaufen, habe sich vor dem Portal nach allen Seiten umgesehen wie ein Verbrecher und sei in der Kirche verschwunden. Sie sei ihm gefolgt, habe ihn aber drinnen nirgendwo gefunden, hinter keiner Säule, in keiner Ecke. Bis sie schließlich bemerkt habe, daß die Tür zum Turm einen Spalt weit offenstand. Also sei sie die steile Treppe hinaufgestiegen, damals noch mit Leichtigkeit, immerhin sei sie vierzig Jahre jünger gewesen. Gerade mal um die sechzig Jahre alt. Das müsse man sich mal vorstellen. Vierzig Jahre jünger.

»Wie alt bist du, mein Junge?« wollte sie von Smitz wissen.

»Vierzig, Frau Sievers«, antwortete Smitz und schielte zum Brotschrank.

Sie freute sich über seine Jugend, betonte, daß sie sogar zu alt sei, seine Mutter zu sein, und fuhr fort: »Nach der Steintreppe kommt noch eine Holztreppe, die geht bis nach oben, bis in die Spitze zu den Glocken. Aber die Glocken, die waren schon weg. Da hatten die irgendwas draus zusammengeschmolzen. Und von da oben, da habe ich Geräusche gehört. Zuerst habe ich Angst gehabt. Man kann ja nie wissen. Ich habe zuerst gedacht, der Junge schlachtet dort oben die Katz und ißt sie roh. Da habe ich natürlich Angst gehabt, daß der mir an den Kragen geht, wenn der mich sieht. Im Krieg, mein Junge – wie heißt du eigentlich?«

»Smitz, Balthasar Smitz.«

»Also, Balthasar, im Krieg, da sind die Menschen anders. Selbst die Kinder.«

»Ich weiß, Frau Sievers.«

Sie sah ihn prüfend an. »Natürlich. Im zweiten Krieg, da warst du ja schon da.« Sie seufzte. »Schneid mir noch eine Scheibe Brot ab, mein Junge.« Sie deutete mit ihrem gichtigen Zeigefinger zum Brotschrank, und Smitz sprang bereitwillig auf.

»Maria wird nichts dagegen haben, wenn wir uns ein bißchen Griebenschmalz aus dem Töpfchen nehmen. Ja, das graue Töpfchen da. Brav, mein Junge.«

Sie kaute vergnügt, und Smitz fragte sich, ob sie vielleicht doch noch irgendwo einen Zahn versteckt hatte.

»Trotzdem bin ich die Holztreppe auch noch hochgestiegen. Die Treppe hat geknarrt, und der Junge hat mich natürlich gehört und ist da oben hin- und hergesprungen, und dann war ich selbst da oben, und er stand vor mir und hat die Hände hinter dem Rücken versteckt, und er hat gesagt: ›Guten Tag, Frau Sievers‹. Um ihn herum standen Kisten, so sah es jedenfalls aus. Kisten, und über denen lagen Kartoffelsäcke. Ich habe dann einfach so einen Sack weggerissen. Und was glaubst du, was da drunter war? Was glaubst du, mein Junge?«

»Ich weiß nicht«, sagte Smitz.

»Rat doch mal.«

»Ich weiß nicht. Vielleicht Munition? Oder Konserven?«

Die Alte sah Smitz mitleidig an. »Mäuse, Ratten, Spatzen, Amseln, junge Hunde, Salamander und sogar Spinnen. Immer zwei in einem Käfig. Und sogar ein kleines Aquarium hatte der Junge. Da waren winzige Fische drin. Stichlinge, glaube ich. Und die Katz, die hat er noch auf dem Arm gehabt. Eine ganz kleine Katz.« Sie wackelte mit ihrem greisen Köpfchen. »Der Junge hatte solche Angst, daß wir alle Tiere auffressen. Da hat er an die Bibel gedacht, an die Arche Noah.« Umständlich schneuzte sie sich. »Jetzt rate mal, mein Junge, wer das war.« Und sie sah Smitz herausfordernd an, und Smitz fühlte, daß er jetzt richtig antworten mußte, wenn die Alte ihn auch nur noch ein bißchen ernst nehmen sollte.

»Der Pfarrer.«

»Jawohl, Josef Reinders, der Pfarrer. Was für ein dummer Junge! Und was für ein Herz! Er war damals Meßdiener.« Sie wischte mit einem letzten Stück Brot ihren Teller ab und erzählte gleich weiter, von Eleonore Tal, der sie ein eben solches Herz bescheinigte, wie es der Pfarrer gehabt hatte, in seiner Jugend. Eleonore Tal, die die kleinen Kinder hütete. Den Sinn für Kinder habe sie von ihrer Mutter geerbt. Die sei angehende Hebamme gewesen, Hilfshebamme und Krankenschwester, Hilfskrankenschwester, wenn man genau sein wolle. Man solle es gar nicht für möglich halten, daß einer wie der Apotheker, dieser Aldekerk, sich so sehr um ein solches Mädchen kümmere. Aber der Pfarrer, der habe dabei ja auch geholfen. Vorbildlich, einfach vorbildlich.

»Wenn sich Eleonore nur nicht immer – wie soll ich sagen – sich immer entblößt hätte. Als sie noch klein war, da ging das ja noch. Aber dann ...« Die Alte machte ein ratloses Gesicht. »So ein gutes Kind. Ich habe immer gesagt, soll man so ein gutes Kind einsperren, nur weil es sich – manchmal – entblößt? Und jetzt, jetzt sagen viele, hätte man die bloß weggesperrt. Hätte man die am besten gleich als Kind ...« Sie machte mit den Händen eine Bewegung, als drehe sie einem Huhn den Hals um, und sie bekreuzigte sich sogleich. »Aber daß sie den Pfarrer erschlagen hat, das kann ich nicht glauben ...«

Und sie erzählte, wie Eleonore ihr häufig die Taschen getragen habe, zurück vom Markt zu ihrem kleinen Häuschen, nahe der Kirche. Gerade wollte sie von einem besonderen Erlebnis berichten, da kam Maria wieder in die Küche.

»Frau Sievers, Sie wollten doch zum Arzt.«

»Zum Arzt?«

»Ja, Ihre Augen.«

»Aber nein, das ist morgen.«

»Aber vorhin haben Sie noch gesagt, heute. Um halb fünf. Jetzt ist gleich halb fünf.«

»Nein, nein. Morgen.«

»Wie Sie meinen. Aber Sie haben heute gesagt.«

»Wirklich?«

»Ja.«

»Du bringst mich ganz durcheinander. Jetzt weiß ich gar nicht mehr ... Ob ich mal vorbeischaue?«

»Wenn es erst morgen ist ...«

»Ich weiß nicht so recht ... Ich glaube, ich schaue mal vorbei.« Mühsam stellte sie sich auf die Säbelbeine und ließ sich von Smitz in den speckigen Mantel helfen.

»Zur Apotheke muß ich ja auch noch«, seufzte sie. »Seit Eva nicht mehr da ist, mag ich gar nicht mehr hingehen.« Und grüßend wackelte sie aus dem Haus.

»Anders wird man sie nicht los«, sagte Maria und sah Smitz das erste Mal wieder in die Augen. »Aber darauf fällt sie zum Glück immer wieder rein. Sie hat überhaupt keinen Arzttermin. Auch morgen nicht.« Maria kicherte und hielt sich dabei die Hand vor den Mund. »Das war nicht böse gemeint«, entschuldigte sie sich. »Ich muß Ihnen noch etwas erzählen. Ich wollte nicht, daß sie dabei ist.« Sie nestelte am obersten Knopf ihrer weißen Bluse.

»Von welcher Eva hat sie gesprochen?« fragte Smitz.

»Von Eva Küsters.«

»Der Mutter von Oscar Küsters?«

»Ja.«

»Seine Mutter arbeitet noch in der Apotheke?«

»Bis vor zwei Wochen. Der Aldekerk hat sie rausgeworfen.«

»Warum?«

»Angeblich hat sie Medikamente mit nach Hause genommen, ohne zu fragen. Aber das war schließlich mal ihre Apotheke, da kann man sie doch nicht ...«

»Hat sie immer für ihn gearbeitet, ich meine, seit ihr Mann tot ist und Aldekerk die Apotheke wieder aufgebaut hat?« Smitz wollte zeigen, daß er auch etwas wußte.

»Sie haben davon gehört?«

»Ja.«

»Er hat sie erst eingestellt, als die Leute nicht mehr zu ihm wollten, in die Apotheke. Die Leute sind ja nicht verwöhnt, aber so wie der sich aufgeführt hat. So was von unhöflich.«

»Aber mit ihr war es dann besser?«

»Ja, natürlich. Und für sie war es ein Trost.«

»Und dann hat er sie wieder entlassen?«

»Ja. Sie war danach noch hier und hat mit dem Herrn Pfarrer gesprochen. Aber ich weiß auch nicht, worüber.«

Maria machte Smitz einen Tee, und als Smitz sie fragte, ob es denn nicht irgendwen gäbe, mit dem der Pfarrer Streit gehabt habe, da zuckte sie zunächst mit den Schultern, begann dann aber zu sprechen, von Friedrich Strauch, einem jungen Mann, kaum älter als sie selbst, ein geborener Geschäftsmann, einer, der einem im tiefsten Winter den einzigen Mantel für eine Sonnenbrille abschwatzen könne. Allerdings – so habe sie gehört – könne er auch sehr unangenehm werden, wenn ihm das nicht gelänge. Sie erinnere sich an drei Besuche in den letzten Wochen, zweimal sei es dabei laut geworden im Arbeitszimmer des Pfarrers, da hinten neben der Kammer, da, wo der Herr Pfarrer seine Predigten geschrieben und den Kommunionskindern und Firmlingen Unterricht erteilt habe. Sie habe nicht verstanden, worum es gegangen sei, aber es sei eben laut geworden. Sehr laut. Die Männer hätten sich angeschrien, der Herr Pfarrer und sein ehemaliger Meßdiener.

Warum sie das erst jetzt erzähle, wollte Smitz wissen, und Maria enttäuschte ihn mit der Antwort: »Ich dachte, das wäre nicht wichtig.«

Smitz ließ Maria in der Küche stehen, ging in das kleine Arbeitszimmer und schloß die Tür hinter sich. Auf dem Schreibtisch lag eine aufgeschlagene Bibel und darauf ein Ebenholzstäbchen, an einem Ende mit einer winzigen goldenen Hand verziert. Der ausgestreckte Zeigefinger deutete auf einen Absatz: »Dieser aber hat ein einziges Opfer für die Sünden dargebracht und sich dann für immer zur Rechten Gottes gesetzt. Er wartet nunmehr ab, bis seine Feinde als Schemel unter seine Füße gelegt sind.«

»Hebräerbrief 10!« las Smitz laut und rief dann: »Hier müßte auch mal wieder abgestaubt werden!«

»Ja!« antwortete Maria von der Küche her, und dann leise: »Aber ich traue mich nicht hinein.«

Smitz kam zurück in die Küche. »Sie haben mich verstanden, Maria. Obwohl die Tür zu war. Obwohl ich nicht sehr laut gesprochen habe. Da wollen Sie zwei Männer nicht verstanden haben, die schreien?«

Maria schwieg.

»Worüber haben die beiden gesprochen?«

»Ich habe wirklich gedacht, daß das nicht wichtig ist ... Friedrich wollte ein paar Sachen aus der Kirche kaufen. Er kennt da einen Sammler im Süddeutschen. Aber der Herr Pfarrer wollte nichts hergeben. Obwohl wir das Geld doch bitter nötig gehabt hätten. Mit dem Geld hätten wir das Kirchendach reparieren können. Es regnet an fünf Stellen rein.« Maria hatte sich gesetzt und die Arme vor der Brust gekreuzt. »Aber mit ihm war ja nicht zu reden, mit dem Herrn Pfarrer.«

»Die beiden haben sich also gestritten?«

»Ja.«

»Was haben sie denn gesagt?«

»Ich weiß es nicht.«

»Aber Sie haben es doch gehört.«

»Nein. Ich wollte es nicht hören. Ich bin in den Keller gegangen, in die Waschküche ...« Sie schluckte.

»Ja, ich verstehe«, sagte Smitz nachdenklich. »Ich verstehe. Aber woher wissen Sie dann, daß Herr Friedrich etwas aus der Kirche kaufen wollte?«

»Ich habe Friedrich gefragt, warum sie gestritten haben.«

»Aber den Pfarrer haben Sie nicht gefragt?«

»Nein. Das wäre nicht gegangen. Ich war seine Haushälterin, und seine Angelegenheiten ... Der Herr Pfarrer hat Friedrich dann vor die Tür gesetzt.«

»Hat der Pfarrer danach denn nicht mit Ihnen gesprochen?«

»Doch. Er ist in die Küche gekommen. Er war ganz aufgeregt und hat von dem Marienbild gesprochen. Er hat gesagt, er muß jetzt endlich einen Weg finden, es heimzubringen.«

»Die Mutter Gottes mit dem Kinde?«

»Nein, ein anderes Marienbild.«

Und sie erzählte Smitz, wie der Pfarrer jedes Jahr mindestens zweimal nach Q. gefahren war, einem Städtchen jenseits der Grenze, wo in einem kleinen Museum ganz versteckt in einer Ecke ein winziges Bild hing, die »Betende Maria von K.«, eine Miniatur aus dem 16. Jahrhundert, die während des Dreißigjährigen Krieges von einem Söldnerhauptmann aus der Kirche von K. gestohlen worden war. Der Überlieferung nach hatte er das Bildchen seiner sterbenden Mutter bringen wollen, um sie mit Hilfe der Maria zu retten, denn die Betende sollte heilende Kräfte besitzen. So hieß es. Allein ihr Anblick habe einem Tauben das Gehör wiedergegeben und einem Aussätzigen seine reine Haut, und selbst den Teufel habe sie Besessenen aus dem Leib getrieben.

Den Söldnerhauptmann durchschlug auf dem Weg zur Mutter eine Musketenkugel unterhalb des Herzens, und er starb, das Bildchen in den Händen. Danach verlor sich die Spur der Betenden Maria, bis sie in den Zwanzigern gefunden wurde, von spielenden Kinder, unweit von Q. in einer Höhle, die einmal ein Einsiedler bewohnt haben mochte. Von dort gelangte sie in das Städtische Museum von Q.

»Er wollte sie so gerne wiederhaben, der Herr Pfarrer.

Aber die haben sich geweigert, sie herauszugeben, jedenfalls nicht für umsonst. Er hat immer gesagt, wenn die Betende Maria wieder daheim ist, dann wird alles wieder gut. Dann geht es aufwärts mit K.«

»Wie teuer wäre sie denn gewesen?«

»Das weiß ich nicht. Das hat er mir nicht gesagt. Aber wir hätten das Geld ja doch nicht gehabt. Nicht mal für das Kirchendach hat es gereicht.«

»Wann war Herr Friedrich das letzte Mal da?«

»Das letzte Mal vor knapp zwei Wochen.«

»Und dann?«

»Wie gesagt, der Herr Pfarrer hat Friedrich vor die Tür gesetzt. Er hat ihm verboten wiederzukommen.«

»Aber er ist dann doch wiedergekommen.«

»Nicht, um mit dem Herrn Pfarrer zu reden.«

»Warum dann?«

»Ich weiß nicht. Er ist in die Kirche gegangen. Vielleicht wollte er beten. Der Pfarrer hat ihm ja nicht verboten, in die Kirche zu gehen.«

»Hat Herr Friedrich vielleicht die Mutter mit dem Kinde gestohlen?«

»Er heißt Strauch. Friedrich ist sein Vorname.«

»Und, hat er sie gestohlen?«

»Ich weiß nicht.«

»Sie würden es ihm aber zutrauen?«

»Ich weiß nicht. Vielleicht.«

»Und warum?«

»Ich kenne ihn aus der Schule. Er hat ...«

»Ja?«

»Wenn ich das jetzt sage ... Ich möchte ja keinen anklagen. Nur weil er in der Schule ...«

»Was hat er in der Schule getan?«

»Er dachte immer, er kann sich alles erlauben. Er hat sich immer alles genommen, was er wollte. Ob es ein Pausenbrot war, oder wenn jemand einen Kreisel hatte, oder sogar ein Fahrrad. Und später dann auch Geld ... Er hat nicht gefragt ...«

»Und nach der Schulzeit?«

»Ich habe gehört, daß er sich oft schlägt. Aber das hat er ja vorher auch schon getan. Alle haben Angst vor ihm gehabt, auch die Größeren.«

Maria schaute traurig drein, und Smitz fragte unvermittelt: »Was hat der Pfarrer zu den Bränden gesagt, zu den vier abgebrannten Kapellen?«

»Das war furchtbar für ihn. Er ist jedesmal gleich hingefahren und hat dort gebetet. Er konnte nicht verstehen, wie Menschen so etwas tun können.« Maria schüttelte den Kopf.

»Aber Sie, Sie verstehen das?«

»Nach dem Krieg ...«, antwortete Maria.

»Wer könnte das getan haben?«

»Ich weiß es nicht.«

»Und der Pfarrer hatte auch keinen Verdacht?«

»Nein. Das heißt, einmal hat er gesagt, daß er eine böse Ahnung hat. Aber einen Namen hat er mir nicht genannt.«

»Und wenn jemand die Kapellen erst ausgeraubt und danach angezündet hat?«

»Ich weiß nicht. Woher soll ich denn irgendwas wissen?«

Wenig später an der Haustür fragte sie ihn, wo er geschlafen habe und wo er schlafen werde. Er zuckte nur mit den Schultern. Sie sagte dann noch, daß seit gestern im Kino am Rathaus der Bandit von Sakramento liefe, aber Smitz erwiderte auch darauf nichts, lächelte nur höflich, grüßte und verschwand.

Im- und Export

Vor der Tür der Mansardenwohnung der Apothekerswitwe Eva Küsters in der Rosengasse 9 hatte Smitz lange gestanden und geschellt, aber niemand hatte geöffnet. Sie sei nach der Kündigung zu ihrer Schwester gefahren, nach P., wußte eine Nachbarin. Sie sei ja so niedergeschlagen gewesen. Der Pfarrer habe ihr auch nicht helfen können, Gott hab ihn selig.

Es war schon nach 18 Uhr, als Smitz Friedrich Strauchs Lagerhalle erreichte. Was für Waren er hier lagerte, das hatte Maria auch nicht gewußt. Von allem etwas, hatte sie gesagt.

»Im- und Export Strauch« stand auf einem Emailleschild und darunter drei Telefonnummern, alle von verschiedenen Orten. Die Stahltür der Lagerhalle war mit vier schweren Vorhängeschlössern gesichert. Es gab keine Klingel. Smitz hämmerte mit der Faust gegen die Tür und ging einmal um die Lagerhalle herum. Alle Fenster waren zugemauert. Als Smitz gedankenvoll zwei Fusseln vom Revers seines Jacketts entfernt hatte und gerade die Telefonnummern notierte, kam ein Mann in Gummistiefeln, verdreckter Uniformhose und kariertem Hemd um die Ecke. Es war Paul, der Landarbeiter aus der Scholle. Smitz grüßte, und Paul grüßte sehr verhalten zurück und wollte schon weitergehen.

»Paul, warten Sie.«

»Ja, ich muß ...«

»Nur eine Sekunde. Wissen Sie, wo Friedrich Strauch ist?«

»Friedrich Strauch? Dem gehört die Halle hier.«

»Genau. Und wissen Sie, wo er ist?«

»Nein. Der ist nicht oft hier. Ich muß jetzt ...«

»Bitte noch einen Augenblick«, bat Smitz. Paul war ganz verändert, abweisend, ängstlich. »Wenn Sie ihn sehen, dann sagen Sie ihm bitte, daß ich ihn suche. Würden Sie das für mich tun?«

»Nein«, antwortete Paul zaghaft.

»Warum denn nicht?« fragte Smitz freundlich.

»Der Strauch ... Ich will nichts mit dem zu tun haben.«

»Warum denn nicht?«

»Weiß nicht.«

Smitz musterte Paul, der seinem Blick auswich, und ihm kam eine Idee. Warum nicht über diesen Trottel eine Information verbreiten und sehen, was daraus wird.

»Wissen Sie, unter uns«, sagte er, »der Strauch und der Pfarrer, die haben Streit gehabt. Ich weiß nicht genau, warum, aber ich glaube, der Strauch wollte Sachen aus der Kirche haben, Heilige und so, und die wollte der verschachern. Verstehen Sie? Sachen aus der Kirche verkaufen. Was sagen Sie dazu?«

»Weiß nicht. Kann ich jetzt gehen?«

»Natürlich können Sie gehen. Sie sind ein freier Mann. Aber was ist mit Ihnen? Erinnern Sie sich nicht? Gestern haben wir zusammen ein, zwei Bier getrunken. Ich will Ihnen nichts Böses.«

»Der Lehrer hat heute in der Scholle aus der Zeitung vorgelesen. Für mich und Ölmann. Und dann haben die beiden gesagt, daß Sie ... daß Sie den guten Ruf von K. ... Wenn so was in der Zeitung ... Und Sie sollten doch ...«

»Ja?« sagte Smitz zuckersüß.

»Sollten doch abhauen.«

Paul starrte auf seine Schuhe.

»Gut. Danke. Danke Paul.«

In der Tankstelle ganz in der Nähe gab es ein öffentliches Telefon. Es hing neben der Tür in einer Nische. Smitz rief den Justizpalast in S. an, den Kollegen Hans. Während er telefonierte, fuhr ein schwarzer Mercedes vor. Am Steuer saß Aldekerk in einem für die Jahreszeit viel zu dicken dunkelgrünen Tweedjackett und mit einem Hütchen auf dem Kopf. Der Tankwart ließ auf sich warten, und so sprang der Student Küsters aus dem Wagen und tankte. Aldekerk kurbelte das Fenster herunter und hielt ihm einen Geldschein hin, mit dem Küsters zum Tankwartshäuschen lief. Smitz hatte sich mit dem Rücken zur Tür gedreht und den Panamahut in den Nacken geschoben. Küsters, der ihn nicht zu erkennen, ja nicht einmal zu bemerken schien, drückte der Tankwartsfrau den Geldschein in die Hand, kratzte sich nervös am Bärtchen, nahm das Wechselgeld entgegen, steckte es in seine Hosentasche und stolperte beim Rausgehen über den Fußabtreter.

»Diese Jugend!« schimpfte die Tankwartsfrau, als Smitz das Telefongespräch bezahlte. »Diese Jugend! Früher hätte man das verboten, so rumzulaufen. Mit so einem Bärtchen!«

Smitz, dem auffiel, daß die Tankwartsfrau selbst ein kleines Bärtchen trug, kaufte den Niederrheinischen Boten und die Zeitschrift Wochenende, die titelte »Jazz – Musik oder Seuche?«, ging dann grußlos und hörte noch, wie die Frau ihm nachzischte: »Keine Erziehung ... Keine Erziehung ... Man müßte ...« In der Ferne sah Smitz den Mercedes um eine Ecke verschwinden.

Smitz schlenderte einfach drauflos, ohne Ziel, dachte an dies und das, kickte Kieselsteine vor sich her, bis er sich vertrat und ihm ein Schmerz durch das Bein riß, pfiff dann trotzdem einmal »Hänschen klein«, weil ihm nichts anderes einfiel, gelangte an den Stadtrand zu den von hohen Hecken umgebenen Gemüsegärten und sah plötzlich hundert Meter entfernt Aldekerks Mercedes und daneben Aldekerk. Vor ihm stand Küsters, der schmale, magere Student, der unvermittelt den linken Arm hob und Aldekerk mit der flachen Hand ins Gesicht schlug, einmal, zweimal, dreimal. Aldekerk wehrte sich nicht, nein, er stand da, mit beiden Händen auf den Spazierstock gestützt, und sein Kopf neigte sich bei jedem Schlag zur linken Schulter, und seine lange graue Locke, die er sich über den blanken Schädel gelegt hatte, verrutschte. Keiner der beiden sprach ein Wort. Dann, nach dem fünften Schlag, ging Küsters einfach weg, als wäre nichts gewesen, und Aldekerk setzte sich in seinen Wagen und fuhr davon. Smitz versuchte, Küsters zu folgen, doch der lief ihm zu schnell.

Am schönen Flüßchen Weil

Gegen 19 Uhr hinkte Smitz an einem Lebensmittelladen vorbei, vor dem ein spindeldürrer Mann im weißen Kittel das Gemüse von der Auslage in kleine Holzkisten packte, um es über Nacht im tiefen kühlen Keller unter feuchten Tüchern zu lagern. Auf Smitz' Frage, ob er noch geöffnet habe, stellte der Mann wortlos seine Holzkiste ab und ging vor Smitz her in den Laden. Obwohl der Mann einen weißen Kittel trug wie ein Arzt, wäre niemand jemals auf die Idee gekommen, er könne ein Arzt sein. Smitz überlegte, warum dies so sei, und der Mann räusperte sich, nachdem Smitz eine halbe Minute regungslos und gedankenverloren vor der Ladentheke gestanden hatte.

»Haben Sie Schnaps?« fragte Smitz, und der Mann machte ein Gesicht, als habe er eine Made verschluckt.

»Nein, bedaure. Ich – wir verkaufen keinen Schnaps.«

Smitz zuckte mit den Schultern, nickte dem Mann zu und ging. Als er schon in der Tür war, rief der Mann ihm hinterher: »Warten Sie!«

»Ja?«

»Sie wollen Schnaps?«

»Habe ich doch gesagt.«

»Wacholder?«

»Von mir aus auch Wacholder.«

»Ich könnte Ihnen ein Fläschchen verkaufen. Sozusagen aus meinem persönlichen Vorrat.«

»Bitte, dann tun Sie es doch.«

Und der Mann verkaufte Smitz ein Fläschchen und sagte entschuldigend: »Meine Frau, müssen Sie wissen ...

Aber bei sicheren Kunden, da mache ich mal eine Ausnahme.«

»Wieso bin ich ein sicherer Kunde?«

»Sie sind nicht von hier.«

Am Rande der Altstadt von K. plätscherte das Flüßchen Weil, und an dessen Ufer saß Smitz auf einer Bank. Sein Jackett hatte er neben sich gelegt, über die Flasche Wacholder, und sein Magen knurrte. Das Stück Brot bei Maria hatte ihn nicht gerade satt gemacht.

Smitz zeichnete mit einem Stöckchen ein M in den Sand. M stand für Montag. Montag war der Pfarrer ermordet worden. Montag war auch Eleonore von Maria neben der Leiche gefunden und von Müller verhaftet worden. An diesem Montag war der Vormund zu seiner Jagdhütte gefahren. Das behauptete er zumindest.

Smitz zeichnete ein D. Dienstag hatte er im Justizpalast die Leiche gesehen und Eleonore.

Und er zeichnete ein M, das er mit einem kleinen i versah. Mittwoch war er in aller Frühe nach K. gekommen. Auf der Zugfahrt war der Vormund in W. in den Zug gestiegen. Der Vormund behauptete aber, schon in der Nacht von Dienstag auf Mittwoch von seiner Jagdhütte nach K. zurückgekehrt zu sein, mit dem Wagen. Da konnte er nicht früh am Morgen in W. in den Zug steigen.

Do wie Donnerstag. Kneipenbesuche. Eleonore ist schwanger und zu klein.

Heute war schon Freitag. Vor vier mal vierundzwanzig Stunden war der Pfarrer Josef Reinders getötet worden.

Und der Student? Und Strauch? Und Eleonore? Immerhin hatte sie neben der Leiche gelegen. Und sonst wer?

Smitz fühlte sich träge. Er mochte nicht mehr in K. sein, er sehnte sich nach S. zurück, nach dem Lärm der Straßenbahnen, die einen mindestens einmal am Tag zu überfahren drohten, nach dem Fluchen auf die immer roten Ampeln, nach dem Hupen der Autos und nach den

Menschen, die in S. in Massen auftraten, gar nicht mehr als einzelne auszumachen, außer wenn sie tot waren oder des Mordes überführt.

Smitz nahm einen tiefen Schluck Wacholder, massierte sich die Schläfen, knöpfte die Weste auf. »Verhören müßte ich die alle, verhören«, flüsterte er. »Verhören, verhören, verhören. Wenn Hans wenigstens diesen Strauch fände.«

Smitz beschloß, dem Gefühl zu folgen, das ihm sagte, er solle noch warten. Ein Grinsen konnte er sich dann aber doch nicht verkneifen. Dem Gefühl folgen! Er! Für seinen Bericht würde er sich etwas einfallen lassen müssen.

Um sich abzulenken, blätterte er im Niederrheinischen Boten und las:

Gespräch mit einem interessanten Zeitgenossen
Wie ich mit Kommissar Balthasar Smitz sprach

Verehrte Leserinnen, verehrte Leser,

lassen Sie mich Ihnen erzählen, wie ich mit einem sprach, der gekommen ist, das schreckliche Verbrechen aufzuklären, den schändlichen Mord an unserem Pfarrer, und damit Licht in ein grauenhaftes Dunkel zu bringen, das uns alle belastet und unser Leben so schwer getroffen hat. Unser Leben, das wir noch haben, während der von uns allen so sehr verehrte Herr Pfarrer Josef Reinders es nicht mehr hat. Nein, ich glaube nicht, daß es angesichts seines Todes unangebracht ist, an unser Leben zu denken, denn er hätte es so gewollt. Er war für uns da, für unser Leben und das unserer Stadt. Wenn er uns jetzt sieht, von dort, wo er jetzt ist, dann wird er in Sorge sein um uns, und wir müssen bei aller Trauer nicht in Sorge sein um ihn, denn er ist beim Vater. Aber wir, wir haben einen furchtbaren Verlust erlitten durch eine grausame Hand.

Nun kam also ein Mann aus S., und soviel Fürsorge aus S. sind wir gar nicht mehr gewohnt, und wenn wir uns an die Vergangenheit erinnern, dann wollen wir uns an so etwas auch gar nicht wieder gewöhnen müssen, und wenn wir betrachten, wie diese Fürsorge sich heute äußert, dann sind wir in unseren Zweifeln nur bestätigt.

Ich hatte also die Gelegenheit, mit diesem Mann aus S. zu sprechen, mit Kommissar Balthasar Smitz. Er ist 39 Jahre alt, ledig und macht keine Angaben zu sich, zu seiner Person, obwohl es uns doch wichtig wäre, in ihm einen Mann zu erkennen, der uns ähnlich ist. Daß dem nicht so ist, will ich ihm aber nicht vorwerfen. Vorwerfen muß ich ihm jedoch, daß er uns im Dunklen läßt über seine Bemühungen, die wir nicht sehen, nicht erkennen können. Ich habe ihn gefragt, warum er uns, der so schwer geschlagenen Bevölkerung von K., Informationen vorenthält, doch er hat mir nur geantwortet, er mache seine Arbeit, und er müsse uns nicht informieren. Ja, so denkt ein Polizist, der K. nicht kennt, der uns nicht kennt. Aber worum geht es denn bei seiner Arbeit? Geht es denn nicht um uns? Geht es nicht um uns und unsere Sicherheit? Was, wenn Eleonore Tal es gar nicht war und ein wahnsinniger Mörder frei herumläuft? Selbst wenn nur der Verdacht bestünde, sollten wir es nicht wissen? Und muß nicht der Verdacht bestehen, da dieser Kommissar sich hier aufhält? Was aber wird der Herr Kommissar uns sagen, wenn der nächste Mord geschieht? Ich höre ihn schon: »Lassen Sie mich meine Arbeit machen. Kein Kommentar.« Das wird er sagen. Das hat er mir schon gesagt. Aber ist das akzeptabel? Nein, sage ich Ihnen, meine geschätzten Leserinnen und Leser. Nein! Wir wollen Aufklärung, wir wollen Gewißheit. Wir wollen keinen Kommissar, der sagt, er tue seine Arbeit, sich aber weigert zu sagen, was das denn ist, seine Arbeit ...

Smitz war das Blut in den Kopf gestiegen. Er konnte nicht mehr weiterlesen. Zornesrot sprang er auf, zerknüllte die Zeitung, warf sie auf den Boden, trat mehrmals darauf, wollte den Papierhaufen dann wegkicken, verpaßte ihn aber und geriet beinah aus dem Gleichgewicht. Also bückte er sich, griff die Überreste der Zeitung und zerfetzte sie vollends. Als er dann noch zweimal gegen die

Parkbank getreten hatte, begann er sich zu beruhigen. Er setzte sich wieder, trank noch einen Schluck, und um sich abzulenken, begutachtete er sein Jackett und besah sich den Abdruck, den die fettigen Finger der alten Frau Sievers auf dem Ärmel hinterlassen hatten. Eine Verwünschung entfuhr ihm, und noch einmal sprang er auf, und noch einmal trat er gegen die Bank, aber sein Zorn hatte sich schon etwas gelegt. Er nahm einen weiteren Schluck, atmete tief durch und hörte von links her Schritte. Ein Mann mit einem Hütchen nahte, in dunkelgrüner Tweedjacke, mit einem Spazierstock bewaffnet. Schon von Ferne leicht zu erkennen – der Vormund. Smitz legte das Jackett wieder über die Flasche.

»Ah, Herr Aldekerk! Was führt Sie her?« rief er, um dem anderen zuvorzukommen.

»Sie führen mich her. Ich habe Sie überall gesucht.« Aldekerk hatte die linke Augenbraue hochgerissen und das rechte Auge zusammengekniffen. »Ich muß mit Ihnen reden.«

»Welche Ehre. Setzen Sie sich.« Smitz machte eine einladende Geste, die nicht zu seinem herausfordernden Tonfall passen wollte.

»Ich stehe lieber.«

So stand er also vor Smitz, zwischen Smitz und der untergehenden Sonne, und Smitz fühlte sich in die Schulzeit zurückversetzt, wenn übermächtige Lehrer sich drohend aufbauten, schrien und dann auch schlugen. Selten ins Gesicht, immer sehr kontrolliert dorthin, wo es weh tat, ohne daß Spuren blieben.

»Wann lassen Sie mein Mündel endlich frei?« herrschte Aldekerk ihn an.

»Derzeit, mein lieber Herr Aldekerk, besteht keine Veranlassung, sie freizulassen.«

»Was soll das heißen, keine Veranlassung?«

»Sie ist dringend tatverdächtig. Ob sie nun für diese Tat – wenn sie sie begangen hat – bei ihrem Geisteszustand zur Rechenschaft zu ziehen ist oder nicht, das tut zunächst einmal nichts zur Sache, und das ist auch nicht meine Angelegenheit. Aber wenn ihre Unschuld sich nicht erweist – und das steht zu befürchten –, dann wird sie kaum je wieder freigelassen werden können. Zu ihrem eigenen Schutz.«

»Aber Sie haben doch keine Beweise! Das ist doch ...!« Aldekerk verspritzte Speichel, von dem ein Tröpfchen auf Smitz Stirn landete. Smitz zog ein Taschentuch aus der Innentasche seines Jacketts, wobei er die Wacholderflasche freilegte. Aldekerk sah die Flasche, und noch während Smitz sich die Stirn wischte, fuhr er, ohne sich zu entschuldigen, fort: »Mein Vetter ist Staatsanwalt in Z. Ich habe bereits mit ihm telefoniert! Mehrfach telefoniert! So geht das nicht, hat er mir gesagt! So geht das nicht! Das werden Sie schon noch sehen! Das sind ja Methoden! Ein unschuldiges Mädchen! Des Mordes beschuldigen! Sie nach S. verschleppen! Den Vormund nicht zu ihr lassen, den Vater, denn ich bin wie ein Vater für mein Mündel!«

»Wie ein Vater?« unterbrach Smitz.

»Ja, wie ein Vater! Genau wie ein Vater!« In der Erregung war die Frisur des Vormundes wieder unglücklich verrutscht, eine breite graue Strähne hing ihm quer über die Stirn. »Es ist nicht zu akzeptieren, den Vater nicht zu seinem Kind zu lassen, das in großer Not ist. Ohne Schuld! Ohne die geringste Schuld! Ich sage Ihnen ...! Mein Vetter, der Staatsanwalt, hat gesagt, das ist ja wie bei den Russen! Fünfundzwanzig Jahre Zwangsarbeit für eine Kartoffel! Für eine gestohlene Kartoffel – was sage ich –, nicht gestohlen, genommen! Dem Hungertod nah genommen! Und dafür fünfundzwanzig Jahre! Für einen deutschen Kriegsgefangenen! Und fünfzehn Jahre für ein Stück Gummischlauch. Fünfzehn Jahre für einen armen Deutschen, der sich ein Stück Gummischlauch besorgt, um seine Schuhe zu flicken! Das darf doch nicht wahr sein!«

»Herr Aldekerk, ich bedaure, aber ich sehe hier keinen Zusammenhang ...«

»Sie sehen keinen Zusammenhang?!« Aldekerk stand nun beinah über Smitz und traf diesen mit einer Speichelfontäne. Das war zuviel. Smitz sprang auf, wobei er Aldekerk unsanft anrempelte, wischte sich das Gesicht mit dem Taschentuch ab und sagte dann stechend: »Wo waren Sie am Montag, nachmittags?«

»Das habe ich Ihnen bereits gesagt! Mir ist schon aufgefallen, daß Sie sich keine Notizen machen! Wenn Sie vergeßlich sind, dann sollten Sie das nicht auf Kosten meiner Zeit sein!«

»Es könnte sein, daß ich Ihnen diese Frage tagelang und pausenlos stellen werde! In S.«

Aldekerk war offensichtlich beeindruckt von dem kleinen dicklichen Mann mit dem roten Gesicht, der zu platzen drohte.

»Ich bin zu meiner Jagdhütte gefahren. Ich bin erst am nächsten Tag zurückgekommen, nachts. Wollen Sie sich das jetzt wohl mal aufschreiben ...!« Er schnaubte wie ein Gaul.

»Sie sind in Ihrem Wagen zurückgekommen?«

»Ja.«

»Nachts?«

»Ja.«

»Nicht am nächsten Morgen?«

»Ich habe Ihnen das ...«

Smitz fiel ihm ins Wort: »Nicht am nächsten Morgen mit dem Zug aus W.?«

Aldekerk schnappte nach Luft: »Wieso ...? Nein ...«

»Waren Sie nicht vielleicht am Tag nach dem Mord in W. auf dem Rathaus?«

»Aber ...« Er wurde grünlich.

»Und dann sind Sie nicht vielleicht am nächsten Morgen mit dem Zug nach K. zurückgefahren?«

»Unsinn!« Mehr sagte Aldekerk nicht.

»Warum haben Sie Eva Küsters rausgeworfen? Und jetzt ziehen Sie mit dem Jungen herum. Ausgerechnet mit Eva Küsters Sohn!«

»Unsinn!« wiederholte Aldekerk, »Unsinn!« Und er drehte sich um und eilte davon, wobei er Staub aufwirbelte und mit seinem spitzen Spazierstock kleine tiefe Löcher in den ausgetrockneten Boden stieß.

Es war schon dunkel, als Maria Smitz schlafend auf der Parkbank an der Weil fand. Ob Maria ihn gesucht hatte oder ob sie nur zufällig auf ihrem Abendspaziergang vorbeigekommen war? Vielleicht hatte sie die beiden älteren Damen gehört, eine hutzelige und eine kräftige, die ganz in ihr Gespräch vertieft unter dem Küchenfenster des Pfarrhauses stehengeblieben waren. Die Hutzelige hatte gesagt: »Man müßte die Polizei verständigen. Ein ganz fremder Mensch in unserer Stadt – das ist doch verdächtig. Was ist das denn für ein Mensch, der an der Weil sitzt und Schnaps trinkt.«

»Und dazu so gut angezogen«, hatte die Kräftige gemeint.

»Meine Liebe, ein schäbiger Mann bleibt ein schäbiger Mann, egal, wie er sich verkleidet«, stimmte die Hutzelige ihr altes Lied an, mit Unterstützung ihres Zeigefingers.

»Balthasar«, sagte Maria und berührte sanft seine Schulter, aber er wachte nicht auf. Da leerte Maria die Schnapsflasche im Gras hinter der Bank und setzte sich neben ihn. Um ihn doch noch zu wecken, gab sie ihm einen tüchtigen Stoß mit ihrer kleinen Hand, so daß er beinah von der Bank fiel.

»Wo ... Was ...« Smitz rappelte sich auf und griff unwillkürlich nach seiner Pistole, die aber gar nicht da war. Wahrscheinlich hatte er sie in seinem Koffer vergessen.

»Balthasar, ich bin es, Maria.«

»Ach, Sie, Maria«, Smitz seufzte. Als er dann bemerkte, daß die Schnapsflasche leer war, runzelte er die Stirn und fragte: »Haben Sie die ausgetrunken?« Seine Stimme leierte ein wenig.

»Die Flasche ist ausgelaufen.«

»Wie konnte denn das passieren?«

»Da hinten, im Gras.«

»Wie soll die denn dahin gekommen sein?«

»Ich weiß nicht. Vielleicht gerollt.« Smitz schüttelte unwillig den Kopf.

»Wo haben Sie denn Ihren Koffer?« fragte Maria.

»Am Bahnhof, in einem Schließfach.«

»Und wo werden Sie übernachten?«

»In dem Hotel, das es nicht gibt«, sagte Smitz mit dem Trotz desjenigen, dessen Alkoholpegel schon über die Stufe der ungetrübten Heiterkeit hinaus war.

»Oh«, machte Maria.

»Ja. Oh. Oh. Warum haben Sie mich angelogen?«

»Es tut mir leid. Ich wollte nicht allein sein. Ich hatte Angst.« Und dann leiser: »Letzte Nacht war es ganz schlimm.«

Morgenlied in böser Zeit

Smitz mußte nicht lange überredet werden, mit zum Pfarrhaus zu kommen. Auf dem Weg dorthin gingen die beiden noch am Bahnhof vorbei und holten den Koffer aus dem Schließfach, den Maria tragen mußte, weil Smitz mit seinem schlimmen Bein kaum voran kam.

Im Pfarrhaus nahm Smitz die freundliche Einladung zu einem kleinen Imbiß gerne an. Maria schenkte ihm Wein aus einer Flasche ein, die verdächtig den Meßweinflaschen ähnelte, die Müller in der Sakristei geleert hatte. Dann begann sie zu kochen.

»Darf ich Sie fragen, ob Sie etwas Neues herausgefunden haben?« Maria legte zwei Koteletts in die heiße Pfanne. Das Fett spritzte.

»Ach, ich habe dies und das herausgefunden.«

»Wissen Sie jetzt, ob Eleonore es getan hat?«

»Dazu möchte ich noch nichts weiter sagen.«

»Wollen Sie nichts sagen, oder dürfen Sie nicht, oder wissen Sie einfach noch nichts?« Maria war verändert, ihre Stimme klang kecker, ihr Silberblick hatte mit einem Mal etwas Freches. Sie nippte an ihrem Weinglas, vertrieb eine Fliege vom nackten Unterarm und lächelte.

»Sie sind neugierig«, stellte Smitz fest.

»Alle sind neugierig. Wahrscheinlich haben Sie es längst bemerkt, als Kommissar, aber ich sage es Ihnen trotzdem: Die Leute reden über Sie. Wer glaubt, daß Eleonore es war, der fragt sich sowieso, was Sie hier noch machen. Und manche sagen auch, wenn man nur herumläuft oder in Kneipen sitzt, dann kann man ja nichts herausfinden. Das kann der Müller auch, sagen die, dazu muß keiner aus S. kommen.«

»Und was sagen Sie, Maria?« Smitz schenkte sich Wein nach.

»Ich sage gar nichts. Ich weiß ja nicht, was Sie herausgefunden haben.«

Maria wendete die Koteletts und erzählte, daß es ihr bei vielen Leuten schwerfalle, etwas darauf zu geben, was die sagten. Zum Beispiel Jupp Poters, der gerade am Nachmittag vorbeigekommen sei, um sich zu erkundigen – so habe er sich ausgedrückt –, um sich zu erkundigen. Daß der sich nicht schäme. Jupp Poters, einer der großen Wortführer in allen Fragen, die K. betrafen, jetzt als Prinzregent für die kommende Karnevalsaison im Gespräch. Soeben noch tätig als Mitglied der Jury bei der Wahl der Beinkönigin im Picasso. Derselbe Jupp Poters habe 1940 gleich zweimal den Herrn Pfarrer bei der Polizei angezeigt. Einmal, weil bei der Fronleichnamsprozession die Kinder des katholischen Waisenhauses St. Hildegardis Papierfähnchen in den Kirchenfarben getragen hätten, was den Bestimmungen des Reichsflaggengesetzes zuwidergelaufen sei. Ein anderes Mal, weil der Pfarrer den kleinen Altar in der Außenmauer des Pfarrhauses zur Straße hin mit einem Bild des

Erzengels Raphael geschmückt habe. Beide Vergehen seien mit einer staatspolizeilichen Verwarnung geahndet worden.

»Ach, die alten Geschichten. Das ist lange her«, sagte Smitz.

»Das ist gar nicht so lange her«, antwortete Maria. »Aber heute will keiner mehr was davon wissen.«

Maria nahm die Kartoffeln vom Herd, und Smitz dachte nach, wie er das Gespräch in Gang halten, was er wohl erzählen könne, doch das Nachdenken fiel ihm im Moment schwer, und so erzählte er, daß Eleonore im dritten Monat schwanger sei. Maria ließ sich mit offenem Mund auf einen Stuhl fallen. Dann, nach dem ersten Schreck und der Frage, wer der Vater sei, die Smitz nicht beantworten konnte, sprudelte es aus ihr heraus. Nach Marias Worten hatte sich Eleonore im vergangenen Sommer zum Mittelpunkt des Interesses der männlichen Jugend von K. entwickelt, die mit Begeisterung auf die Mauer um den Garten der Villa des Vormundes geklettert war, um Eleonore zu sehen, wie sie vollkommen entblößt Schmetterlinge fing oder Seil sprang oder sich auf der Hollywoodschaukel rekelte. Und diese zweifelhafte Beliebtheit war seither ungebrochen und hatte sich in diesem Sommer derart entfaltet, daß die Sicherheitsvorkehrungen, die der Vormund getroffen hatte, sich schnell als unzureichend erwiesen. Nicht einmal der Stacheldraht und die Glasscherben auf der Mauer hielten die jungen bis sehr jungen Männer ab, und mancher bezahlte seine Blicke mit blutigen Händen. Die älteren, die Verlobten oder Verheirateten, trauten sich nicht, weil die Angst, gesehen zu werden, dann doch größer war als die Lust zu sehen. Die häufig wechselnden Kinderfrauen, die zur Aufsicht Eleonores eingestellt wurden, waren machtlos. Sie hatten es wirklich schwer, und eine, so erinnerte sich Maria, war eines Tages mit gebrochenem Bein ins Krankenhaus eingeliefert worden, nachdem sie die Kellertreppe heruntergefallen war, und das Gerücht kam auf, Eleonore habe sie gestoßen und der Vormund das Schweigen der Verunglückten teuer erkauft.

»Eleonore ist sehr schön. Sie haben sie ja gesehen«, bemerkte Maria. »Der Pfarrer hat einmal gesagt, daß nur dann, wenn alle Menschen so schön wären wie Eleonore, das Wort vom Ebenbild Gottes nicht nur symbolisch zu verstehen wäre. Oder so ähnlich hat er das gesagt. Nur die roten Haare, die haben ihm nicht gefallen. Er hat gesagt, man sollte sie doch besser färben. Eleonore hat ihm wirklich am Herzen gelegen. Er hat sich so viel Zeit für sie genommen und auch so oft von ihr gesprochen.«

Maria hatte keinen Verdacht, wer der Vater sein könne. Traurig war sie über den offensichtlichen Mißerfolg des Pfarrers. Nach ihren Worten hatte er das Treiben um Eleonore mit wachsendem und heiligem Zorn beobachtet und sich ihrer schließlich mit Einverständnis des Vormundes angenommen, um ihre kindliche Seele tugendhafter und gottgefälliger zu formen. In den vergangenen Monaten war Eleonore jede Woche mindestens zweimal zum Pfarrer in die Kirche gekommen, wo er ihr aus dem Katechismus vorgelesen und mit ihr und für sie gebetet hatte. Maria hatte die beiden einmal gesehen, als sie oben bei der Orgel Staub wischte, und der Pfarrer war ihr erschienen wie ein Zauberer, der seine Kreise zieht um einen großen Kessel, in dem er einen Wundertrank braut. Nur hing dort kein Kessel über dem Feuer, sondern dort stand Eleonore, vor dem großen Kruzifix.

»Die Koteletts!« Maria war mit einem Satz beim Herd, aber die Koteletts waren schon angebrannt. Den Augenblick nutzte Smitz, um sein Weinglas zu leeren und gleich wieder zu füllen. Mit der qualmenden Pfanne in der Hand brach Maria in Tränen aus, und Smitz stand auf, stand zunächst hilflos mit erhobenen Händen hinter ihr, legte ihr die Hände dann aber auf die Schultern und sagte: »Ist doch nicht so schlimm. Sind doch bloß zwei Koteletts.«

»Aber ich weine doch nicht wegen der Koteletts. Der Pfarrer ist tot. Und Eleonore ...« Sie drehte sich um und umarmte weinend Smitz.

»Ich habe sie so sehr gemocht. Sie war immer fröhlich, und sie hat sich so rührend um die Kinder im Krankenhaus gekümmert. Sie hat die armen Würmchen immer zum Lachen gebracht, obwohl sie doch gar nicht sprechen kann. Sie hat Grimassen geschnitten und Schattenspiele gemacht. Und auf den Händen kann sie auch laufen ...«

Die Kartoffeln ohne Koteletts, aber mit Quark schmeckten Smitz. Maria öffnete die zweite Flasche Wein und brach erneut in Tränen aus.

»Sie kann doch nicht den Herrn Pfarrer umgebracht haben. Das kann sie doch nicht.« Und einige Schluchzer später: »Ich kann mir das einfach nicht vorstellen. Er wollte ihr helfen und sie ...«

Während Smitz, dem der Appetit dann doch vergangen war, die Kartoffeln zerdrückte und mit der Gabel rund um den Tellerrand zu einem Wall aufschichtete, in den er in allen vier Himmelsrichtungen ein Tor grub, machte Maria ihrer Ratlosigkeit und Trauer Luft. Schließlich sagte sie: »Ich habe immer so gehofft, daß der Herr Pfarrer ihr helfen kann. Was hätte denn aus ihr werden sollen? Und jetzt ...«

»Ihr Vormund wollte sie heiraten. Vielleicht hätte das geholfen«, sagte Smitz und schob den Teller beiseite. Maria runzelte die Stirn. »Sie haben zuviel getrunken, Balthasar.«

»Nein, es stimmt. Er wollte sie heiraten. Er will es bestimmt immer noch.«

»Ich finde das nicht lustig.« Maria stand auf und räumte Smitz' Teller ab.

»Aber es stimmt. Sie wollten doch wissen, ob ich etwas herausgefunden habe. Bitte, jetzt wissen Sie es. Aldekerk wollte sein Mündel heiraten.«

»Das kann ich nicht glauben – Heiner Aldekerk und Eleonore. Das ist unmöglich. Man kann sicher viel

Schlechtes über ihn sagen, aber zu Eleonore, zu der hätte ein leiblicher Vater nicht besser sein können. Woher haben Sie denn das?«

»Das möchten Sie wohl wissen, was?« Smitz grinste ein wenig selbstgefällig, und Maria wurde noch ein wenig zorniger.

»Ich finde das nicht lustig.« Und nach einem Schluck Wein: »Ich finde das wirklich nicht lustig, egal, ob es stimmt oder nicht.«

Smitz sprach nun ernst: »Entschuldigen Sie. Es stimmt wirklich. Aber erzählen Sie niemandem davon, bitte.« Maria war nicht überzeugt.

»Er wollte sie in W. heiraten. Ich war dort im Rathaus auf dem Standesamt. Er hat das Aufgebot bestellt.«

»Stimmt das wirklich?« Maria war nahe daran, ihm zu glauben, und als Smitz ihr nun zunickte, mit seinem ernsten Blick, den sie so mochte, da glaubte sie ihm.

»Darf man das denn? Ein Vormund sein Mündel?«

»Sie sind nicht verwandt, und Eleonore ist alt genug.«

»Aber wie soll sie denn ihr Jawort geben? Sie ist doch nicht ganz richtig im Kopf.«

»Es ist nicht verboten, daß Behinderte heiraten. Und ja sagen kann sie.«

»Und warum will er sie heiraten?«

»Ich weiß nicht. Vielleicht wegen ihres Vermögens?«

»Welches Vermögen?« fragte Maria.

»Welches Vermögen? Haben Sie nicht davon gehört?«

»Nein. Sie etwa?«

»Ja, sicher. In dieser Wirtschaft, Graf von sowieso. Da haben zwei darüber geredet. Zwei Frauen.«

»Zwei Frauen?«

»Ja.«

»So eine kleine und eine stämmige?«

»Ja.«

Maria mußte lachen. »Na, da sind Sie ja an die Richtigen geraten. Das sind die größten Tratschmäuler in ganz K. Da müssen Sie nichts drauf geben.«

Smitz schwieg betreten, und Maria schüttelte belustigt den Kopf, wurde aber gleich wieder ernst und fragte: »Ist Aldekerk der Vater?«

»Das können wir noch nicht feststellen.«

Später, bei einem Kaffee im Wohnzimmer, das Maria zu Lebzeiten des Pfarrers nur zum Saubermachen betreten hatte, sagte sie: »Ach, wenn das doch alles ein Ende hätte. Wenn das doch alles gar nicht erst passiert wäre. Ich meine, wenn der Pfarrer ... Er wollte doch an seinem ... an seinem Todestag eigentlich zu den Nonnen, zur Anprobe des neuen Meßgewands. Dann wäre er doch nicht hier gewesen, und dann ... Er ist aber hiergeblieben, weil er sich so elend gefühlt hat, ganz elend. Überhaupt war er seit ein paar Monaten nicht mehr richtig auf dem Damm. Er hat sich auch zuviel aufgehalst. Dann kam ja auch noch Eleonore so oft, und zu allem diese Brände, dieser Feuerteufel.«

Maria sah Smitz nicht an, während sie sprach. Sie blickte ins Leere, gegen die Wand, an der ein Ölgemälde hing, darauf ein Schiff im Sturm, nachts, vor einer Küste, an der gerade in diesem Augenblick ein Blitz in einen Baum einschlug. Maria erzählte weiter, sie berichtete von dem Sonntag, an dem Müller das letzte Mal im Gottesdienst gewesen sei, vorletzten Sonntag sei das gewesen. Der Pfarrer sei auf die Kanzel gestiegen, blaß habe er ausgesehen. In der Nacht zuvor habe sie ihn stöhnen hören, wie einer stöhnt, der Schmerzen hat oder den Furchtbares bedrückt. Schließlich habe sie an seine Tür geklopft, habe ihn leise gerufen, doch er habe nicht geantwortet, sei aber verstummt. Als er dann am nächsten Morgen auf die Kanzel gestiegen sei, um zu predigen, da habe sie ein leichtes Schwanken bemerkt, nur eine Sekunde. Vielleicht weniger als eine Sekunde, ein winziger Moment der Schwäche, aber doch so ungewöhnlich für den Pfarrer, wie sie ihn gekannt habe. Oben angekommen, habe er zunächst geschwiegen, bestimmt eine Minute lang. Dann habe er sich geräuspert und seine Predigt begonnen. Laut habe er gesprochen, mit den Händen, den Armen gerudert, immer wieder die geballte Faust drohend gen Himmel gereckt.

Maria stand plötzlich auf und verließ das Zimmer. Eine Minute später kam sie zurück, in der Hand ein paar zerknitterte Blätter Papier.

»Das hat er sich vorher aufgeschrieben, vor der Predigt.«

Sie gab Smitz die Blätter, und er begann zu lesen.

»Auf Herr, hilf mir, mein Gott! Denn Du schlägst alle meine Feinde ins Gesicht und zerschmetterst der Gottlosen Zähne!«

So steht es in dem Psalm, der da heißt »Morgenlied in böser Zeit«. Und wir haben wahrlich eine böse Zeit, und jeden Morgen lese ich diesen Psalm, und er gibt mir Kraft und Zuversicht.

Hört ein Weiteres aus den Psalmen: »Wahrlich, wieder hat einer sein Schwert gewetzt und seinen Bogen gespannt und gezielt. Doch sich selbst hat er tödliche Waffen gerüstet und feurige Pfeile bereitet!«

Habt ihr es gehört?! Ja, so wird es sein! So wird denjenigen, der das Feuer legt, das Feuer treffen! Der Teufel, der uns heimsucht, der unsere Kapellen anzündet, die letzte erst vor zwei Tagen, dieser Teufel selbst wird brennen!

Wir können ganz auf Gott vertrauen – doch er erwartet auch etwas von uns. Er will nicht, daß wir uns faul in die Kissen werfen und ihn einen guten Mann sein lassen. Er will nicht, daß wir wie der Mohammedaner uns nicht rühren und erwarten, daß Gott der Vater uns umsorgt, wie eine Mutter ihren Säugling umsorgt. Gott will Menschen, die ihren Teil tun. Menschen, die ihm – ich sag es einmal so – auch etwas Arbeit abnehmen und sich durch diese Arbeit seiner würdig erweisen. So haben wir ja auch eine Polizei in K. Den Vertreter dieser Polizei sehe ich unter euch. Und ich frage euch, warum brennen unsere Kapellen noch, warum hat denn die Polizei den Feuerteufel noch nicht gefaßt? Was geschieht denn da? Sehen wir Taten? Sehen wir, daß sich einer müht, den zu fassen, der uns allen, die wir im Glauben stehen, tiefe, schreckliche Wunden schlägt ...?

Smitz sah von dem Blatt auf und fragte Maria: »Wie hat Müller das aufgenommen?«

»Er war totenbleich. Aber er ist geblieben. Nur zur Kommunion ist er nicht gegangen, und als die Messe zu Ende war, da war er ganz schnell weg.«

»Und die Leute?«

»Alle haben natürlich darüber geredet, über die Predigt. Aber ob sie so ganz einverstanden waren ... Von der Kanzel herunter ... Ich weiß es nicht. Mir hätten sie ja eh nichts gesagt, als Haushälterin des Herrn Pfarrer.«

Smitz las weiter und traf bald auf den Satz: Wenn diejenigen, die verantwortlich sind, ihre Verantwortung nicht wahrnehmen, dann ist es an uns zu handeln. Und ich, das sage ich euch, ich werde nicht mehr stillhalten.

»Hat der Pfarrer irgendwann angedeutet, daß er einen Verdacht hat, wer der Feuerteufel sein könnte?« fragte Smitz.

»Nein. Er hat zuerst auch gar nicht über die Brände gesprochen. Er ist zwar zu den Kapellen gefahren, aber gesprochen hat er nicht darüber, zumindest nicht mit mir und auch nicht in der Messe. Erst nach dem vierten Brand, da war er auf einmal wie ausgewechselt. Als ob er ...«

»Ja?«

»Als ob er erst da wirklich verstanden hätte, was passiert ist.«

Die Reliquie des Heiligen Antiochus

Es war tiefe Nacht, als Smitz erwachte. Seine Müdigkeit war wie verflogen, und er versuchte angestrengt, sich zu erinnern, wann er zu Bett gegangen war und welche Worte er Maria als Gruß zur Nacht gesagt hatte, aber er erinnerte sich nicht.

Er mochte nicht länger liegen und schlüpfte in die schwarzen Pantoffeln, die unter dem Bett warteten, schlüpfte aber gleich wieder heraus, weil es die des Toten waren. Mit bloßen Füßen hinkte er dann durch die Dunkelheit. Marias Zimmertür war nur angelehnt, und ein schwaches Licht schien durch den Spalt. Sie war bei brennender Kerze eingeschlafen, und warm fiel das Kerzenlicht auf ihr junges Gesicht mit dem runden Kinn, der ganz kleinen Nase und den dunklen Augenbrauen. Unschuldig sah sie aus, ihre Brust hob und senkte sich sanft, und ihr Atem klang freundlich und tief.

So leise, wie es ihm nur möglich war, hinkte Smitz zu Marias Lager und blies die Kerze aus, voller Sorge, sie könne erwachen und seine Anwesenheit mißdeuten.

Kaum war die Kerze erloschen, war es finster wie in einem Grab, und Smitz beobachtete sich selbst, wie ihn dies überraschte, und so sagte er sich, daß er noch nicht ganz nüchtern sein könne. Blind tappte er zur Tür, stieß mit dem kleinen Zeh gegen den Bettpfosten und konnte einen Schrei gerade noch unterdrücken. Mit schmerzverzerrtem Gesicht hopste er auf einem Bein durchs Zimmer und rempelte dabei laut gegen einen Stuhl. Maria seufzte und drehte sich im Bett um. Als der Schmerz sich ein wenig gelegt hatte, gelangte Smitz glücklich zur Tür und zog sie hinter sich zu.

In der Küche fand Smitz den Lichtschalter, schenkte sich einen Schnaps ein und schnitt sich eine dicke Scheibe Brot ab, die er mit Griebenschmalz aus dem grauen Töpfchen bestrich. Mit dem Zeigefinger tippte er vorsichtig den kleinen Zeh an. »Der ist bestimmt gebrochen«, flüsterte er. Langsam und gründlich kaute er dann sein Brot und dachte über Marias Worte nach. Der Herr Pfarrer, so hatte sie ihm erzählt, habe einmal gesagt, der Vormund, Heiner Aldekerk, käme aus einem Dorf nahe der Grenze, einem Schmugglernest. Dies und noch einige beunruhigende Details, die er ihr aber nur angedeutet habe, habe der Herr Pfarrer von seinem väterlichen Freund, dem Herrn Pfarrer Specovius, erfahren, der sich, obwohl er doch W. nie verlasse, gerne mit solchem Wissen brüstete, das er bei den Bauern auf dem Wochenmarkt und bei den Betschwestern aufschnappe. Die Erzählungen des Herrn Pfarrer Specovius hätten immer wieder die Neugierde des Herrn Pfarrer Reinders angestachelt, und dies habe ihm schwer auf dem Gewissen gelastet, so schwer, daß es ihn schließlich dazu bewogen habe, seinen väterlichen Freund seltener zu besuchen.

Smitz, der eigentlich nicht mehr sehr neugierig war, weil ihm seine professionelle Neugierde doch immer wieder nur Abgründe vor Augen führte, wollte nun aber noch eines wissen, bevor er der wiederkehrenden Müdigkeit nachgab. Mit einer Kerze in der Hand ging er in die Kirche und geradewegs zu der Kapelle mit der Johannesschale. Dort neben dem Kopf des Täufers lag immer noch Müllers Schlüsselbund. Smitz fluchte, dachte einen Augenblick nach und schlich zurück ins Haus, ins Schlafzimmer des Pfarrers, wo er schon in der ersten Nacht eine Inventarliste der Kirche entdeckt hatte. Damit hinkte er wieder in die Kirche, steckte dort jede Kerze an, die er finden konnte, und begann, systematisch nach dem Bild der Mutter Gottes mit dem Kinde zu suchen und dabei zugleich in jedem Winkel zu prüfen, ob vorhanden war, was die Inventarliste aufführte, seien es Heiligenfiguren, Kreuzwegbilder, Kerzenständer, Grabplatten, kleine Altäre und anderes mehr.

Am Ende hatte Smitz, dem die Kälte der Steinplatten schon bis hoch in die Knie gestiegen war, das Bild der

Mutter Gottes mit dem Kinde nicht gefunden, genausowenig einen Christophorus, zwei Weihrauchschwenker aus dem 15. Jahrhundert, drei Kruzifixe, ein kleines Gemälde, das die Etappen der Hinrichtung des Heiligen Engelhard zeigen sollte, der von seinen Peinigern zunächst in eine Dornenhecke geworfen und dann bei lebendigem Leib geröstet worden war, aber nicht zu lange, damit er seine Vierteilung noch miterleben konnte. Es fehlten auch eine geschnitzte Kreuzigungsgruppe auf Steinhügel sowie die Reliquie des Heiligen Antiochus, ein Splitter seines rechten Schlüsselbeines, auf rotem Samt gebettet, in einer kleinen goldenen Schatulle, die mit einem gläsernen Fensterchen versehen war, das eine leicht vergrößernde Wirkung hatte und somit den Knochensplitter etwas bedeutender erscheinen ließ.

Als Smitz seine Suche erfolglos beendet hatte und wieder ins Bett ging, nahte bereits der Morgen. Irgendwer, da war Smitz nun sicher, hatte begonnen, St. Aposteln zu plündern.

Nasenbluten

»Balthasar, Balthasar, wachen Sie auf«, flötete Maria nun schon zum dritten Mal, aber Balthasar wachte nicht auf. Sie faßte ihn vorsichtig am Handgelenk, hob den Arm ein paar Zentimeter und ließ ihn wieder fallen. Smitz reagierte nicht, und Maria wußte sich nicht anders zu helfen, als ihm zunächst sanft, dann unsanfter die Wange zu tätscheln. Das half. Er öffnete die blutunterlaufenen Augen und gähnte Maria seinen Morgenatem mit Wacholderfahne ins Gesicht.

»Balthasar, es ist schon elf Uhr, und ich dachte ... Ist Ihnen nicht gut?«

Smitz rieb sich die Augen. »Doch, doch. Ich habe nur ...

Ich bin spät ins Bett gegangen. Ich weiß nicht, um fünf oder so.«

»Kommen Sie, Ihr Fall ruft!« rief sie fröhlich, als habe sie schon vergessen, wer der Tote war.

»Ja, ja, der Berg ruft«, antwortete Smitz und gähnte.

»Ich habe Ihnen ein kräftiges Frühstück gemacht. Kaffee und frische Brötchen und ...«

»Ich komme gleich, ich komme gleich«, unterbrach Smitz sie, und als Maria nicht ging, sagte er: »Ich möchte aufstehen. Wenn Sie vielleicht ...«

»O ja, natürlich. Entschuldigung.«

Schnell hatte er den grauen Anzug angezogen, in dem er hergereist war, hatte entschieden, sich später zu rasieren, war durch den Flur geschlichen, bis zur Küchentür, wo er einen Moment verharrte, sich die Schläfen massierte und ein Lächeln aufsetzte. Dann trat er in die Küche, und Maria strahlte ihn an und ließ beinahe das Ei fallen, das sie auf einem Eßlöffel unter den Wasserhahn hielt, um es abzuschrecken.

Nach dem Frühstück und immer noch unrasiert ging Smitz los, zunächst zur Polizeiwache, die er verschlossen vorfand. Er wartete fünf Minuten und stellte dabei fest, daß auf dem Dach der Wache sieben Ziegel fehlten und fünf zerbrochen waren und daß in der Regenrinne eine schmale Wiese gewachsen war, auf der sogar ein Löwenzahn blühte.

Er wollte nicht mehr länger warten und ging weiter durch die Gassen der Altstadt, die menschenleer waren, jetzt zur Mittagszeit an einem Samstag. Aus den offenen Fenstern hörte er das Klirren von Messern und Gabeln auf Porzellan.

Wieder kam er zu der Tankstelle, von der aus er am Vortag Hans angerufen hatte. Er grüßte die Tankwartsfrau, konnte sich nicht zurückhalten, einmal nach ihrem Damenbart zu schielen, nahm den Telefonhörer ab und ließ sich verbinden.

»Hallo, Hans.«

»Hallo, Balthasar.«

»Und?«

»Strauch?«

»Ja, sicher, Strauch«, flüsterte Smitz, der förmlich spürte, wie sich die Ohren der Tankwartsfrau spitzten.

»Kleiner Fisch. Dreimal Körperverletzung. Ein Hitzkopf. Hat insgesamt ein dreiviertel Jahr gesessen.«

»Und wo hat er zugeschlagen?«

»Zweimal hier in S. und einmal in P.«

»Nicht in K.?«

»Nein. Jedenfalls nicht, daß wir wüßten.«

»Und die andere Sache?«

»Die Erbschaft?«

»Ja, was denn sonst?«

»So schnell geht das nicht. Frühestens morgen. Vielleicht übermorgen.«

»Bis dann.«

»Bis dann.«

Smitz machte sich einen Spaß daraus, grußlos zu verschwinden, und hörte hinter sich das Knurren der Tankwartsfrau.

Wenig später trat er durch das gußeiserne Tor in den kleinen Park um Aldekerks Villa, ging vorbei an Teich und Hollywoodschaukel und war fast versucht, sich einmal auf die Schaukel zu setzen, ließ es aber doch bleiben. Einer Ahnung folgend schlich er sich an eines der Fenster und spähte vorsichtig ins Haus. Aber da war niemand und auch hinter dem nächsten Fenster nicht und nicht hinter dem übernächsten, dann aber doch hinter dem, das zu der kleinen Bibliothek gehörte. Küsters und Aldekerk. Sie saßen einander gegenüber, unter dem Gemälde Eleonores, und redeten, doch das Fenster war verschlossen, und so konnte Smitz sie nicht hören. Ohnehin mußte er sehr aufpassen, daß sie ihn nicht bemerkten, und konnte nur mit einem halben Auge in den Raum linsen.

Aldekerk wirkte zerknirscht. Er sprach offenbar sehr eindringlich und sah dabei den Studenten nicht an. Seine Hände hatten sich ineinander verkrallt, sein linkes Augenlid war krampfhaft hochgerissen. Küsters rauchte und ließ die Asche auf den Boden fallen, obwohl vor ihm auf dem Tisch ein großer Aschenbecher stand. Sein Gesicht war bleich, übernächtigt, und seine Augen schienen noch tiefer in den Kopf gesunken zu sein, zwei kleine schwarze Krater. Aldekerk hörte zu sprechen auf, einen Moment schwiegen beide, und dann erhob sich Küsters, langsam, sehr steif, nahm ein dickes Buch vom Tisch und schlug es Aldekerk ins Gesicht, auf Mund und Nase, mit so viel Schwung, daß ihm das Buch aus der Hand flog. Aldekerks Hinterkopf prallte gegen die hohe Stuhllehne, fiel dann nach vorn, und die Hände schnellten hoch, vors Gesicht. Küsters hob das Buch nicht auf, er nahm das nächste, ein größeres, und schlug wieder zu, diesmal auf Aldekerks Hände und dann, als der sich so weit vorbeugte, daß sein Kopf fast zwischen seinen Knien steckte, noch einmal in den Nacken. In diesem Augenblick klopfte Smitz an die Fensterscheibe, und Küsters ließ vor Schreck das Buch fallen. Aldekerk zuckte zusammen, sah zum Fenster und schnappte nach Luft.

»Können Sie mich reinlassen?« rief Smitz, grinste, winkte mit der rechten Hand und deutete mit dem Zeigefinger der linken in Richtung Haustür.

Aldekerk öffnete. Er sah Smitz nicht in die Augen, gab ihm auch nicht die Hand. Er fragte nur: »Was wollen Sie?«, und Smitz bemerkte, daß ihm Tränen über das Gesicht liefen, Tränen, die einer nicht aufhalten kann, dem auf die Nase geschlagen wurde.

»Wo ist denn Ihr Gast?« wollte Smitz wissen.

»Welcher Gast?« Aldekerk schneuzte sich vorsichtig.

»Oscar Küsters, Herr Aldekerk, Oscar Küsters. Haben Sie schon vergessen? Sie haben sich gerade von ihm ein Buch in die Fresse hauen lassen.«

»So nicht! So reden Sie nicht mit mir! Nicht in diesem Ton!« Er klang ulkig, weil er sich die Nase zuhielt, um das Blut zu stoppen. Smitz blieb ungerührt. »Holen Sie Küsters.« Aber das war nicht mehr nötig, denn der Student kam gerade in die Diele, eine neue Zigarette im Mundwinkel, betont lässig. »Ah, der Herr Kommissar.«

»Ich möchte eine Erklärung für Ihr Verhalten«, sagte Smitz.

»Das geht Sie nichts an«, antwortete Küsters.

»O doch, das geht mich etwas an. Warum haben Sie Aldekerk geschlagen? Und Sie, warum haben Sie sich das gefallen lassen?« Smitz wußte, wie hilflos seine Fragen waren. Die beiden würden nichts sagen. Er mußte es selbst herausfinden, er selbst. Aber wie?

»Seit wann darf man sich nicht mehr schlagen lassen, Herr Kommissar? Fragen Sie doch den Herrn Apotheker Aldekerk, ob er Anzeige gegen mich erstatten möchte.« Als Smitz das nicht tat, sondern sich am Kinn kratzte, fragte Küsters selbst: »Herr Apotheker Aldekerk, würden Sie bitte antworten – werden Sie Anzeige gegen mich erstatten?« Er grinste, aber seine Unterlippe bebte leicht.

»Nein«, sagte Aldekerk langsam. Er hatte sich an eine Wand gelehnt und starrte auf den Fußboden. Seine Knie zitterten, Blut tropfte aus seiner Nase, seine Hände waren zu Fäusten geballt.

Lokalverbot

Die Polizeiwache war immer noch verschlossen, und so ging Smitz zum »Grafen von Schlösser«. Herr Ölmann, der Wirt, gönnte ihm nur einen mißbilligenden Blick, als er die Wirtschaft betrat, schon etwas verschwitzt nach dem Gang durch die Mittagssonne und natürlich durstig.

»Eine Coca-Cola«, sagte Smitz, und der Wirt, der nichts erwiderte, nicht einmal aufsah, verschwand durch die

Schwingtür. Smitz war der einzige Gast, und als der Wirt zurückkam, die Coca-Cola-Flasche öffnete, sie mit einem Glas auf die Theke stellte und sich wieder dem Polieren der Gläser widmete, mit Leichenbittermiene, immer in schwarzer Weste, mit Fliege, da bereute es Smitz, hergekommen zu sein. In diese Gruft mit ihren kleinen ausgeblichenen Papierblümchen auf den weißen Tischdeckchen mit dem gehäkelten Zierrand und den Wachsflecken, mit den übergroßen Aschenbechern, auf denen Werbung für Schnaps prangte, mit den verstaubten Topfpflanzen und einer Melancholie, die besonders von den Sahnetorten auszugehen schien, die fett in einer Kühlvitrine darauf warteten, den ihnen bestimmten Weg in die inneren Organe vornehmlich älterer Damen zu gehen.

Smitz nahm Glas und Flasche und setzte sich an einen der Tische. Er zog einen Notizblock aus der Tasche und begann, kleine Häuser zu malen, Nikolaushäuser, die er mit Fensterläden verzierte, mit Jägerzäunen umgab und deren Schornsteine er schwarz rauchen ließ, heftig rauchen und immer heftiger, bis das ganze Haus hinter dem Rauch verschwand und ein neues auf einem noch weißen Fleck des Blattes errichtet werden mußte.

»Daß ich Sie hier treffe!« brüllte plötzlich jemand, und Smitz schrak zusammen. Adolf Hilpert stand vor ihm, der Zeitungsreporter, die Ratte, wie Smitz ihn für sich getauft hatte, was weniger an seinen langen, durchaus rattenähnlichen Zähnen lag, als an dem Artikel, den er geschrieben hatte.

»Darf ich mich setzten?« fragte Hilpert und setzte sich, obwohl Smitz nicht reagiert hatte.

»Wie hat Ihnen mein Artikel gefallen?«

Smitz riß sich zusammen, zog die Augenbrauen hoch und tat überrascht: »Welcher Artikel?«

»Na, mein Artikel, mein Artikel«, kicherte Hilpert.

»Ja gut, ich gehe davon aus, daß Sie viele Artikel schreiben. Ich habe Wichtigeres zu tun, als Ihr kleines Blättchen zu lesen, Ihre kleinen Absonderungen.«

»Also haben Sie den Artikel gelesen!« triumphierte Hilpert.

»Wenn Sie sich das einreden wollen. Bitte.«

Hilpert war anzumerken, daß er sich nicht sicher war. Hatte Smitz, hatte er nicht?

Herr Ölmann erschien und fragte nach den Wünschen der Herren. Hilpert nahm einen Kaffee, Smitz noch eine Coca-Cola.

»Also wenn sie ihn nicht gelesen haben ... Ich lasse Ihnen ein Exemplar zukommen.«

»Machen Sie sich keine Umstände.«

»Aber das sind doch keine Umstände. Sie wohnen noch im Pfarrhaus?«

»Ja.«

»Wollen Sie dem Steuerzahler die Hotelkosten ersparen?«

»Es tut nichts zur Sache, wo ich wohne.«

»Nein, natürlich nicht. Wieso sollte das etwas zur Sache tun? Nein. Also zurück zu meinem Artikel – das war ein Artikel über Sie. Ich habe sinngemäß geschrieben, daß Sie nichts wissen und nichts tun. Wie gefällt Ihnen das?« Wieder kicherte Hilpert.

»Wenn Sie mich beleidigen wollen, dann setzen Sie sich doch besser an einen anderen Tisch.«

»Oh, es geht nicht darum, Sie zu beleidigen. Das ist nicht wichtig. Es geht um die Bevölkerung. Es geht um die Allgemeinheit, die ein Recht hat ...«

»Fangen Sie schon wieder an? Lassen Sie mich in Ruhe. Ich habe zu arbeiten.«

Hilpert zeigte auf das Blatt mit den Nikolaushäusern hinter Rauchschwaden. »Ach? Das wird meine Leser interessieren. Jetzt weiß ich wenigstens, was Sie Arbeit nennen.«

Smitz stand auf, aber seine Stimme blieb ruhig: »Sie gehen jetzt besser.«

»Nicht doch. Nicht doch. Ich möchte Ihnen etwas erzählen. Das hat Ihnen bestimmt noch keiner erzählt. Und ich möchte Ihre Meinung dazu hören. Sie wissen doch, daß es das Zölibat gibt, das wissen Sie doch?«

»Ja. Natürlich.«

»Also Pfarrer dürfen nicht ... Sie wissen schon ...«

»Herrgott ja, für wie blöd halten Sie mich?« Smitz wurde ungeduldig, hatte sich aber wieder hingesetzt.

»Kann das denn richtig sein?!« Hilperts Stimme wurde laut und ging in die Höhe. Smitz stellte sich tot, und Hilpert zog die Oberlippe hoch, als wolle er seine Vorderzähne gleich in die Tischkante hauen, und brüllte: »Das kann doch nicht richtig sein!« Dann wieder leiser: »Und deshalb ist der Pfarrer in den Puff gegangen. Jawohl, in den Puff. Seine sprichwörtlichen Radtouren ... Stundenlang ... Stundenlang, hehe ...«

Smitz stellte sich immer noch tot, hatte sogar die Augen geschlossen. Hilpert kicherte etwas irritiert und setzte fort: »Und Ihr Kollege Müller, was halten Sie denn von dem? Das ist doch einer, ist das nicht einer ...« Und als Smitz nicht reagierte, holte er tief Luft und zog abermals die Oberlippe hoch, wollte sprechen, wurde aber abgelenkt von der Tür, die sich öffnete. Zwei ältere Damen erschienen, eine Kräftige und eine Hutzelige, bemerkten Smitz und Hilpert, sahen sich an, sahen den Wirt an, schüttelten ihre häßlichen Köpfe und gingen wieder, türschlagend. Nachdem er sich gefaßt hatte, kam Ölmann an den Tisch der beiden Männer, gerade als Hilpert brüllte: »Der Müller, der ist doch zu doof zum Mäusemelken!«

»Meine Herren.« Der Wirt hatte keine gesunde Gesichtsfarbe. »Meine Herren, ich muß jetzt leider schließen. Wenn Sie vielleicht ...«

»Sie sehen aber gar nicht gut aus«, bemerkte Hilpert mitleidig, mußte jedoch gleich wieder kichern.

Der Wirt begleitete die beiden bis zur Tür, und kaum waren sie draußen, da räusperte er sich gewaltig und sagte dann sehr leise: »Ich wäre Ihnen dankbar, wenn Sie uns nicht wieder beehren würden. Ich bedaure.« Und er schloß die Tür, drehte den Schlüssel im Schloß, ging hinter die Theke, goß sich einen Schnaps ein und schnitt sich ein Stück Sahnetorte ab, das ihm auf die Seite fiel, als er es auf einen Teller legte, und aß es dann traurig, allein, im Stehen, hinter seiner Theke.

Draußen erwachte Smitz wieder zum Leben. »Wissen Sie was von einem Bildchen einer betenden Maria?«

»Ja klar. Die Betende Maria von K. Hängt in Q., im Museum. Der Pfarrer hat sich den Arsch aufgerissen, um sie nach K. zurückzuholen. Ich kann Ihnen sagen, das war schon peinlich. Der hat jeden in K. gefragt, jeden, der nicht ganz von der Hand in den Mund lebt. Sogar mich!«

»Wonach?«

»Wonach? Nach einer Spende natürlich. Eine horrende Summe wollte er sammeln. Meinen Sie, er konnte einem sagen, wieviel er braucht? Konnte er nicht – oder wollte er nicht. Mir hat er gesagt, er muß verhandeln, aber um zu verhandeln, bräuchte er schon eine ernsthafte Summe im Rücken. Aber was das ist, eine ernsthafte Summe, das hat er nicht gesagt. Das würde die Spendenfreude dämpfen, meinte er, wenn die Leute das wüßten. Gerade die kleinen Leute würden dann nichts mehr geben, weil die sich schämten, wenn sie nur wenig geben könnten, dabei sei doch jeder Pfennig hilfreich. Das war seine fixe Idee. Die Betende Maria von K! Er wollte, daß K. ein Wallfahrtsort wird, Tausende, Zehntausende, Hunderttausende von Pilgern hat er nach K. kommen sehen. Er hat schon – Sie werden es nicht glauben –, er hat schon den Bürgermeister darum gebeten, daß die Stadtgärtnerei die Kastanien neben der Kirche fällt. Die stehen nämlich genau da, wo die Pilger um die Kirche wandeln sollen, oder besser rutschen. Auf den Knien! Auf den Knien versteht sich! Können Sie sich das vorstellen? Auf den Knien!«

Halten Sie die Klappe, Müller!!!

Müller saß hinter seinem Schreibtisch und döste. Sein Gesicht glänzte speckig, ein Bärtchen aus kleinen schimmernden Schweißtropfen hatte sich unter seiner Nase gebildet. Als Smitz hereinkam, öffnete Müller die Augen halb und schloß sie gleich wieder.

»Tag. Gibt es was Neues?« fragte er.

»Vielleicht.« Smitz setzte sich auf einen Stuhl vor den Schreibtisch, stand aber sofort wieder auf, um nicht schlaff zu werden, um sich nicht von der müden, schwülen Stimmung der Polizeiwache einlullen zu lassen.

»Haben Sie Ihren Schlüssel wiedergefunden?« fragte Smitz beiläufig.

»Woher wissen Sie ...?«

»Berufsgeheimnis.«

Es verging ein Augenblick, in dem keiner sprach, bis Müller gähnte, sich rekelte und fragte: »Einen Schnaps?«

»Nein, nicht um diese Zeit.«

»Wie Sie meinen.« Müller erhob sich, gähnte wieder und nahm eine Flasche aus der Schublade, aus der er sich reichlich in ein schmutziges Glas einschenkte.

»Prost.«

»Müller, Sie sollten einen klaren Kopf behalten. Sie müssen mir ein paar Fragen beantworten.«

»Schießen Sie los.«

»Vergangene Nacht habe ich mir die Kirche genau angesehen. Ich habe mit der Inventarliste jede Ecke kontrolliert – und was meinen Sie, was ich festgestellt habe?«

Müller nahm noch einen Schluck, sah Smitz gelangweilt an und sagte: »Es fehlt was. Klar.«

»Wie – klar? Sie wußten, daß etwas fehlt?«

»Sicher. Ich habe es doch selbst gesucht, dieses Bild, die Mutter Gottes mit dem Jesuskindchen.«

»Ja, aber es fehlt noch mehr.«

»Gut, dann fehlt eben noch mehr.«

»Sie wußten das, Müller, Sie wußten das, nicht wahr?«

Smitz hatte die Augen weit aufgerissen.

»Ja, sicher. Habe ich Ihnen nicht davon erzählt?« Müller schenkte sich nach, sah dann zum Fenster hinaus und bemerkte gelassen: »Verdammt heiß heute.« Smitz packte den sitzenden Riesen am Hemd und sagte: »Müller, das kann doch wohl nicht wahr sein.«

Müller machte sich los. »Was soll das? Was kann nicht wahr sein?«

»Sie wußten, daß in der Kirche Dinge fehlen, und Sie haben es mir nicht gesagt? Sie haben es nicht einmal erwähnt, als wir zusammen dieses verdammte Bild gesucht haben. Müller, das glaube ich nicht. Sie sind doch Polizist, Müller, Sie sind doch Polizist.«

»Jetzt regen Sie sich mal nicht so auf. Ich dachte, ich hätte es Ihnen gesagt. Muß ich wohl vergessen haben. Oder ich habe es Ihnen doch gesagt, und Sie haben es vergessen.«

»Müller, sind Sie wahnsinnig?« Smitz war so entgeistert, daß er ganz zu schreien vergaß.

»Was fehlt denn schon groß? Eine Blechdose mit einem Knochen drin, Weihrauchschwenker und was weiß ich noch. Plunder eben.«

»Woher wissen Sie denn, daß dieser Plunder fehlt?« fragte Smitz resigniert.

»Vom Pfarrer. Der war letzte Woche hier und hat es mir erzählt. Er meinte, der Strauch, der Friedrich Strauch soll was damit zu tun haben. Das ist aber Quatsch, ich habe das überprüft. Hier, warten Sie«, und er zog eine Schublade auf und entnahm ihr einen schmalen Ordner, den er öffnete, »hier ist die Anzeige gegen Strauch. Und noch eine gegen Unbekannt, weil – ich habe ihm gleich gesagt, der Strauch war das nicht, zeigen Sie mal lieber gleich auch Unbekannt an. Sehen Sie, so ein schmaler Ordner für alle Anzeigen, die wir in diesem Jahr hatten. Da staunen Sie, was? Ja, hier regiert das Verbrechen noch nicht ...«

»Halten Sie die Klappe, Müller!!! Halten Sie verdammt

noch mal die Klappe!!!« brüllte Smitz, und Müller gehorchte.

In der Anzeige waren noch einige Gegenstände aufgeführt, deren Fehlen Smitz nicht bemerkt hatte, oder die vielleicht nicht in der Inventarliste gestanden hatten. Der Pfarrer hatte unterschrieben, »Josef Reinders« stand dort und »5. Juli 1953«. Vier Tage vor seinem Tod.

Ein erstes Geständnis

Smitz stand vor der Polizeiwache in der Sonne und schüttelte ungläubig den Kopf. Was war bloß los mit diesem Müller? Natürlich hatte der keinen Verdacht, wer die Kirche ausgeraubt haben könnte. Natürlich nicht. Smitz überlegte, Müllers vorgesetzte Dienststelle zu informieren, doch im Moment würde ihm das nichts nützen, vielleicht sogar eher schaden. Nein, er mußte erst einmal alles in Ruhe durchdenken. Aber er war müde, viel zu müde zum Denken nach dieser langen Nacht in der Kirche. Also ging er zurück zum Pfarrhaus, um ein Nickerchen zu machen, nur ein kleines Stündchen lang.

Maria kam gerade aus dem Haus, als Smitz eintraf. Sie war auf dem Weg zum Garten des Pfarrers am Stadtrand, wo sie Sauerkirschen ernten wollte, und sie überredete Smitz, sie zu begleiten. Einen Liegestuhl gäbe es dort, in dem er ruhen könne, wie früher der Herr Pfarrer, Gott hab ihn selig.

Es war ein schöner Tag. Ein paar Schäfchenwolken am blauen Himmel, ein leichtes Lüftchen ging angenehm kühl über das Land. Smitz lag im Liegestuhl, die Ärmel hochgekrempelt, die Hände hinterm Kopf, und er ließ den Blick schweifen, vom Gemüsebeet hin zum Kiesweg, der akkurat angelegt war, zum Kirschbaum, in den Maria mit Hilfe einer Leiter geklettert war, zu Marias Beinen unter dem hellgrünen Sommerkleid, deren Anblick Smitz an die

Worte des Reporters Adolf Hilpert erinnerte: »So eine Frau ist auch eine Strafe Gottes. Für alle, die sie nicht haben können.« Nun war Maria sicher keine Strafe Gottes, aber ansehnlich, das war sie schon.

Mit diesen Gedanken nickte Smitz ein und schnorchelte ein wenig. Bald aber erwachte er wieder, denn seine Ohren waren plötzlich schwerer als zuvor, und etwas Kühles berührte seinen Hals. Maria hatte ihm Kirschen über die Ohren gehängt, die er nicht sofort abnahm, sondern keck wie Ohrringe trug, als er zu ihr ging und sie von hinten bei den Schultern packte, um sie ein wenig zu erschrecken. Sie lachte laut auf und ließ die Radieschen fallen, die sie gerade zusammengebunden hatte.

»Balthasar«, sagte sie mit zartem Vorwurf, »jetzt sind die Radieschen runtergefallen.«

»Dann heben Sie sie doch wieder auf«, meinte Smitz, wackelte mit dem Kopf, um seine Ohrringe zur Geltung zu bringen, und sagte dann: »Wetten, daß ich einen Kirschkern weiter spucken kann als Sie?«

Sie wußten nicht, worum sie wetten sollten, und einigten sich schließlich auf die Ehre. Mit dem Fuß zog Maria eine Spur in den weißen Kies des Weges, die Startlinie. »Wenn das der Herr Pfarrer sehen würde«, kicherte sie, und Smitz verkniff es sich gerade noch, nach oben zu zeigen und zu bemerken, daß er es sicher sehen könne. Dann verhandelten sie darüber, wer zuerst spucken dürfe. Smitz sagte: »Ladies first«, was Maria nicht gefiel. Sie bestand auf einem Kampf, bei dem gleiche Bedingungen herrschen sollten. Also warfen sie eine Münze, Kopf oder Zahl, und Smitz durfte beginnen. Er aß eine Kirsche, reinigte den Kern sorgfältig mit der Zunge, fragte: »Mit Anlauf?« und hatte den Kern verschluckt. »Mist«, sagte er und begann von vorn. »Ohne Anlauf«, entschied Maria und murmelte etwas von Zeitspiel. Maria gewann knapp, doch sie gewann, und nicht nur den ersten, nein, acht von zehn Durchläufen. Als dann in der zweiten Runde der Anlauf gestattet war, verbesserte sich Smitz, lag aber immer noch mit vier zu sechs zurück. Die Ehre war bei Maria.

Nach dem Wettkampf klagte Smitz über die Sonne, die ihm nun doch zu sehr auf den Schädel brannte, und Maria gab ihm den Strohhut des Pfarrers, der in der Laube hing, neben der grünen Gartenjacke des Pfarrers. Der Hut war Smitz zu groß, aber er setzte ihn trotzdem auf.

Maria begann, die welken Köpfe der Rosen abzuschneiden, und Smitz harkte den Kiesweg. Kaum hatte er begonnen, da nahte der Gartennachbar des Pfarrers auf seinem Rad, ein aufgeschwemmter weißhaariger Zwerg. Als der den Mann mit dem Strohhut sah, erschrak er zuerst, erkannte dann aber, daß es sich nicht um den auferstandenen Pfarrer handelte. Er lehnte sein Rad gegen den Zaun seines Gartens, grüßte verhalten, öffnete das Törchen, an dem ein schweres Vorhängeschloß hing, obwohl jeder, selbst ein Kind, das Tor mit Leichtigkeit hätte übersteigen können, schob das Rad in den Garten, ging dort in die Laube, kam mit einem Spaten wieder heraus und begann, ein Beet umzugraben. Damit war die Ruhe vorbei. Smitz wollte weg und flüsterte dies Maria ins Ohr. Sie war einverstanden, und so räumten sie gemeinsam den Liegestuhl und alles andere in die enge Laube, wobei Maria Smitz einmal mit dem Gesäß und einmal mit der Schulter streifte, was ihm nicht unangenehm war.

Mit einem Korb voller Radieschen, Möhren und Kirschen machten sie sich auf, und Maria wählte einen kleinen Umweg, weil sie Smitz einen Teich zeigen wollte, in dem Karpfen gezüchtet wurden. Sie mochte diese komischen Fische, die immer das Maul aufrissen, als würden sie unter Wasser ersticken. Auf dem Weg mußten sie einen schmalen Bach überqueren, und Smitz reichte Maria die Hand, um ihr zu helfen, und sie ließ seine Hand nicht wieder los, auch als der Bach schon weit hinter ihnen lag. Erst als Leute auf sie zukamen, zog sie ihre Hand zurück.

Zum Abendbrot gab es Bratkartoffeln, Spiegeleier mit Speck, Bier und dann auch einen Schnaps. Smitz überkam ein seltsames Gefühl, das auch Maria teilen mußte, denn hätte sie sonst begonnen, von Kindern zu sprechen, von dem Glück einer Mutter, Leben unter ihrem Herzen wachsen zu spüren, dann die Kinder großzuziehen, sie im rechten Glauben zu unterweisen, ihnen aber auch Spiel und Freude zu gönnen und daran teilzuhaben? Smitz war gerührt von dem Bild, das sie ihm da malte, und er bemerkte gar nicht, daß in diesem Bild der Vater fehlte, denn den hatte sie noch nicht gefunden.

Dann saßen sie im Wohnzimmer, und Maria bewirtete Smitz mit einem uralten Weinbrand, den der Pfarrer von einem Kneipenwirt geerbt hatte mit der Auflage, jeweils anläßlich des Jahrestages seines Ablebens ein Glas auf ihn zu trinken. Der Pfarrer hatte sich nicht daran gehalten, und so war die Flasche noch ganz voll. Smitz überredete Maria, sich zur Gesellschaft auch ein Glas zu genehmigen, und daraus wurden zwei, drei, und Maria wurde bald traurig, sehr traurig. Sie sprach vom Pfarrer, wie gut er zu ihr gewesen sei, wie zuvorkommend, wie höflich, was für ein angenehmer Mensch, und wie schwer es ihr gefallen wäre, ihn zu verlassen, wenn sie eines Tages geheiratet hätte. Aber jetzt sei er ja tot, jetzt habe er sie verlassen, und das sei nun noch viel schwerer. Smitz pflichtete ihr bei, wie er ihr schon beigepflichtet hatte, als sie über die Kinder sprach, und es war offensichtlich, daß der Alkohol Marias Zunge löste, zu sehr löste, denn immer wieder sagte sie: »Das sollte ich gar nicht sagen ... Aber ...« Und schließlich: »Ich habe mir geschworen, das nicht zu sagen, aber jetzt kann ich nicht anders.« Sie lief rot an, und ein Satz wollte aus ihr heraus, den sie aber doch fürchtete, und sie verbarg ihr Gesicht in den Händen, als er dann wirklich heraus war. »Balthasar, ich glaube ... Ich muß Ihnen gestehen ... Ich habe mich in Sie verliebt, ein bißchen ... Vielleicht ...«

Smitz nutzte den Augenblick, in dem sie ihr Gesicht in den Händen verbarg, um seinen Weinbrandschwenker vollzuschenken und zu leeren. Was sollte er sagen? Er stotterte: »Maria, das ist mir eine Ehre. Ich fühle mich sehr geehrt. Ich ... Ich weiß einfach nicht, was ich jetzt sagen soll.« Er überlegte, ob er vielleicht auch verliebt sei. Maria, wie sie da saß, ja, das war schon was. Hätte er nur nicht soviel getrunken, aber so – war es der Alkohol oder die Frau allein? Smitz war unsicher, und nichts fürchtete er mehr als Worte, die er nicht mehr zurückholen konnte, Worte, die er später bereute, die ihn dann verfolgten mit einem ewigen »Ach, hättest du doch ... Ach, hättest du doch nicht ...«

Maria nahm die Hände wieder vom Gesicht und sah ihn traurig an. »Verzeihung«, murmelte sie. »Ich wollte nicht ... Ich ... Ich weiß auch nicht, was ich jetzt sagen soll.« Da dachte Smitz daran, ihr einen Heiratsantrag zu machen, und nun wußte er, daß er eindeutig zuviel getrunken hatte, daß er genau auf der Kippe stand zwischen der Angst vor großem Unfug und dem Begehen solchen Unfugs.

»Könnten Sie vielleicht etwas Musik machen?« fragte er, und Maria schaltete das Radio ein. Ein Sinfoniekonzert wurde übertragen, und so saßen sie nebeneinander, und bald legte Smitz seinen rechten Arm um ihre Schulter, und sie schmiegte sich an ihn und schlief ein. Smitz hingegen schlief nicht ganz ein, nur sein rechter Arm. Aber schlimmer war, daß er mit dem linken nicht bis zum Tisch, bis zu seinem Glas und der Flasche reichen konnte, ohne sich vorzubeugen, wodurch er aber Maria geweckt hätte. Er verharrte eine Zeit in dieser unbequemen Lage, bis er sich durchrang und Maria sanft weckte. Als sie die Augen öffnete und ihn ganz dicht vor sich sah, gab sie ihm einen Kuß. Es sollte nicht der letzte bleiben.

Später, viel später stand Smitz im Badezimmer des Pfarrers, putzte sich die Zähne und blickte dabei in den Spiegel. Aber nicht sein Spiegelbild beschäftigte ihn, sondern die Frage, welche Unterhose er über Nacht tragen solle. Alle drei waren nicht mehr wirklich sauber, und zwei waren kaputt – ein Loch, ein gerissenes Gummi. Es dauerte, bis er erkannte, daß zwei der Unterhosen in zwei Beziehungen nicht untadelig waren und eine in nur einer Beziehung und daß es deshalb sinnvoll war, die letztere zu wählen. Er beschloß, den Weg zum Bett möglichst schnell zurückzulegen.

Maria hatte eine Kerze auf den Nachttisch gestellt und ihr Gesicht in einem Kissen vergraben, was Smitz entgegenkam. Er nahm allen Mut zusammen und stieg ins Bett. Mindestens zwei Minuten lag er dann auf dem Rücken und wagte es nicht, sich ihr zu nähern, und auch sie rührte sich nicht. Da blies er die Kerze aus, um die Lage zu entspannen, und bald berührten sich ihre Hände. So verbrachten sie die Nacht.

Schnauzer und Glasauge

Die Sonne schien schon durchs Fenster, als Smitz am nächsten Morgen erwachte. Seine Zunge steckte ihm wie ein Stück Holz im Mund, und seine Augen wollten sich nicht öffnen. Er lag allein im Bett, und der Platz neben ihm war nicht mehr warm.

Als er sich im Spiegel sah, war er froh, daß er sich erst zurechtmachen konnte, bevor er Maria unter die Augen trat. Er ließ ein Bad ein, ein kaltes Bad, denn warmes Wasser gab es nicht aus dem Hahn, nahm drei Aspirin, rasierte sich gründlich, seifte sich in der Badewanne stehend von oben bis unten ein und tauchte wimmernd im kalten Wasser unter.

Er konnte es kaum erwarten, Maria zu sehen, aber er hatte auch Angst davor. Vielleicht bereute sie die Nacht, wenn es auch bei weitem nicht zum Äußersten gekommen war. Vielleicht war sie böse auf ihn, wütend, weil er sie verführt hatte. Aber er hatte sie ja eigentlich gar nicht verführt. Und wenn sie das anders sah? Hatte er ihr nicht den Weinbrand aufgedrängt? Er erinnerte sich nicht so recht.

Smitz blieb vor der Küchentür stehen, lauschte, hörte aber nichts, atmete tief durch, legte die rechte Hand auf die Klinke und öffnete langsam – im Anzug, denn er wollte nicht durch ein hemdsärmeliges Auftreten eventuelle Zeichen aussenden, die mißdeutet werden könnten. Oder wäre es ohne Jackett doch besser gewesen? Smitz war verunsichert.

Er öffnete also die Küchentür, und sein Blick fiel auf den Studenten, der am Küchentisch saß, einen Becher Kaffee in der Hand. Dann erst sah Smitz Maria, die Brot abschnitt und sich ihm mit dem großen Messer in der Hand zuwandte. Seine Augen arbeiteten sich an ihr hoch und erreichten mit einem Ruck, den er sich geben mußte, ihr Gesicht, ihre Augen. Sie lächelte warm. Fast vergaß er, das Lächeln zu erwidern, so erleichtert war er. Er ging auf sie zu und hätte sie beinah geküßt, hätte sie nicht ihre Augen von den seinen gelöst und zum Studenten gesehen mit einem Gesichtsausdruck, der deutlicher sagte als alle Worte: »Balthasar, wir sind nicht allein«. Nein, eher: »Balthasar, wir sind leider, leider nicht allein«.

»Guten Morgen«, sagte Smitz und reichte ihr die Hand »Ich hoffe, d ... Sie haben gut geschlafen.«

»Sehr gut, danke. Sie hoffentlich auch«, erwiderte Maria.

»Ich hätte nicht besser schlafen können.«

Der Student räusperte sich. Smitz drehte sich zu ihm. »Ach, der junge Herr Küsters, der anderen Leuten Bücher in die Fresse schlägt. Was verschafft mir die Ehre, so früh am Morgen?«

Küsters zupfte nervös an seinen Koteletten und sagte mit Kloß im Hals: »Sie suchen doch Friedrich Strauch? Ich habe ihn gesehen. Ich ...«

»Wie kommst du darauf, daß ich einen Friedrich Strauch suche?« fragte Smitz gelangweilt.

»Wieso duzen Sie mich?«

»Willst du mir diesmal was erzählen oder nicht? Wenn nicht, dann hau ab. Aber sofort.« Smitz zog den Ton an.

»Er ist gestern nacht mit seinem Wagen gekommen und nach einer Stunde wieder weggefahren.«

»Woher weißt du das?«

»Ich habe ihn gesehen. Ich bin herumgelaufen, heute nacht. Ich kann nicht mehr schlafen, seit Eleonore im Gefängnis sitzt ...«

»Und wer sagt, daß ich diesen, wie heißt er ...?«

»Friedrich Strauch. Sie sind aber wirklich noch nicht ganz wach, Balthasar«, warf Maria ein und erntete einen säuerlichen Blick.

»Der Müller hat das in der Scholle erzählt. Der war wieder blau.«

»Läßt man dich überhaupt schon in die Scholle?« knurrte Smitz den Studenten an.

»Ich bin einundzwanzig.«

Und auf die Frage, was Müller denn nun erzählt habe, berichtete Küsters brav, daß Müller immer besoffener und besoffener geworden sei und lautstark verkündet habe, daß der Smitz den Strauch suche, als sozusagen letzten Strohhalm, und daß gar keine Methode zu erkennen sei, von wegen Spezialist und so weiter.

»Das ist ja alles schön und gut, was du mir da erzählst, mein Junge, aber es ist mir völlig schnuppe.« Smitz gähnte, und das war nicht gespielt.

»Wollen Sie denn nicht ...?« Küsters fehlten die Worte.

»Ob ich was nicht will? Wenn du mir weiter nichts zu sagen hast, als daß der Strauch mit seinem Wagen in die Stadt gefahren ist und wieder hinaus, dann verschone mich. Das weiß ich auch schon.« Was eine Lüge war.

»Glauben Sie denn, daß er etwas damit zu tun hat?«

»Womit?«

»Mit dem Mord. Ich meine ...«

»Ich glaube grundsätzlich gar nichts.« Dafür traf Smitz ein säuerlicher Blick Marias, den er aber nicht bemerkte.

Küsters zitterte. Vielleicht war er ja wirklich die ganze Nacht herumgewandert. Seine Augen waren noch blutunterlaufener als die von Smitz.

»Aber Sie müssen doch jeder Spur nachgehen! Der Strauch, das ist doch ein Irrer!« Und er erzählte, wie Strauch einmal einen Geschäftspartner durch das geschlossene Bürofenster im Parterre geworfen habe, weil der sich wohl nicht habe auspressen lassen.

»Ich habe jetzt keine Zeit für Ihre Anekdoten. Wenn Sie dann gehen würden ...«, sagte Smitz kalt, und Küsters biß sich auf die Unterlippe und ging, grußlos und ungegrüßt. Smitz sah durch das Küchenfenster, wie er mit seiner Zündapp davonfuhr, einer brandneuen Maschine, die sich ein kleiner Student mit einer arbeitslosen Mutter und einem toten Vater eigentlich nicht leisten konnte.

Maria und Smitz frühstückten, aber ganz entspannt waren sie nicht. Selbst das Du fiel ihnen schwer. Wo sie nur konnten, umgingen sie es.

»Könnte ich bitte die Butter haben«, sagte Smitz.

»Man sollte heute einen Schirm mitnehmen. Es ist Regen gemeldet«, riet Maria.

Smitz schien es nicht mehr zu wagen, sie zu berühren, dabei war er doch vorhin noch auf sie zugestürmt, hätte sie beinah geküßt. Doch auch sie berührte ihn nicht. Warteten sie beide? Aber worauf?

Smitz fragte, ob er irgendwo ein Motorrad ausleihen könne, und war überrascht zu erfahren, daß der Pfarrer eine Isetta besaß, einen dreirädrigen Kabinenroller, der leicht fünfzig Stundenkilometer schaffte. Ob er dafür einen Führerschein habe, wollte Maria wissen. Smitz nickte und lächelte traurig.

Der Pfarrer hatte die Isetta erst vor ein paar Monaten gekauft, nachdem er sich im Winter eine furchtbare Erkältung zugezogen hatte. Die Isetta sollte ihn nun an kalten und regnerischen Tagen schützen, so daß er nicht mehr, wie es früher häufig vorgekommen war, sonntags nach der Kirche auf sein Rad springen mußte, um zu einer der eisigen und zugigen Dorfkirchen zu radeln und dort verschwitzt eine zweite und später nicht selten woanders noch eine dritte Messe zu lesen.

Die Isetta sprang erst beim fünften Versuch an und machte ein Geräusch wie eine Motorsäge. Barfuß stand Maria auf dem Kopfsteinpflaster und klatschte vor Freude in die Hände. Sie öffnete die einzige Tür vorn in dem Gefährt und flüsterte: »Ich würde dir so gerne einen Kuß geben, aber hier draußen ...«

»Ob ich noch mal mit reinkomme? Ich könnte ja etwas vergessen haben«, flüsterte Smitz zurück.

»Ja, aber laß den Motor besser an.«

So stieg Smitz noch einmal aus, sein Herz hüpfte ein wenig, und seine Ohren röteten sich. Gerade waren sie die Stufen zur Pfarrhaustür hochgestiegen, da hörten sie hinter sich eine Stimme:

»Herr Kommissar Smitz?«

Der drehte sich um und sah zwei gesetzte Herren, beide in grauen Sommermänteln, beide mit Hüten, die an Melonen erinnerten. Der eine trug einen Schnauzer, der andere hatte ein Glasauge.

»Herr Kommissar Smitz, entschuldigen Sie, hätten Sie einen Moment Zeit für uns? Einen kleinen Moment?« Der mit dem Schnauzer hatte gesprochen, der mit dem Glasauge schwieg und hatte etwas Mißbilligendes in seinen Zügen.

»Bitte«, sagte Smitz. »Kommen Sie.«

In der Diele schüttelte man sich die Hände. Maria, ganz die Haushälterin, hatte sich schnell in die Küche zurückgezogen, nachdem sie Smitz zugeflüstert hatte: »Geh mit denen ins Arbeitszimmer.«

»Bürgermeister Rommers«, stellte sich das Glasauge vor.

»Stadtrat und Veterinär Schneider«, fügte der Schnauzer hinzu.

»Kommissar Smitz«, sagte Smitz. »Vielleicht gehen wir in das Arbeitszimmer des Herrn Pfarrer.« Und auf dem Weg: »Ich habe mich hier niedergelassen, weil ... So ist es leichter, sich in den Fall hineinzudenken. Die Umgebung des Opfers ... Sie verstehen.«

»Natürlich. Selbstverständlich«, meinte der Schnauzer, und das Glasauge sagte: »Eigentlich ...«, vollendete den Satz aber nicht.

»Schön.« Smitz lächelte breit. »Wollen Sie sich nicht setzen?« Und so setzten sich alle drei, alle vor den Schreibtisch des Pfarrers, hinter den auch Smitz nicht wollte, weil er das als unschicklich empfunden hätte.

»Womit kann ich dienen?« fragte Smitz.

»Wir wollen uns nach dem Stand Ihrer Ermittlungen erkundigen«, bemerkte das Glasauge von oben herab, was Smitz mißfiel.

»So ...«, sagte Smitz. »Warum?«

»Sie fragen, warum?« Das Glasauge lehnte sich zurück, beugte sich vor und lehnte sich wieder zurück, eine Bewegung der Entrüstung.

»Lieber Herr Kommissar«, warf nun schmeichelnd der Schnauzer ein. »Lieber Herr Kommissar, das hier ist eine kleine Stadt, und so eine kleine Stadt, müssen Sie wissen, die hat ihre eigenen Gesetze.«

»Was meinen Sie mit eigenen Gesetzen? Meinen Sie, ich bin Ihnen gegenüber berichtspflichtig? Kommen Sie mir vielleicht gleich mit einer Weisungsbefugnis?« Smitz' Stimme und sein Gesicht verrieten Spott.

»Aber nein, aber nein, lieber Herr Kommissar ...«

»Lassen Sie mich mal«, unterbrach das Glasauge unwirsch. »Hören Sie, die Bevölkerung von K., deren Vertreter wir sind, ist beunruhigt. Wir müssen von Ihnen den genauen Stand der Ermittlungen erfahren, um wieder Ruhe und Ordnung herstellen zu können. Deshalb unsere Bitte ...« – das Wort Bitte ging ihm schwer über die Lippen – »... kommen Sie ab sofort jeden Morgen ins Rathaus, informieren Sie uns und besprechen Sie mit uns Ihre nächsten Schritte.«

»Wir wollen Ihnen ja nur zur Hilfe sein«, lächelte der Schnauzer. »Wir wollen Ihnen Wege ersparen, die unnötig sind, und Ihnen mit unserem Wissen über K. und die Menschen hier zur Seite stehen, damit ...«

»Es geht nicht«, unterbrach wieder das Glasauge, »daß Sie hier den ganzen Tag durch die Straßen laufen und irgendwo, ich will mal sagen, rumlungern, denn so wirkt das ja auf die Leute. Sie bringen die Leute durcheinander. Man fühlt sich nicht mehr sicher in der Stadt. Viele unserer Bürger trauen sich nicht mehr vor die Tür.«

»Weil ich da draußen bin, vor der Tür?« fragte Smitz grinsend.

»Aber nein ...« Der Schnauzer hob beschwichtigend die Hände. »Nein, das sind ja nicht Sie, das liegt ja nicht an Ihnen. Aber die Leute verbinden doch etwas mit Ihrem Anblick. Dieses schreckliche Verbrechen ... Wir wollen, daß die Leute nicht mehr daran denken müssen, daß sie sich beruhigen und ...«

»Und deshalb soll ich nicht mehr vor die Tür gehen? Sagen Sie mal, was denken Sie sich eigentlich? Ich bin, zu Ihrer Erinnerung, Kommissar, ich habe den Auftrag, die Tötung ...«

»Dann benehmen Sie sich auch wie ein Kommissar!« fuhr ihn das Glasauge an.

»Was meinen Sie damit?« Smitz war aufgestanden.

»Lesen Sie doch die Zeitung. Was müssen denn die Leute denken, wenn sie so was lesen? Das ist doch ...« Das Glasauge war ebenfalls aufgestanden.

»Dann sollten Sie vielleicht mal mit Ihrem Zeitungsfritzen reden. Ich tue nur meine Arbeit.«

»Bitte, meine Herren«, sprach der Schnauzer mit gefalteten Händen. »Setzen Sie sich doch wieder. Bitte. Man kann doch ... Unter vernünftigen Menschen ...«

»Es ist schon so weit, daß die Z'ter Staatsanwaltschaft bei mir anruft«, sagte das Glasauge.

»Die Z'ter Staatsanwaltschaft? Die haben mit diesem Fall überhaupt nichts zu tun«, erwiderte Smitz.

»So? Meinen Sie? Die Z'ter Staatsanwaltschaft schaltet sich dafür aber sehr massiv ein. Sie fragt mich, was denn los ist bei uns. Wir haben nämlich mit der Z'ter Staatsanwaltschaft zu tun, wir schon!« Das Glasauge schlug sich zu »wir schon« zweimal mit der flachen Hand auf den Oberschenkel.

»Herr Smitz, wir wollen doch nur ein wenig Kooperation. Sprechen Sie mit uns, und vielleicht entschuldigen Sie sich bei Herrn Aldekerk. Er ist doch einer unserer wichtigsten Geschäftsleute, und die Z'ter Staatsanwaltschaft ... Sie verstehen ... Ich meine, nur eine kleine Entschuldigung.« Der Schnauzer deutete mit den Händen an, wie leicht doch so eine Entschuldigung wöge.

»Das können Sie nicht ernst meinen«, sagte Smitz. »Sie verlangen von mir, daß ich mich bei diesem Aldekerk entschuldige? Wenn er sich von mir auf den Schlips getreten fühlt, dann erinnern Sie ihn doch bitte daran, daß man einem anderen den Schädel eingeschlagen hat. Dann sieht er vielleicht ein, wie gut es ihm noch geht.«

»Sie sind ja ein ... Dieses Gespräch führt uns nicht weiter. Wir werden uns über Sie beschweren. Sie sind ja ein ... Sie zerstören ja jegliches Vertrauen in unsere Polizei ...« Das Glasauge war wieder aufgesprungen und brach so eilig auf, daß es beinah dem Schnauzer die Tür vor die Nase gehauen hätte.

»Denken Sie doch noch einmal darüber nach«, flehte der Schnauzer, nachdem er der Tür um Haaresbreite entgangen war. »Wir haben doch alle das gleiche Interesse, Herr Kommissar ...«

»Auf Wiedersehen«, sagte Smitz.

Smitz war aufgebracht, wütend. Er ging in die Küche, verabschiedete sich eilig, vergaß den Kuß und ließ eine enttäuschte Maria zurück. Die Isetta lief immer noch, und Smitz stieg ein und fuhr davon. Nur einmal hielt er an, beim Herrenausstatter Klamp, wo er zwei Unterhosen und zwei Paar Socken kaufte. Dann endlich ließ er K. hinter sich.

Schmugglernest im Regen

Nach etwa sieben Kilometern kam Smitz durch das Dorf A., das am Rande eines großen Sees lag. Dort war Maria aufgewachsen, in einem winzigen Haus mit Blick auf den See. Der Vater war Fischer, und die Mutter verkaufte den Fang auf den Märkten in der Umgebung. Viel Geld brachte das nicht, aber der Vater hatte eben nichts anderes gelernt.

Maria war die ganze Freude und der ganze Stolz ihrer Eltern. Nur einen großen Kummer machte sie ihnen – sie mochte keinen Fisch essen, sei es nun Forelle, Karausche, Hecht, Aal oder Wels. Unerklärlich, aber es war nichts zu machen. Die Eltern hatten alles versucht, zuerst gutes Zureden und die verschiedensten Arten der schmackhaften Zubereitung, gekocht, gebacken, gebraten, geräuchert, dann aber, am Ende ihrer Geduld, griffen sie zur Gewalt. »Du stehst erst auf, wenn du deinen Teller leergegessen hast«, hieß es, und Maria blieb sitzen, wenn es sein mußte, stundenlang, und da sie den Teller nicht wegschieben und auch nicht lesen durfte, begann sie, im Kopf Kirchenlieder und Gebete zu repetieren. So legten die Eltern die Basis für Marias Karriere im Kirchenchor, wo sie für ihre vollkommene Textsicherheit bewundert und für den Klang ihrer Stimme geliebt wurde.

Natürlich regnete es an diesem Tag, das erste Mal seit drei Wochen. Die Isetta war nicht dicht, und so tropfte es Smitz auf den Kopf und auf die Karte, die er umständlich auseinandergefaltet hatte und auf der er erst nach einigem Suchen seinen Standort ermitteln konnte. Es war noch ein gutes Stück bis J., zu dem Schmugglernest, aus dem der Vormund stammte, wie Maria erzählt hatte.

Nicht nur seine Parabellum, auch seine Uhr hatte Smitz im Pfarrhaus vergessen, und so konnte er die Zeit nur schätzen, als er am frühen Nachmittag in J. eintraf. Eine

Landstraße, sieben graue Häuser, in einem eine Kneipe mit drei von Damen bewohnten Zimmern im ersten Stock, ein Tümpel, drei Trauerweiden und eine aufgegebene Tankstelle. Die war einst das Herz von J. gewesen, dann aber wurden Benzin und Diesel jenseits der nahen Grenze billiger, und da war es aus.

Es regnete. Der Himmel hing tief und war von einem schmutzigen Grau. Hier in J. sah es ohnehin aus, als sei der Himmel immer grau und als regne es ständig.

Kein Mensch war auf der Straße. Smitz stieg aus der Isetta und klingelte am erstbesten Haus. Nach einer Minute öffnete ein verlebter, etwa fünfzigjähriger Mann in Unterhemd und Latschen. »Was wollen Sie?« fragte er mürrisch.

»Guten Tag. Entschuldigen Sie, daß ich Sie an einem Sonntag störe. Ich suche jemanden, der einen Heiner Aldekerk kennt.«

»Wieso?«

»Das kann ich Ihnen nur sagen, wenn Sie ihn kennen.«

»Ich kenne ihn.«

»Darf ich reinkommen.«

»Wer sind Sie denn?«

»Ich heiße Smitz. Kriminalpolizei.«

Der Mann verzog das Gesicht und versuchte sogleich, die Tür zu schließen, aber Smitz steckte seinen Fuß in den Spalt, und es tat ihm leid um seinen Schuh.

»Nehmen Sie den Fuß weg!«

»Ich habe nur ein paar Fragen.«

»August, wer ist denn da?« ließ sich eine Frau mit alter, rauchiger Stimme vernehmen.

»Niemand.«

»August, ich höre dich doch mit jemandem reden.« Die Frau erschien in der Diele. Smitz konnte sie durch den Türspalt sehen, sie trug einen Morgenmantel, rauchte, und ihr Gesicht war grau wie der Himmel.

»Guten Tag«, sagte Smitz. »Ich möchte mit Ihnen und Ihrem Mann sprechen.«

Der Mann war zur Seite getreten.

»Um Gottes Willen, das ist nicht mein Mann. Das ist mein Bruder. Schicken Anzug tragen Sie da. Kommen Sie aus S.?«

»Ja, gestatten, Kommissar Smitz.«

»Die in S., die haben Geschmack.« Und sie blies Zigarettenrauch über seinen Kopf hinweg.

»Kennen Sie Herrn Heiner Aldekerk?« Smitz' Frage verfinsterte die müden Züge der Frau. Ihre hängenden Mundwinkel hingen mit einem Mal noch etwas tiefer.

»Heiner Aldekerk – was wollen Sie von dem Schwein? Entschuldigung, aber der war wirklich ein Schwein.«

»War?«

»War, ist – was weiß ich.«

»Darf ich reinkommen?«

»Wenn Sie die Unordnung nicht stört. Wir machen gerade Frühjahrsputz.« Unordentlich war es wirklich, aber von Frühjahrsputz war nichts zu sehen in dem überladenen Wohnzimmer mit dem Waldmotiv in Öl an der Wand. Auf ein Zeichen der Frau hin setzte sich Smitz in einen grünen Sessel. Die Frau nahm auf dem schwarzen Sofa Platz, und der Mann blieb in einer Ecke stehen. Es war sehr deutlich, wer von den beiden Herr und wer Hund war.

»Wollen Sie einen Schnaps?« fragte die Frau.

»Gerne.«

»August, bring uns Schnaps. Also, Sie wollen was über den Heiner wissen?«

»Ja.«

»Warum?«

»Nun, wir verdächtigen sein Mündel, jemanden getötet zu haben.«

»Sein Mündel?«

»Ja, sein Mündel.«

»Ich weiß nichts von einem Mündel.«

Es stellte sich heraus, daß die Frau, Hildegard, Aldekerk das letzte Mal im Krieg gesehen hatte und nicht wußte, was seither aus ihm geworden war.

»Das war immer ein seltsamer Kerl«, erzählte sie und trank den Schnaps in einem Zug. »Unsere Mutter und seine Mutter waren Cousinen, wir sind also Cousinenkinder. Ich weiß nicht, wie alt der Heiner jetzt genau ist, aber bestimmt bald sechzig. Der war immer unterwegs, immer ein paar Wochen hier und dann wieder weg und wieder hier und wieder weg, so ging das immer. Und wenn er hier war, dann hat er den ganzen Tag auf der faulen Haut gelegen und telefoniert. Der hat schon ganz früh ein eigenes Telefon gehabt. Den Draht hat er auf eigene Kosten legen lassen. Es hieß immer, der macht Geschäfte. Auch krumme Geschäfte ... Hier wird viel geschmuggelt, hier in der Gegend, müssen Sie wissen. Und der Heiner, der soll hinter dem Geld hergewesen sein wie der Teufel hinter dem ... Wie der Teufel hinter dem ...« Es war ihr entfallen, hinter wem der Teufel her war. »Aber wir haben mit dem nichts zu tun gehabt. Der ist nur immer hierher zurückgekommen, also hierher nach J., weil dem das Haus gehört hat, da drüben neben der Tankstelle. Ich dachte eigentlich, der ist tot. Ja, das ist es schon. Mehr weiß ich auch nicht.«

Um Hildegard anzuregen, erzählte Smitz ein wenig von dem, was er über Aldekerk wußte.

»Apotheker?« unterbrach sie ihn. »Apotheker? Ich entsinne mich, er hat damals angefangen zu studieren, in S. Ja, wo Sie herkommen, in S. Aber dann ... Dann ist er doch ... August, ist der nicht von der Universität geflogen?« August machte große Augen. »Ja«, sagte er gedehnt. »Ja, wenn du meinst.« Aber Hildegard hörte gar nicht hin.

»Nein, ich glaube, der ist von der Universität geflogen. Aber das ist schon lange her. Und bestimmt hat der nicht groß darüber geredet, dieser Fatzke. Der war eitel, das sag ich Ihnen. Jeden Tag ein frisches Hemd! Aber da war was, mit der Universität ... Na, ist ja auch egal.« Hildegard war in einen leiernden Singsang verfallen.

»Was der der Martha angetan hat, das kann ich dem nie verzeihen. Das arme Ding! Die hat der einfach sitzenlassen! Kurz vorm Krieg, da war er plötzlich verschwunden. Und Martha saß hier ganz allein, ohne einen Pfennig. Sie hat dann für die Bauern geschuftet, Schafe gehütet, damit sie überhaupt was zum Beißen hatte. Zum Glück hat sie wenigstens das Haus gehabt. Sie war so furchtbar traurig. Ich weiß noch, einmal ist der Heiner zurückgekommen, wo der Krieg gerade angefangen hat, und er hat Martha versprochen, daß er hierbleibt. Aber dann ist er über Nacht wieder verschwunden. Ohne ein Wort. Ich weiß das noch wie heute. Martha hat genau da gesessen, wo Sie jetzt sitzen, und sie hat geweint und geweint. Sie konnte gar nicht mehr aufhören zu weinen. Und dann haben ihr die Bomben den Rest gegeben. Sie hatte ja solche Angst vor den Bomben. Wenn die Engländer zurückgeflogen sind, haben die doch ihre restlichen Bomben immer hier noch abgeworfen. Und einmal haben die eine Bombe auf Marthas Schafherde geworfen. Mittendrauf. Das war furchtbar. Martha hat einen Splitter abbekommen, ins Bein, und die Tiere waren alle zerfetzt und ... Ach, ich will gar nicht daran denken.« Hildegard holte tief Luft, schüttelte den Kopf und mußte einfach weitersprechen. »Ich glaube ja, daß Martha schon vorher einen Knacks gehabt hat von all dem Kummer. Aber danach, da war sie ein ganz anderer Mensch.«

Hildegard bedeutete August, Schnaps nachzuschenken.

»Wenn ich daran denke, wie die geheiratet haben! Sie war ja so glücklich! Im weißen Kleid, mit Schleier, Brautjungfern und allem Pipapo. In Q. in einem Nachtclub. Das müssen Sie sich mal vorstellen. In einem Nachtclub. Vorher waren wir natürlich auf dem Standesamt, aber dann ging es rüber über die Grenze in diesen Nachtclub. Der gehörte wohl einem Freund von ihm, so einem schmierigen Typen mit Gigolobärtchen. Ich weiß das noch wie heute. Wir waren ja nur da, weil Martha darauf bestanden hat. Ihm war das gar nicht recht. Aber Martha in dem weißen Kleid, also das war schon was. Doch jetzt, nach all dem Kummer, da ist sie wirklich ...«

»Verrückt«, warf August ein.

»Lebt sie noch hier?« fragte Smitz.

»Ja, natürlich lebt sie noch hier. Und als der Heiner dann 44 noch mal gekommen ist und sie verrückt war, da hat er sie einfach wieder sitzenlassen. Das Schwein. Danach ist er nicht mehr gekommen.«

»Die beiden waren also verheiratet?« stellte Smitz fest.

»Die sind noch verheiratet«, sagte Hildegard.

»Immer noch verheiratet?«

»Ja. Ist das nicht furchtbar?«

»Doch. Doch, sicher.« Damit hatte Smitz nicht gerechnet. »Wo lebt sie denn jetzt?«

»In einer Hütte, ein paar Kilometer entfernt. Sie hütet immer noch Schafe. Das Haus hier wollte sie verkaufen, das wollte aber keiner, und jetzt hat sie es bestimmt auch schon vergessen.«

Wenig später saß Smitz wieder in der Isetta und suchte Marthas Hütte. Hildegards Wegbeschreibung war nicht sehr genau gewesen, und zudem hatte August ihr widersprochen, es seinerseits aber nicht vermocht, den Weg verständlicher zu beschreiben, und sein Widerspruch hatte Anfeindungen Hildegards nach sich gezogen, die letztlich alles verwirrten.

Es regnete immer noch. Smitz fuhr in Richtung Grenze und bog bei einem Kruzifix rechts ab in einen Landwirtschaftsweg zwischen Kartoffelfeldern. Nach einigem Kreuz und Quer auf den schmalen Wegen, die im Dauerregen schnell schlammig wurden, fand Smitz endlich die Hütte. Er stieg aus der Isetta, trat in eine Pfütze und rettete sich unter das schmale Vordach. Neben der Tür war mit Kreide geschrieben »Martha Aldekerk«. Smitz klopfte, und als sich nichts tat, ging er einmal um die Hütte herum. Vor den Fenstern waren Läden, so daß er nicht hineinsehen konnte.

Ein Bauer nahte auf einem Rad, in Gummistiefeln, mit einer Axt und einer Säge auf dem Gepäckträger und mit einer Pfeife im Mund, die er trotz des Regens unverdrossen rauchte. Smitz lüftete den Hut und fragte nach Martha Aldekerk, und der Bauer wußte, wo sie zu finden war, unten am Flüßchen, auf einer der großen Wiesen, wo das Gras auch nach der wochenlangen Dürre noch grün und saftig war.

»Da kommen Sie mit Ihrem komischen Gefährt aber nicht hin«, sagte der Bauer. »Und mit den Schuhen da ...«

Es half nichts, Smitz mußte hin. Zu Fuß machte er sich auf den Weg. Erst durch ein Wäldchen und dann am Ufer des Flüßchens entlang durch Brennesseln und hohes Gras. Immer wieder schielte er auf das Wasser, dessen Oberfläche von Wind und Regen gepeitscht wurde, und die Erinnerung kam hoch, die Erinnerung an einen ähnlichen Tag vor Jahrzehnten. Sieben Jahre alt war er da gewesen und hatte an einem Flüßchen gespielt zusammen mit zwei Freunden, im warmen Sommerregen. Unermüdlich hatten sie Steine herbeigeschleppt und in das Flüßchen geworfen in der Absicht, es zu stauen. Irgendwann hatte der kleine Balthasar dann einen flachen Stein gefunden, groß wie ein Kuhfladen. Den hatte er ins Wasser geschleudert, und der Stein war auf der Wasseroberfläche liegengeblieben. Mit großen Augen hatte Balthasar das beobachtet, hatte gesehen, wie der Stein dann plötzlich doch versank und eine Sekunde später ein Bauch aus dem Wasser ragte, ein dicker weißer Bauch. Auch die zwei Freunde hatten den Bauch bemerkt, und dann noch einen und noch einen. Drei Männer schwammen dort im Wasser, rücklings, nackt und tot. Die Jungen waren das Ufer entlanggerannt, den Leichen hinterher, hatten sie überholt, einen Vorsprung herausgelaufen und eine Brücke erreicht, von der aus sie die Männer sehen konnten, wie sie herbeischwammen, junge Männer waren es, mit großen weißen Körpern und blauen Gesichtern. Unter der Brücke war ein Wehr, das die drei heruntergliten, und der Strudel hinter dem Wehr hielt sie fest, drehte sie, ließ sie gegeneinanderstoßen, ließ sie kreisen. Wie ein

Tanz sah das aus, ein Ballett, und Balthasar und seine Freunde erbrachen sich von der Brücke herab. Sie hatten zu Mittag nur eine dünne Kohlsuppe gegessen. Das waren die ersten Ermordeten, die der kleine Balthasar in seinem Leben gesehen hatte, und sie ließen ihn nicht wieder los.

Seine Hose hatte er bis zu den Knien hochgekrempelt, das Jackett war schon naßgeregnet, die Schuhe und Socken durchgeweicht und schmutzig. Nach etwa zwanzig Minuten sah er auf der anderen Seite des Flüßchens eine Schafherde, die graste, und einen Menschen, der unter einer grünen Plane auf einem Schemel hockte und einen schwarzen Kunststoffmantel trug, mit einer großen Kapuze, die einer Mönchskapuze ähnelte und von weitem das Gesicht nicht erkennen ließ.

»Hallo!« rief Smitz. »Frau Aldekerk?! Frau Martha Aldekerk?!« Aber der Mensch rührte sich nicht. Smitz mußte auf die andere Seite des Flüßchens. Das Wasser war sehr klar, und er konnte den steinigen Grund erkennen, der nicht tief zu sein schien. Da er ohnehin schon durchnäßt war, wagte er den Übergang. Die Schuhe zog er nicht aus, weil er fürchtete, auf etwas Spitzes oder ein Tier zu treten. Das Wasser reichte ihm nur bis zu den Knien, aber in der Mitte des Flüßchens trat Smitz auf einen glitschigen Stein und rutschte aus. Eine Sekunde lang war selbst sein Kopf unter Wasser, dann tauchte er wieder auf, wollte weiter, verlor aber einen Meter vor dem rettenden Ufer noch einmal das Gleichgewicht und fiel mit dem Gesicht voraus in den Schlamm. Fluchend wusch er sich den gröbsten Schmutz von Gesicht und Anzug und kletterte ans Ufer. Jetzt erst bemerkte er, daß der Mensch in dem schwarzen Kunststoffmantel nur wenige Meter entfernt stand und ihn beobachtete. Es war eine Frau. Sie erwiderte seinen Gruß nicht und beantwortete auch nicht seine Frage, ob sie Martha Aldekerk sei, aber sie war es wohl. Sie sah aus, wie Hildegard sie beschrieben hatte – wie siebzig, obwohl sie erst Anfang fünfzig war, mager, geradezu ausgemergelt, mit starrem Blick, verkniffenem Mund, zerzaustem Haar, vorstehenden Backenknochen und einer behaarten Warze auf der linken Wange. Mit beiden Händen umklammerte sie einen Hirtenstab. Smitz stellte sich ihr vor, fragte, bat, erzählte, aber Martha Aldekerk beobachtete ihn nur mißtrauisch und sagte kein Wort. Als einer ihrer Hunde sich Smitz näherte und ihn knurrend beschnüffelte, pfiff sie ihn zurück. Das war der einzige Laut, den sie von sich gab. Nach einigen Minuten drehte sie sich um und ging wieder zu ihrem Schemel unter der grünen Plane. Smitz folgte ihr nicht. Er fühlte sich abscheulich, wie er da stand im Regen in seinem nassen Anzug. Noch einmal mußte er durch das Flüßchen, dieses Mal überwand er es jedoch, ohne hinzufallen, und bald war er bei der Isetta, wo er sich eine trockene Unterhose und trockene Socken, die er noch in K. gekauft hatte, anzog und darüber den ausgewrungenen, ruinierten Anzug. Dann fuhr er weiter.

Die ehrwürdige Abtei Mariahilf

Um nach L. zu gelangen, war Smitz gezwungen, wieder ein ganzes Stück in Richtung K. zurückfahren, weil er den großen Fluß überqueren mußte und es in der Nähe des Schmugglernestes keine Fähre oder Brücke gab. Natürlich verfuhr sich Smitz obendrein, und so knatterte er am späten Nachmittag ganz in der Nähe von K. an einem großen Backsteingebäude vorbei, vor dem drei Nonnen standen und miteinander schwatzten. Smitz überlegte, ob er anhalten und nach dem Weg fragen sollte, verwarf den Gedanken aber, weil er den Nonnen, die doch sicher ihr Kloster kaum jemals verließen, keine große Ortskenntnis zutraute.

Das Kloster war eigentlich eine Abtei von Benediktinerinnen, deren Orden zurückging auf den heiligen Benedikt von Nursia, den Patron der Sterbenden, der selbst einmal einem Mordanschlag nur knapp entgangen war, als ihn einer seiner Mönche wegen seiner Strenge zu vergiften trachtete. Weit mehr als dreizehnhundert Jahre nach seinem letztlich natürlichen Tod, genau im Jahre 1900, hatte das Mutterhaus des Ordens jenseits der Grenze beschlossen, hier bei K. einen weiteren Pflock des Glaubens einzuschlagen, ein Kloster zu errichten auf mehreren Hektar Land, die billig zu haben waren. Lange fragten sich die Bauern der Umgebung, welcher Teufel die frommen Schwestern zu diesem Entschluß getrieben haben mochte. Hier war doch nichts, nur das platte Land, nicht einmal einen Brunnen gab es und auch keine feste Straße, nur einen Feldweg.

Trotzdem, eines Tages waren zehn Schwestern von einem Bus hergebracht worden. Sie waren ausgestiegen, jede mit einer großen schweren Tasche, alle in Schwesterntracht, ganz in Schwarz, nur mit einem schmalen weißen Rand an der Haube und an den Ärmelenden. Der Bus war weitergefahren, und die Schwestern hatten nach einer handgezeichneten Karte ihr Land gesucht, das drei Kilometer von der Straße entfernt lag. Eine Stunde später trafen sie dort ein. Zwei Gebäude gab es bereits, zwei Holzbaracken, errichtet von dem Bauern, dem der Orden das Land abgekauft hatte. Die größere Baracke sollte als Schlafsaal und Küche dienen, die kleinere als Kirche. Die zehn Benediktinerinnen hatten gewußt, daß sie kein Luxus erwarten würde, aber in dieser ersten Nacht weinten doch einige leise in ihre strohgefüllten Kissen. Am nächsten Morgen lag vor der Tür der Schlaf- und Küchenbaracke ein Kuhfladen, der noch dampfte, und die dazugehörige Kuh war auch nicht weit. Sie stand neben dem Fladen und erschrak ebenso wie die Nonnen, von denen die erste, die ins Freie trat, natürlich einen Fehltritt tat. Was mußte die Kuh wohl gedacht haben, als sie zehn schwarzweiße Nonnen vor sich sah, in heller Aufregung angesichts einer Kuh, eines Geschöpfes, das Gott zwar auch erschaffen hatte, von dem man aber nicht wußte, ob es nicht vielleicht doch gefährlich war. »Zum Glück tragen wir nichts Rotes«, sagte die Schwester Oberin, befahl den Rückzug und nahm den Kampf allein auf, indem sie die Kuh mit einer Sicherheitsnadel in das Hinterteil pikte, woraufhin das arme Tier das Weite suchte und nie wieder zurückkehrte.

Als der zukünftige Pfarrer Josef Reinders in den zwanziger Jahren das erste Mal die Abtei Mariahilf sah – damals war sie noch ein Kloster, denn erst nach dem Krieg wurde sie zur Abtei erhoben –, da hatten die Schwestern eine gewaltige Arbeit vollbracht, aber arm, ja bettelarm waren sie immer noch. Alles, was sie verdienen konnten, steckten sie in den Ausbau ihrer Klostergebäude und besonders ihrer Kirche. Sie arbeiteten Tag und Nacht, stickten, nähten, webten, buken Hostien für die umliegenden Gemeinden und betrieben Ackerbau und Viehzucht mit Hilfe von zwei Bauern, die sich ihrer erbarmten. Der junge Josef Reinders, damals noch im Priesterseminar, war tief ergriffen vom Werk der Nonnen und von ihrer Kraft in Gott und ihren erleuchteten, frischen Gesichtern, denn es waren alles noch recht junge Frauen mit Ausnahme der Schwester Oberin, die nicht wenig Mühe hatte, in dieser lebhaften Schar eine angemessene Ernsthaftigkeit sicherzustellen. Vier Chorgebete täglich, dazwischen harte Arbeit und nicht zu vergessen die Beschäftigung mit dem Wort Gottes und den Schriften der Kirchenväter, das sollte der Alltag der Schwestern sein, doch viel Zeit wurde mit Schwatzen und Lachen vergeudet.

Jahre später, als Josef Reinders Pfarrer in K. wurde, übernahm er es gerne, der Beichtvater der gottesfürchtigen Schwestern zu sein, und er besuchte sie oft, nicht selten jede Woche. Ihr Wohlergehen lag ihm am Herzen, und sie und ihr Kloster waren für ihn die eine Säule der katholischen Religion in K. und Umgebung, der er die Säule des Bildes der heilbringenden Betenden Maria hinzufügen wollte. Er teilte den Traum der Schwestern von einem Turm für ihre Kirche, einem Turm, den man über das ganze Land sehen sollte, nicht zum Prunke, sondern als sichtbares Zeichen Gottes und damit zum Wohle der Menschen. Aber woher das Geld nehmen? Wie war der Pfarrer gerührt gewesen, hatte sogar noch während der Rückfahrt nach K. auf dem Fahrrad eine Träne vergossen, als ihm eine der Schwestern gebeichtet hatte, sie habe einem Herrn, der im schicken Wagen vorgefahren sei und im kleinen Laden der Abtei eine der Stickereien kaufen wollte, die biblische Szenen zeigten, den doppelten Preis abverlangt. Er habe den Preis dann seinerseits noch einmal verdoppelt, so daß sie den vierfachen Preis eingenommen habe, und sie habe sich gefreut über das Geld, und der Teufel der Gier habe für einen Augenblick ihr Herz besessen. Aber es sei ihr nicht um ihr eigenes Wohl gegangen, nein, nur um die Abtei und den Turm der Kirche.

Der Pfarrer wußte selbst nicht mehr, wann ihm die Idee gekommen war, aber als sie einmal da war, ließ sie ihn nicht mehr los. Eleonore sollte in die Abtei Mariahilf eintreten, zunächst als Novizin, versteht sich, aber mit ein wenig Geduld würde sie es zur Schwester bringen. Gottes Nähe, eine Gemeinschaft, ein geregelter Tagesablauf, einfache Arbeiten, die sie würde verrichten können – kurz, eine ideale Umgebung. Ihre geistige Schwäche wäre nicht von Belang, und ein gottgefälliges Leben im Schoße der Kirche wäre ihr gewiß, ebenso wie die glücklichen Folgen, die ein solches Leben im Nachhinein garantierte. Daß das Kloster die Mitgift, das Vermögen Eleonores gebrauchen konnte, das war sicher auch richtig, aber der Pfarrer wies es nach Prüfung seines Innersten weit von sich, daß dieser Umstand für ihn ein Antrieb sein könne. Wäre denn nicht Eleonores Eintritt in die Abtei die beste Lösung für alle Beteiligten? Der Vormund, dem Pfarrer Reinders diese Frage stellte, war perplex.

»Ins Kloster?« fragte er

»Abtei, Herr Aldekerk, Abtei Mariahilf. Sie kennen diese ehrwürdige Abtei doch, oder nicht? Ich könnte Sie der Äbtissin vorstellen, Mutter Maria Crescentia, eine hervorragende Frau.«

»Eine Frau?« fragte Aldekerk.

Der Funke sprang nicht über, nicht bei diesem Gespräch und auch nicht bei den nächsten beiden, in denen der Pfarrer sein neues Lieblingsthema zur Sprache brachte. Zum Eklat kam es dann während des vierten Gesprächs in Aldekerks Arbeitszimmer in der Apotheke.

»Jetzt kommen Sie mir schon wieder damit. Ich habe schon dreimal nein gesagt. Bitte sprechen Sie mich nicht mehr auf dieses Thema an.«

»Lieber Herr Aldekerk, ich bedaure, daß ich Ihnen auf die Nerven falle, aber Sie wollen hier eine Entscheidung treffen, die Ihnen nicht zusteht. Gott ...«

»Was heißt hier ›nicht zusteht‹? Ich bin Eleonores Vormund, sie ist mein Mündel.« Die Stimme Aldekerks hob sich.

»Herr Aldekerk, ich weiß, wie sehr Sie sich bemühen, Eleonore das Leben so schön, so gut wie irgendmöglich zu machen, aber ...«

Wieder unterbrach Aldekerk: »Kein Aber! Und was heißt ›so schön wie möglich‹? Sie ist seit vielen Jahren bei mir, und sie entbehrt nichts, absolut nichts!«

»Herr Aldekerk, ich muß doch bitten ...«

»Gefällt Ihnen mein Ton nicht?! Gefällt Ihnen mein Ton nicht?! Dann kommen Sie mir nicht immer wieder mit derselben Leier! Eleonore geht nichts ins Kloster und damit basta!«

»Herr Aldekerk.« Der Pfarrer war aufgestanden. »Ganz wie Sie meinen. Ich befürchte aber, ich bin gezwungen, das Vormundschaftsgericht anzurufen. Eleonore zeigt eine so deutliche und starke Hinwendung zu unserem Herrn Jesu ...«

»Wenn Sie das tun ...!« brüllte Aldekerk, den es auch nicht mehr auf dem Stuhl hielt.

»Ich kann nicht anders, es ist für das Wohl, das Seelenheil eines Menschenkindes, das Sie, und daran möchte ich Sie an dieser Stelle erinnern, persönlich in meine geistliche Obhut gegeben haben.«

Der Pfarrer war gegangen und hatte einen Aldekerk zurückgelassen, dessen Wut sich schnell zu ernsthafter Sorge wandelte. Nicht auszudenken, wenn dem Pfarrer oder dem Kloster die Vormundschaft übertragen würde. Schenkte nicht eine Nonne ihre ganze Habe ihrem Orden? Wenn er nur dem Pfarrer nichts von Eleonores Vermögen erzählt hätte – er wußte doch von dessen Geldgier. Hatte der ihn nicht schon mehrfach zu einer Spende für diese lächerliche Betende Maria genötigt? Wie konnte er den Pfarrer jetzt noch aufhalten?

Burleske Sinfonie

Erst am späteren Abend traf Smitz in L. ein, in Oscar Küsters Studienort. Er trug einen neuen grauen Anzug, den er sich in einem Städtchen auf dem Weg gekauft hatte und in dem er sich unwohl fühlte, weil das Jackett an den Schultern spannte und die Hose zu lang war. Er kehrte kurz in einem Gasthaus ein, aß zwei Frikadellen mit Senf und wärmte sich mit einem heißen Tee und zwei Schnäpsen. Vom Wirt ließ er sich den Weg zum Studentenwohnheim erklären.

Smitz trat kurz darauf durch eine gläserne Tür in das Wohnheim und gelangte vorbei an den mit Namen und Zimmernummern versehenen Briefkästen und der Hausordnung in den Flur mit den Studentenzimmern, in dem auf jede Tür eine große schwarze Zahl gemalt war. Nummer 13 bewohnte Küsters, davor war Nummer 12, deren Tür offenstand und aus der seltsame Geräusche drangen. Mit einem schnellen Schritt passierte Smitz Nummer 12 und stand vor der 13. Die war verschlossen, aber mit einem Dietrich schnell geöffnet, und schon war Smitz im Zimmer des Studenten, in dem es muffig roch. Er widerstand der Versuchung, das Fenster zu öffnen, atmete flach durch den Mund, zog die Vorhänge zu und begann, im Dämmerlicht die wenigen Quadratmeter abzusuchen, das Bett, den Schrank, das Bücherregal und den Schreibtisch. Das war eigentlich zu einfach, und so war Smitz dann auch beinah enttäuscht, als er nur Fotografien der entblößten Eleonore fand, unglaubliche Bilder, von denen manche angetan waren, am Verstand des Fotografen zu zweifeln, der sich so etwas ausgedacht hatte. Smitz steckte die Fotos kopfschüttelnd in die Innentasche seines Jacketts und machte sich daran, einen Stapel Papier durchzublättern, Vorlesungsnotizen, zwei Briefe der Mutter mit nichtssagenden Angaben zum Wetter und zu Krankheiten in der Verwandtschaft, eine Vergleichende Analyse unter besonderer Berücksichtigung zweier Schriftsteller, deren Namen Smitz nichts sagten, und dann endlich etwas Interessantes, ein Brief an einen Menschen, der nicht lesen konnte, der wohl kaum etwas verstand. Ein Brief an Eleonore.

... wenn ich doch nur wüßte, ob Du mich liebst, wie ich Dich liebe. Ich weiß ja, daß es nicht Deine Schuld ist, daß Du nicht mit mir sprechen kannst. Aber manchmal bin ich fast wütend auf Dich deshalb. Weil ich Dich so sehr liebe, aber Du bist immer nur nett und freundlich, und ich weiß nicht, was Du denkst. Denkst Du an mich, wenn ich nicht da bin? Wie gerne würde ich in Dich hineinsehen können. Du quälst mich und bist doch der beste, der unschuldigste Mensch auf der ganzen Welt. Und die schönste Frau, die ich je gesehen habe. Wenn ich doch nur wüßte, was Du möchtest. Aber so – kann ich es denn wirklich riskieren, Dich zu entführen, Dich einfach mitzunehmen, irgendwohin, wo uns keiner kennt? Das würde ich so gerne tun. Vielleicht ins Ausland, wo die Menschen eine fremde Sprache sprechen und sich nicht wundern, wenn Du sie nicht verstehst. Ich muß etwas tun, ich muß eine Entscheidung

fällen. Wir werden uns bald sehen, und dann muß ich in Deinen Augen lesen, was Du willst. Aber wie sollst Du denn wissen, was Du willst, wenn Du nicht weißt, was die mit Dir vorhaben. Das Pfarrerschwein will Dich ins Kloster stecken. Du in einem Kloster! Ein Mensch, der so gut ist und so frei wie Du, frei von Ehrgeiz, Neid, Haß, so einen Menschen wollen sie ins Gefängnis stecken, versauern lassen hinter Klostermauern, in häßlichen schwarzen Lumpen. Nein, das wird nicht geschehen, weil ich es nicht zulassen werde. Niemals! Das Pfarrerschwein muß doch mit der Aldekerksau unter einer Decke stecken, sonst könnte der doch nicht so was Perverses planen! Dieses Pfarrerschwein wird sich noch wundern. Der soll nicht meinen, ich hätte vergessen, daß der meinen Vater auf dem Gewissen hat. Und der Aldekerk ist auch reif. Meine Rache kommt. Warte nur. Nur noch ein bißchen Geduld. Mit etwas Glück habe ich die Aldekerksau bald in der Tasche. Ich habe da was Unglaubliches herausgefunden. Dann tanzt die Sau nach meiner Pfeife. Wirst schon sehen.

Ich liebe Dich!

Dein Oscar

Der Brief war nicht datiert. Smitz steckte ihn ein, sah noch einmal jeden Winkel durch, fand aber weiter nichts und verließ leise das Zimmer. Beherzt tat er einen Schritt zur offenen Tür des Nebenzimmers Nummer 12 und sagte: »Guten Abend.«

Vier junge Leute, zwei Frauen, zwei Männer, saßen dort auf fünf Quadratmetern Fußboden und rauchten selbstgedrehte Zigaretten. Die Frauen trugen bunte Hosen und Blusen und große glitzernde Ohrringe, die Männer waren ganz in Schwarz gekleidet, mit Rollkragenpullovern und Sonnenbrillen. Der Plattenspieler lief und gab Straßengeräusche von sich, die in Waldgeräusche übergingen. »Burleske Sinfonie« stand auf der Plattenhülle, die auf dem Bett lag. Keiner der vier jungen Leute grüßte zurück.

»Guten Abend. Ich bin Kommissar Smitz aus S.« Und er hielt seinen Ausweis in die Runde. »Ich habe einige Fragen an Sie, Ihren Kommilitonen Oscar Küsters betreffend. Ich wäre Ihnen dankbar, wenn ich Sie einzeln befragen könnte. Wenn Sie so freundlich wären, mir dieses Zimmer dafür zur Verfügung zu stellen ...«

Wortlos, wie auf Kommando, standen die vier auf, mit langen, blassen Gesichtern, verließen das Zimmer und lehnten sich im Flur an die Wand. »Wer ist der erste?« fragte einer der jungen Männer. Smitz war verblüfft.

»Ja, bitte gleich Sie.« Der junge Mann trottete ins Zimmer zurück.

»Sagen Sie«, fragte Smitz, nachdem er die Tür geschlossen hatte, »sind Sie gar nicht überrascht, ich meine, wundern Sie sich nicht?«

»Worüber?« fragte der junge Mann namens Norbert Stahl, Student der Juristerei.

»Ja, daß ich hier bin. Warum? Was meinen Sie?«

»Wegen Oscar und seiner Freundin, die den Pfarrer umgebracht hat. Ist doch klar.« Bei dem Wort Freundin grinste Norbert Stahl und entblößte zwei Reihen gelber Zähne.

»Ach, Sie wissen davon?«

»Ja.«

»Wann hat er Ihnen davon erzählt?«

»Vor ein paar Tagen. Er hat telefoniert, und dann ist er weggefahren, mit seinem Motorrad.«

»Es gibt hier ein Telefon?«

»Ja, vorn beim Hausmeister.«

»Und bevor er weggefahren ist, da hat er noch mit Ihnen gesprochen?«

»Ja. Wir saßen hier, so wie heute.«

»Was hat er gesagt?«

»Daß in seinem Kaff der Pfarrer totgeschlagen worden ist und daß seine Freundin verhaftet worden ist.«

»War er aufgeregt?«
»Klar.«
»Kennen Sie seine Freundin?«
»Nein. Nicht persönlich.« Und wieder grinsten die gelben Zähne.
»Wissen Sie, wen er angerufen hat?«
»Die Aldekerksau«, glaube ich.
»Die Aldekerksau?«
»So nennt Oscar den Vormund seiner Freundin.«
»Wann hat sich Oscar sein neues Motorrad gekauft?«
»Vor zwei Wochen vielleicht.«
»Woher hat er das Geld?«
»Geerbt, hat er gesagt.«
»Von wem?«
»Weiß ich nicht.«
»Wissen Sie vielleicht, ob er am Tag davor hier war? Am letzten Montag.«
»Am letzten Montag?«
»Ja.«
»Keine Ahnung. Aber warum nicht.« Er zuckte mit den Schultern. Mehr war von Norbert Stahl nicht zu erfahren und auch von den anderen nicht. Sie waren alle an dem Abend, an dem Oscar von Eleonores angeblicher Tat erfahren haben wollte, dabeigewesen und wußten nicht mehr und nicht weniger. Nein, Smitz glaubte nicht, daß sie viel mehr wußten. Vielleicht noch über die Fotografien, doch das hatte Zeit.

Auch seinen Abschiedsgruß erwiderten die jungen Leute nicht, aber eine der beiden Frauen sah Smitz düster an und sagte: »Der Tod ist der letzte Beweis für die Sinnentleertheit der menschlichen Existenz« und zog an ihrer Zigarette.

Gegen 22.30 Uhr verließ Smitz L. und fuhr zurück in Richtung K.

Feuerteufel

Zur selben Zeit saßen zwei Männer in einem Wagen, der auf einem Feldweg parkte. An dieser Stelle hatten sie schon oft gesessen, an der Kreuzung zweier Feldwege, die an allen vier Enden in verschiedene Straßen mündeten und mit dem Wagen befahren werden konnten. Der ideale Platz, um zu fliehen. Zwar hatten die beiden noch nie fliehen müssen, aber allein die Möglichkeit reizte sie. Ein ungleiches Paar, der smarte, gutaussehende Friedrich Strauch in seinen Markenanzügen und der plumpe, aufgedunsene Matthias Müller in seiner verschwitzten Uniform. Müller war bestimmt zwölf Jahre älter als Strauch mit seinen Anfang Dreißig. Kennengelernt hatten sie sich bei einem Scheunenfest, als Müller in Zivil eine Schönheit aus einem Dorf angesprochen hatte, dessen junge Männer es gar nicht schätzten, wenn man sich für ihre Mädchen interessierte. Also hatten zwei von ihnen Müller nach draußen gebeten und ihn dann gegen Recht und Sitte gemeinsam attackiert, mit Fäusten, Tritten und dann auch noch mit einem Messer. Da war Strauch Müller beigesprungen, hatte sich auf den Messerstecher gestürzt, ihn zu Boden geworfen und so lange ins Gesicht geschlagen, bis ihn mehrere Männer gepackt und wegrissen hatten. Aber einem dieser Männer war Strauch sogleich an die Kehle gesprungen und hätte ihn erwürgt, wenn ihm nicht ein anderer einen Tonkrug auf dem Kopf zerschmettert hätte.

Danach freundeten sie sich schnell an, obwohl Müller Strauch häufiger ernsthaft ermahnen mußte, zum Beispiel, als ihm kurz nach dem Krieg zu Ohren kam, daß Strauch auf Bauernhöfen im Umland von K. Hundekämpfe veranstaltete und einmal sogar nach verlorener Wette angeboten hatte, einem lebendigen Huhn den Kopf abzubeißen, um seine Verluste auszugleichen, was er dann auch tat. Daß Strauch in K. nie eingesperrt wurde, das verdankte er seinem Freund Müller, demzuliebe er allerdings bald K. mied. Seine Mutter erzählte in ihrem

Kummer oft, er sei so ein liebes und kluges Kind gewesen, bis zu dem Tag, an dem er von der Schaukel gefallen sei, von ganz oben. Eines der Seile sei gerissen. Danach sei er wie ausgewechselt gewesen, ein kleiner Teufel, der an keinem Tier vorbeigehen konnte, ohne ihm einen Tritt zu versetzen. Selbst vor großen Hunden sei er schon als Kind nicht zurückgeschreckt, denn er habe gewußt, wo er sie treffen mußte.

Wer ihn aber so sah, wie er jetzt im Wagen saß, gut gekleidet, eher klein, nicht sehr muskulös, der erwartete keinen Teufel, der beim geringsten Anlaß seinem Gegenüber die Faust ins Gesicht schlug. Diese Neigung, besonders aber der Wunsch, schnell an Geld zu kommen, hatte ihn nach dem Abitur von einem Studium Abstand nehmen und eine Im- und Exportfirma gründen lassen.

Müller ließ die Augen nicht vom Profil seines Freundes und sagte weinerlich: »Er weiß alles. Ich sage dir, er weiß alles. Ich kann dir nicht sagen, wie er das rausgekriegt hat, aber er weiß alles.«

»Zum Teufel noch mal, warum mußtest du ihm auch von der Anzeige erzählen«, fuhr ihn Strauch an.

»Er wußte das doch schon. Was hätte ich denn tun sollen? Ich kann froh sein, wenn ich kein Disziplinarverfahren bekomme, weil ich ihm nicht sofort alles gesagt habe.«

»Der Idiot kann dir doch nichts beweisen.«

»Du kennst den nicht, du kennst den nicht. Der ist gemein. Der tut so blöd, der sagt nicht viel, und man denkt, der ist wirklich bescheuert, und dann, zack, knallt der dir was vor den Kopf. Hättest du vielleicht gedacht, daß der mit der Inventarliste durch die Kirche läuft?«

Strauch kurbelte das Fenster herunter und spuckte in den Regen. Dann holte er eine Flasche Cognac aus dem Handschuhfach. Es war sein Wagen, ein Opel Olympia, um den Müller ihn beneidete.

»Trink einen Schluck.« Müller nahm die Flasche, trank, reichte sie Strauch zurück, der den Hals mit der Handfläche säuberte, was Müller immer demütigte, denn er wußte zwar, daß er körperlich nicht gerade anziehend wirkte, aber war sein Mund nicht immer noch sauberer als Strauchs Hand, mit der der vielleicht schon wer weiß wohin gepackt hatte?

»Wir müssen was tun.« Strauch starrte in die Dunkelheit und biß die Zähne aufeinander, was seine Backenknochen betonte und sein Gesicht noch schmaler und härter wirken ließ. Müller beunruhigte es immer, wenn Strauch so aussah, denn das bedeutete meist nichts Gutes.

»Wenn wir uns doch bloß nicht darauf eingelassen hätten«, jammerte er.

»Du konntest doch den Hals nicht vollkriegen. Die Scheißmusiktruhe, der Fernseher, die Waschmaschine, der Kühlschrank ... Du hast doch das Scheißgeld schneller ausgegeben, als es reinkam.« Strauch kurbelte die Scheibe abermals herunter und spuckte wieder in den Regen.

»Und der Pfarrer wußte wirklich nicht, daß ich mitmache?« fragte Müller.

»Verdammt noch mal, nein, er wußte nicht, daß du mitmachst! Wie oft soll ich dir das noch sagen?!«

»Aber die Predigt ...«

»Ich sag es dir zum letzten Mal: Er wußte es nicht!«

Sie schwiegen, bis Strauch murmelte: »Der Pfarrer ist doch selbst schuld. Hätte ja nicht auf meinen Vorschlag eingehen müssen. Ich weiß noch, wie schockiert der getan hat. Das paßte zu ihm, zu diesem Scheißpfarrer. Erst groß aufregen und dann ... Geldgierig ... Der hat doch die Finger schon so stehen gehabt ...« Strauch hielt seine Hände in die Luft, mit Fingern, die er wie Krallen bog.

Und nach einer kurzen Cognacpause: »Das war doch seine Schuld. Hat doch mitgemacht. Hat mir doch gesagt, was ich nehmen soll. Nimm diese Reliquie und jenen Kerzenständer, hat er gesagt. Gut! Gut! Raus damit, über die Grenze, verscherbeln, zurück, Geld teilen. Siebzig Prozent hat der bekommen, siebzig Prozent! Alles angeblich gespart für seine Betende Madonna. Wenn die Madonna erst da ist«, Strauch äffte eine überkandidelte Stimme nach, wie sie der Pfarrer eigentlich nicht gehabt hatte, »dann kommt so viel Geld rein, dann könnte ich die Kirche glatt vergolden lassen. Warum also nicht jetzt ein wenig abgeben und später ernten? So ein Schwätzer. Ich habe auch noch was anderes gehört, wo der sein Geld hingeschleppt hat.«

Sie schwiegen und tranken noch einen Cognac, und wieder begann Strauch zu sprechen: »Lief doch alles wunderbar. Aber du mußtest natürlich diese Kapelle ausräumen. Und vorher hast du natürlich kein Wort gesagt. Wozu auch!«

»Du hast doch gesagt, wenn ich nicht bald was tu, dann bin ich raus aus dem Geschäft.«

»Ja klar, aber du hättest ja mal vorher was sagen können. Hättest doch sagen können: Hör mal, ich will die Kapelle ausräumen. Dann hätte ich dir schon beigebracht, was ich davon halte. Zwei Kilometer von K. entfernt! Mensch, nur zwei Kilometer! Der Pfarrer war zwar ein Idiot, klar, aber der konnte doch eins und eins zusammenzählen, und zack war ich es! Ja, und du warst natürlich wieder fein raus.«

»Aber du wolltest dann doch sogar, daß ich die Kapelle anzünde«, sagte Müller, dessen Stimme in die Höhe rutschte, wenn er sich aufregte, was ihm, dem Zwei-Meter-Mann, peinlich war.

»Jetzt wirf mir das noch vor! Ich helfe dir, die Spuren zu beseitigen, und du ...«

»Und bei den anderen Kapellen hast du doch mitgemacht.«

»Da war doch sowieso schon alles egal«, antwortete Strauch.

»Aber ich wollte die Kapellen gar nicht anzünden.«

»Aber ich! Verdammte Scheiße! Aber ich! Kapierst du das jetzt endlich?!« brüllte Strauch und schlug mit der Faust auf das Lenkrad. »Ich wollte die Scheißkapellen brennen sehen, verstehst du?! Ich wollte sie brennen sehen! Und warum auch nicht?! Umso besser! Umso besser! Keine Spuren! Kapierst du das jetzt endlich?!«

»Bitte schrei doch nicht so, Friedrich.«

Strauch kurbelte das Fenster zum dritten Mal herunter und spuckte hinaus. Müller nahm noch einen tiefen Schluck und sagte: »Du hast nicht erwähnt, daß der Pfarrer sich so aufregt. Das hast du mir nicht gesagt, sonst hätte ich doch ...«

»Was hättest du? Na, was?«

»Vielleicht woanders ...«

»Ach ...«

Müller kratzte sich am Kopf und sagte: »Friedrich, du kannst ganz offen mit mir sprechen. Ich bin dein Freund. Für dich bin ich kein Polizist. Ich werde dir da raushelfen, aber sei jetzt bitte ganz ehrlich. Hast du den Pfarrer umgebracht?«

Strauch warf Müller einen verächtlichen Blick zu, startete den Wagen und raste los, mit einer irren Geschwindigkeit, bis zu Müllers Haus, wo er den verschwitzten Polizisten grußlos aus dem Wagen wies. Nur eins sagte er noch, bevor Müller die Autotür zuschlug: »Wir müssen was tun, Matthias, es hilft nichts.« Und Matthias Müller nickte.

... dann holen ihn die Raben

Smitz war bereits eine Stunde gefahren, langsam, immer nur fünfzig, so viel, wie die Isetta hergab, als er eine offene Kneipe sah, die »Zur Reblaus« hieß, obwohl in der Gegend gar kein Wein angebaut wurde. Er hielt an, trat ein, bestellte trotz des Namens ein Bier und ging zum Telefon, das neben der Klotür hing. Das Fräulein vom Amt stellte die Verbindung her.

»Hans?«

»Hallo, Balthasar, ich habe auf deinen Anruf gewartet.«

»Und? Was rausgefunden?«

»Ja. Ich habe heute stundenlang telefoniert. Das kannst du dir nicht vorstellen, ich ...«

»Bitte faß dich kurz. Ich habe nur wenig Kleingeld ...«

»Ja, ja, ganz kurz. Die Eltern von Eleonore kommen aus F. Die sind beide 43 oder 44 bei einem Bomben ...«

»Ich weiß, ich weiß ... Kürzer ...«

»... bei einem Bombenangriff draufgegangen. Das waren ziemliche Hungerleider, hatten aber ein paar reiche Verwandte. Eigentlich ziemlich entfernte Verwandte. Die Familie ist im Krieg richtig gebeutelt worden, da ist kaum einer übriggeblieben. Aber immerhin ist dabei eine ordentliche Erbschaft zusammengekommen. Ländereien und Häuser, alles für Eleonore. Das arme Ding.«

»Wie geht es ihr?«

»Sie sieht nicht gut aus. Die hält das nicht mehr lange aus in der Zelle. Hast du was Neues?«

»Ich weiß noch nicht. Vielleicht. Ich rufe dich morgen an.«

»Ich habe morgen wieder Spätschicht.«

»Gut, bis dann.«

»Bis dann.«

Smitz hatte die Karte studiert, sich sinnlose Abkürzungstips des Wirtes angehört, hatte gezahlt, war hinausgegangen, hatte den Motor gestartet und war dann doch wieder ausgestiegen und zurückgegangen in die Kneipe, um noch einmal zu telefonieren.

»Maria Hetjes, guten Abend«, meldete sich Maria.

»Hallo. Ich bin es, Balthasar.«

»Hallo, Balthasar! Schön, daß du anrufst. Wie geht es dir?«

»Danke. Ein bißchen müde, aber es geht.«

»Wo bist du?«

»In L.«

»In L?«

»Ja, in L.«

»Was machst du denn in L.?«

»Kann ich dir nicht sagen. Berufsgeheimnis.«

»Ja, natürlich. Entschuldige.«

Sie schwiegen einen Moment.

»Balthasar? Bist du noch da?«

»Ja.«

»Der Adolf Hilpert war heute hier.«

»Und, was wollte er?«

»Mich über dich ausfragen.«

»Was hast du ihm gesagt?«

»Natürlich nichts.«

»Gut.«

»Er hat aber wieder in der Zeitung über dich geschrieben.«

»Was denn?«

»Soll ich vorlesen?«

»Wenn du willst.«

»Hör zu: Beobachtungen aus dem schönen Leben eines Kommissars aus S. in K. – das war die Überschrift. Und dann:

Man soll die Leute an ihren Taten messen, nicht an ihren Worten. Ein weiser Satz, den wir wohl alle kennen, aber zu selten beherzigen. Was hat der Kommissar also gestern getan? Wir haben ihn ein wenig beobachtet, um diese Frage beantworten zu können.«

»Ach, laß mal. Ich möchte das jetzt nicht hören. Ich hab auch kein Kleingeld mehr. Ich komme wohl erst mitten in der Nacht zurück. Legst du einen Schlüssel unter die Fußmatte?«

»Ja.«

»Danke. Bis dann.«

»Fahr vorsichtig.«

»Ja, natürlich. Tschüß.«

»Tschüß.«

Draußen war es stockfinster, und es regnete immer

noch dünne endlose Wasserfäden. Smitz fuhr weiter, starrte auf die Straße und grübelte. Eleonores Vermögen, die Heiratspläne des Vormunds, der Pfarrer, der das Mädchen ins Kloster stecken wollte, sicher zusammen mit ihrem Vermögen, und dann noch der Student. »Zwei Motive«, murmelte er. »Mindestens zwei Motive.«

Nach Mitternacht nickte Smitz das erste Mal kurz ein, eine Sekunde vielleicht, aber sofort schlug sein Herz vor Schreck bis in den Hals. Das hielt jedoch nicht vor, denn schon bald schlief er wieder ein, wachte gleich wieder auf und trat heftig auf die Bremse. Die Isetta schlitterte über die nasse Straße und stand. Smitz stieg aus, hinkte, so schnell er konnte, einige Male auf und ab, fing mit den Händen den Regen auf und wusch sich das Gesicht. Ein wenig erfrischt setzte er sich wieder hinters Steuer, und gerade als er den Schlüssel drehen wollte, entschied er, doch eine kurze Schlafpause einzulegen, eine halbe Stunde höchstens. Eine Stunde später weckten ihn die Tropfen, die der Wind durch einen Spalt am Fenster in die Isetta trieb. Sein Gesicht war naß, und das Wasser war ihm vorn in den Kragen gelaufen.

Erst beim siebten Versuch und nach einem Stoßgebet sprang der Motor an. Das schwache Licht der Scheinwerfer spiegelte sich in der Regenwand und auf den wenigen sichtbaren Metern Asphalt. Smitz berührte mit seiner Napoleonnase beinah die Windschutzscheibe. Dann, gegen drei Uhr, übersah er eine Kurve und fuhr in den Straßengraben. Die Isetta machte ein furchtbares Geräusch, als breche sie mittendurch, und Smitz schlug mit dem Kopf die Scheibe ein und fügte sich zwei Schnitte zu. Mit dem gesunden Bein gelang es ihm, die Isettatür aufzutreten. Dann kletterte er hinaus und kroch den Straßengraben hoch. Blut lief ihm von der Stirn herab an der Nase vorbei in den Mund. Er zitterte am ganzen Leib und mußte sich auf die nasse Fahrbahn setzen, um nicht umzukippen. Seine Zähne begannen zu klappern, und von irgendwo mischten sich Tränen mit dem Blut und dem Regenwasser. »Idiot!« bellte er in den Regen und versuchte aufzustehen, aber sein schlimmes Bein schlotterte zu sehr, und das Knie war aufgeschlagen und blutete stark.

Smitz wußte nicht, wie lange er schon auf der Straße saß, als der Morgen dämmerte und er endlich ein leises Motorengeräusch hörte. Bald schon erkannte er in der Ferne einen Lastwagen. Er rappelte sich auf, warf die Arme hoch, und sein linkes Bein schlotterte immer noch. Der Lastwagen hielt, der Fahrer sprang heraus und rief: »Mein Gott, wie sehen Sie denn aus!?«

»Das ist nichts«, sagte Smitz, »nur ein paar Kratzer.«

Der Fahrer, ein stämmiger Kerl mit Boxernase, zwang Smitz sanft, trockene Kleidung anzuziehen, eine zerschlissene Latzhose, einen Wollpullover und Gummischuhe. Smitz zeigte ihm seinen Dienstausweis, und der Fahrer sagte: »Ich helfe gern.«

Nach einer Stunde, in der die beiden nur wenige Worte gewechselt hatten, kamen sie in K. an. Es war bereits früher Morgen, und am Stadtrand fuhren sie an drei kleinen Mädchen vorbei, die ein Kreidekreuz mit sieben Feldern auf den Asphalt gezeichnet hatten, über das sie zu einem Reim hüpften. Smitz winkte ihnen zu und hätte sich in die Hand beißen wollen, hätte nicht auch der Fahrer gewinkt und sogar zum Gruß gehupt. Die Mädchen grüßten lachend zurück und liefen dem Lastwagen ein paar Meter hinterher.

Vor der Lagerhalle von Friedrich Strauch stand ein neuer Opel Olympia, dunkelblau, aber mit Schlammspritzern an den Reifen und Kotflügeln. »Der Chef ist da«, sagte der Lastwagenfahrer. Der Chef, das war Friedrich Strauch, und Smitz wunderte sich nicht über den Zufall.

Kaum hielt der Lastwagen, da kam Friedrich Strauch

schon aus seiner Lagerhalle gestürzt. Die Stahltür knallte hinter ihm zu.

»Verdammte Scheiße! Wo bleibst du denn so lange?!« brüllte er, riß die Fahrertür auf und packte den Fahrer an der Jacke. Vielleicht wäre er ihm an den Kragen gegangen, hätte nicht Smitz auf dem Beifahrersitz gesessen, mit Blutkruste auf der Stirn und in den alten Klamotten. Strauch fragte: »Wer ist denn der Penner?«, und der Fahrer versuchte, seinen Chef mit den Händen zu bedeuten, daß er besser schweigen solle, aber Strauch sah ihn nur an wie einen Blöden und sagte: »Was ist los? Bist du besoffen?«

Smitz stieg aus, zog seinen Dienstausweis aus der Tasche der Latzhose, hinkte um den Kühler herum zu Strauch und hielt ihm den Ausweis vor die Nase. Doch der zuckte nur höhnisch mit dem Mundwinkel und fragte: »Was wollen Sie?« Smitz, dessen Augen vom Fieber glänzten, krächzte heiser: »Ich bin Kommissar Smitz aus S. Wenn Sie mir in mein Büro folgen wollen.«

»In Ihr Büro? Wo denn? In S.?« fragte Strauch, traf aber nicht mehr den selbstgefälligen Ton, den er so gerne an den Tag legte.

»In Ihr Büro!« bellte Smitz und blinzelte Strauch an. Der drehte sich lässig um und ging voraus, und Smitz konnte nicht umhin, die schneidige Haltung, den eleganten Anzug und den forschen Schritt des jungen Geschäftsmannes zur Kenntnis zu nehmen. Strauchs Gesicht jedoch, das Smitz, der hinter ihm herhinkte, nicht sehen konnte, verriet Unsicherheit.

»Um Ihnen reinen Wein einzuschenken«, begann Strauch bemüht freundlich, als sie in seinem Büro saßen, einem kargen weißen Raum, der einer Zelle ähnelte, »ich weiß, was man so redet. Ich bin gestern in einer Kneipe übel beschimpft worden. Doch ich sage Ihnen, ich habe mit diesem Mord nicht das Geringste zu tun, aber auch nicht das Allergeringste.«

Smitz rieb sich die Augen. »Was redet man denn so? Sagen Sie es mir.«

»Man redet auch über Sie, Smitz. Ich habe gestern gehört ...«

»Sagen Sie noch einmal ›Smitz‹, und ich schlage Ihnen in die Fresse. Für Sie Herr Smitz, immer noch Herr Smitz, oder Kommissar Smitz.« Und so klein, dicklich und abgerissen Smitz auch aussah, so hatte er in diesem Augenblick doch etwas von einem Hund, der sich verbeißen wird und dem man mit einem Knüppel auf den Kopf schlagen kann, ohne daß er den Biß auch nur lockert.

»Ich ... Ich ...«, stotterte Strauch, und sein Schnurrbärtchen zitterte.

»Sie wissen, daß der Pfarrer Sie angezeigt hat? Wegen Diebstahls«, sagte Smitz.

»Das ist doch ... Hören Sie, ich habe versucht, mit dem Pfarrer Geschäfte zu machen. Ich wollte ihm Waren abkaufen, aus der Kirche. Kunstschätze, wenn Sie so wollen. Gut, ich habe ihm ziemlich wenig geboten. Aber es ist ja wohl noch erlaubt, wenig zu bieten. Und außerdem hat er mir nichts verkauft.«

»Es fehlt mindestens ein Bild aus der Kirche.«

»Ja und?! Ich habe das Scheißbild nicht gestohlen, wenn Sie das andeuten wollen! Und selbst wenn, dann hätte ich doch noch lange nicht ... Natürlich habe ich mich geärgert, daß der mich verdächtigt hat. Der Müller hat mich ja sogar vorgeladen! Kirchenraub! Zuerst St. Aposteln, und dann bin ich wohl übers Land gefahren und habe eine Dorfkirche nach der anderen aufgeknackt und gleich auch noch abgefackelt, und den alten Kram, den habe ich natürlich über die Grenze verschoben. Das ist doch eine einzige große Scheiße! Und den Pfarrer habe ich nebenbei auch noch umgebracht! Kleinigkeit! Was rede ich denn überhaupt! Müller hat meine Unschuld festgestellt! Also! Was soll ich denn für ein Motiv haben?!«

»Wo waren Sie am 9. Juli?«

»Was war das für ein Tag?«

»Der letzte Montag. Der Tag, an dem der Pfarrer getötet worden ist.«

»Ah ja. Ich war hier. In meinem Büro.«

»Gibt es Zeugen?«

»Ich bin hier meist allein. Ich habe aber telefoniert ...«

»Herr Strauch, könnten Sie mich zum Pfarrhaus fahren?« unterbrach ihn Smitz, und eine Schweißperle tropfte von seiner Nase.

Der Opel Olympia war überaus komfortabel ausgestattet, und Strauch sah mit Unbehagen, wie sich Smitz mit der wenig sauberen Latzhose auf das helle Plüschpolster setzte. Nach kaum fünfhundert Metern Fahrt rief Smitz: »Da ist Müller!« Und tatsächlich rannte da Müller in durchgeschwitzter grüner Uniformjacke über die Straße und kam am Bordstein beinahe zu Fall.

»Halten Sie an, Strauch! Halten Sie an!« Strauch gehorchte, und Müller gehorchte auch, als Smitz ihn aufforderte, sein Ziel zu nennen.

»Ich muß zum Krankenhaus«, ächzte er.

Smitz hieß ihn einzusteigen und sagte: »Zum Krankenhaus!«

»Herr Smitz, Herr Strauch«, grüßte Müller nachträglich.

Das einzige Wunder

Über dem Eingang des Hospitals Zum Heiligen Geist schwebte ein gußeisernes Kreuz mit einem Jesus, dessen Kopf zur linken Seite abgeknickt war, als sei das Genick gebrochen. Drinnen, gegenüber der Pförtnerloge, hing eine Fotografie des Pfarrers Josef Reinders mit Trauerflor.

»Wollen Sie zur Notaufnahme?« fragte der Pförtner und glubschte durch seine leicht verbogene Stahlbrille auf Smitz' blutige Stirn.

»Zur Entbindungsstation!« sagten Smitz und Müller wie aus einem Mund.

»Erster Stock, links«, antwortete der Pförtner und wandte sich wieder seiner Zeitung zu.

»Sie können gehen«, sagte Smitz zu Strauch. »Aber bleiben Sie in der Stadt.«

»Vielen Dank, Herr Strauch«, sagte Müller, und schon eilten beide weiter, vorbei an der Tuberkulosestation, die Treppe hoch, in den ersten Stock zur Entbindungsstation. Müller roch nach Schnaps, wie immer, und Smitz, dessen Gummischuhe auf dem gebohnerten Linoleumboden quietschten, sah aus wie ein Klempner, den man zusammengeschlagen hat.

Das Fieber, das aus Smitz' Augen glänzte, deutete der blutjunge Stationsarzt, der ihn und Müller am Eingang zur Entbindungsstation abfing, als höheren Grad der Alkoholisierung.

»Sie können hier nicht rein!«

»Wir können überall rein!« sagte Smitz, und er und Müller grinsten sich an und zogen ihre Dienstausweise.

»Spaß beiseite«, sagte Müller. »Meine ... Meine ... Meine Frau bekommt ein Kind.«

»Wie heißt Ihre Frau?« fragte der Arzt und richtete nervös seine Nickelbrille.

»Müller«, antwortete Smitz vorwitzig, aber Müller korrigierte: »Nein, Schimmelpfennig, Sieglinde Schimmelpfennig.«

Der Arzt bat die beiden um einen Moment Geduld und verschwand hinter einer der weißen Türen.

»Sagen Sie mal, Müller, Sie haben doch nicht ...?«

»Mensch, Smitz ... Sind Sie verheiratet?«

»Nein.«

»Und? Machen Sie nie ... Ich meine, nie ... Wie soll ich sagen ... Das passiert, eh man sich's versieht.«

»Müller, Sie wollen mir doch nicht etwa erzählen, daß Sie die Frau, die Ihr Kind unter dem Herzen trägt, nicht geheiratet haben?«

Müller zog eine Schnapsflasche aus der Innentasche seiner durchgeschwitzten Uniformjacke, schraubte sie auf, wollte ansetzen, reichte sie dann aber zuerst Smitz, und während der einen Schluck nahm, sagte Müller: »Ich will ja. Aber Sieglinde ... Sieglinde will mich nicht heiraten ...«

Der Stationsarzt trat hinzu und erklärte den beiden Polizisten, daß alles in Ordnung wäre, Frau Schimmelpfennig sich den Umständen entsprechend wohl befände und man doch bitte unten warten solle, im Aufenthaltsraum gegenüber der Pförtnerloge, der auch eine Tür zur Hospitalkapelle habe, falls man beten wolle.

»Ich will sie sehen«, sagte Müller.

»Wen wollen Sie sehen?« fragte der hochrote Stationsarzt, dem offensichtlich Müllers Atem schwer auf den Magen ging.

»Ja, wen wohl, Mann!« schaltete sich Smitz ein und schob den Arzt einfach beiseite. »Sagen Sie jetzt nicht, Sie rufen die Polizei. Die ist schon da.«

Sie stürzten in den leeren Kreißsaal, in dem mindestens zehn Glühbirnen unter reflektierenden Schirmen hingen und grellstes Licht verbreiteten. Müller verstaute seine Flasche und meinte: »Mann, ist das hell.«

»Was muß sich ein Kind erschrecken, wenn es rauskommt, und es ist so hell«, sagte Smitz sorgenvoll zu der Hebamme, die ganz aufgescheucht herbeisprang.

»Sie haben hier keinen Zutritt!« rief der Stationsarzt, dem man die Angst vor der Lautstärke seiner eigenen Stimme anmerkte.

»Ich will doch nur zu meiner Frau«, sagte Müller, ging aus dem Kreißsaal heraus über den Flur und öffnete die erstbeste Tür, die zu einem Zimmer gehörte, in dem fünf Hochschwangere lagen, hinter Vorhängen und durch Wandschirme voneinander getrennt. Müller zog den ersten Vorhang auf.

»Bitte«, sagte der Stationsarzt. »Wenn Sie Ihre Frau unbedingt sehen wollen ... Aber nur eine Minute. Sie steht kurz vor der Entbindung.«

Smitz wartete im Flur, und Müller wurde hinter einen der Vorhänge gelassen, und seine kehlige Stimme war zu vernehmen und auch die gepreßte Stimme einer Frau. Dann kam Müller wieder heraus, tippte Smitz, der mit geschlossenen Augen an der Wand lehnte, auf die Schulter, und beide verließen die Entbindungsstation. Unten im Aufenthaltsraum bei der Pförtnerloge bemerkte Smitz Tränen in Müllers Augen und wußte nicht recht, was er sagen sollte. Schließlich sagte er aus Verlegenheit:

»Eleonore Tal ist auch schwanger.«

»Was?«

»Ja, sie ist schwanger. Und Heiner Aldekerk will sie heiraten. Und sie ist richtig reich. Erbschaft, Müller, Erbschaft.«

»Smitz, Sie gefallen mir gar nicht.«

»Gleichfalls.«

Müller zog eine Fleischwurst aus der Jackentasche, biß hinein und hielt sie dann Smitz hin. Ein Speichelblase zerplatzte am Wurstrand, und Smitz schüttelte den Kopf.

»Nein, ich meine, Sie sehen krank aus. Richtig krank. Sie gehören ins Bett«, sagte Müller, und als Smitz abwinkte: »Verdammt noch mal, Smitz, Sie haben einen Unfall gehabt, Sie haben Schnittwunden davongetragen und wer weiß was sonst noch. Sie reden wirres Zeug. So geht das nicht. Sie brauchen einen Arzt.«

»Müller ...«

»Ja?«

»Könnten Sie mich zum Pfarrhaus bringen? Nein, nein. Sie müssen hierbleiben. Ich meine, könnten Sie mich bringen lassen? Ich muß mich hinlegen. Mir ist nicht gut. Mir ist gar nicht gut.«

»Warum lassen Sie sich nicht gleich hier untersuchen?«

»Müller ...«

»Gut, gut, ganz wie Sie wollen. Stur wie ein ...«

Vor der Pförtnerloge trafen sie den Volksschullehrer a. D. Richard Bartholomäus, der den Pförtner von Zeit zu Zeit morgens aufsuchte, um ihm ungebeten beim Lösen des täglichen Kreuzworträtsels in der Zeitung behilflich zu sein.

»Afrikanisches Gebirge mit drei Buchstaben! Mensch Böckler! Das weiß man doch! Bei wem hast du denn Erdkunde gehabt?!«

Smitz und Müller kamen nicht unbemerkt an ihm vorbei.

»Ach, der Herr Kommissar und der Müller. Na prächtig. Wann gedenken die Herren denn, diesen Strauch endlich dingfest zu machen? Der steht da draußen rum. Das werden Sie wohl noch schaffen«, sagte der alte Knochen und klappte sein Maul zu, in dem der eine Schneidezahn einfach nicht verschwinden wollte.

»Wieso sollten wir ihn verhaften?« fragte Smitz.

»Wieso?! Also ... Das hat man doch noch nicht erlebt! Da schlägt einer den Pfarrer tot, nur weil der ihm nicht die halbe Kirche verschachern will, und Sie fragen noch, wieso! Das ist doch ... Damals im Krieg ...«

»Wie kommen Sie denn auf so was?« fragte Smitz und stützte sich zum größten Mißfallen des Pförtners mit der schwitzigen Hand an der spiegelblanken Scheibe der Pförtnerloge ab.

»Das weiß nun mittlerweile wirklich jeder Erstkläßler, nur Sie anscheinend nicht!«

»Kommen Sie, Müller.«

»Wenn Sie nicht bald handeln«, rief der alte Knochen ihnen hinterher, »dann tut es vielleicht ein anderer. Haben Sie die Zeitung gelesen?!«

Smitz und Müller gingen hinaus, und dort vor dem Hospital, fünfzig Meter entfernt, stand noch der Opel Olympia, und Strauch lehnte am Kotflügel und rauchte.

»He, Friedrich! Fahr den Kommissar zum Pfarrhaus!« rief Müller, und Smitz entging nicht, daß aus dem Herrn Strauch plötzlich Friedrich geworden war. Er wünschte Müller viel Glück und hinkte zum Wagen. Auf den Metern dorthin, die er nur sehr langsam zurücklegen konnte, hatte er die Stimme des Volksschullehrers a. D. im Ohr, der lauthals aus der Zeitung vorlas.

»... am späten Vormittag eine bekannte Wirtschaft am Viehmarkt besucht, dessen Wirt ihn beim Abschied gebeten hat, doch bitte von weiteren Besuchen abzusehen. Dann ist er immerhin zur Polizeiwache gegangen, aber dort nicht lange geblieben. Später streifte er durch unsere Straßen, und am frühen Abend soll er im Garten des ermordeten Pfarrers in einem Liegestuhl ein Nickerchen gemacht haben. Dabei trug er nach Angaben von Augenzeugen den Strohhut des Toten ...«

Mühsam stieg Smitz in den Opel Olympia, und Strauch fuhr sofort los, viel zu schnell, und begann unvermittelt, über die Gefährlichkeit der gewerkschaftlichen Forderung, die 40-Stunden-Woche einzuführen, zu referieren. Smitz unterbrach ihn.

»Hören Sie, Herr Strauch. Es könnte sein, daß Sie andere Sorgen haben. Der Pfarrer ist tot, und Sie hatten äußerst heftige Auseinandersetzungen mit ihm. Dafür gibt es Zeugen. Der Pfarrer hat Sie angezeigt wegen Kirchenraubs. Sie haben kein stichhaltiges Alibi für den Tag seines Todes.«

»Und Sie, was haben Sie? Verhaften Sie mich doch, wenn Sie können.«

»Wenn Sie etwas mit dem Kirchenraub zu tun haben, dann sagen Sie es mir besser gleich. Wenn Sie schweigen, wird die Sache nur schlimmer für Sie. Das gilt auch für den Fall, daß Sie etwas über den Tod des Pfarrers wissen.«

Strauch bremste und hielt den Wagen unter einer Linde an.

»Steigen Sie aus!«

Smitz stieg aus und sagte: »Sie verlassen K. nicht. Halten Sie sich zu meiner Verfügung.« Dann schlug er die Wagentür zu. Was nun? Strauchs Lagerhalle mußte durchsucht werden, hätte schon vor Tagen durchsucht werden müssen – aber ganz allein, nein, nicht ganz allein, mit einem Müller, was vielleicht schlimmer war. Hätte er doch Verstärkung angefordert. Nur, wie hätte das wieder ausgesehen. Jetzt aber, jetzt mußte es sein, es war höchste Zeit. Mit Müller war weniger denn je zu rechnen. Der würde in Kürze volltrunken sein, der frischgebackene Herr Papa.

Ein altes Tropenfieber

Smitz versuchte, sich zu orientieren, und erkannte ein Stück die Straße rauf Aldekerks Apotheke. Dorthin wandte er sich, weil er in der Apotheke ein Telefon vermutete, mit dem er sich vielleicht ein Taxi würde rufen können, wenn es so etwas in K. überhaupt gab. Es dauerte, bis er die zweihundert Meter zurückgelegt hatte. Die Apotheke war in einem schmucklosen Neubau untergebracht, zwei Stockwerke, grau verputzte Fassade und eine Leuchtreklame »Hieronymus-Apotheke«. Die Nachbarhäuser stammten vom Anfang des Jahrhunderts und trugen noch Narben von Bombensplittern.

Smitz trat in die Apotheke und grüßte heiser. Eine junge Frau im weißen Kittel grüßte zurück und sah ihn ganz besorgt an, wohl weniger wegen seiner Kleidung – nun war auch noch einer der beiden Träger der Latzhose abgerissen – als wegen der Blutkruste auf seiner Stirn, dort, wo ihn die Windschutzscheibe der Isetta geschnitten hatte.

»Womit kann ich dienen?« fragte sie.

»Aspirin bitte. Ist Aldekerk da?«

»Wie bitte?«

»Ob Herr Aldekerk da ist, Fräulein.«

»Ja, aber er möchte nicht gestört werden.«

»Geben Sie mir bitte erst mal die Tabletten.« Er bat auch noch um ein Glas Wasser, schluckte zwei Aspirin und sagte: »Ich müßte schon mit ihm reden. Ich bin von der Polizei. Smitz, Kommissar, mein Name.«

»Sie sind ...?«

»Ja, ich bin der berüchtigte Kommissar Smitz. Sie haben sicherlich schon von mir in der Zeitung gelesen.«

Die Frau nickte schüchtern und errötete.

»Also, kann ich jetzt zu ihm?« Sie nickte wieder und ging vor Smitz her zur Tür des Arbeitszimmers hinter dem Medikamentenlager. Dort blieb sie stehen und klopfte zaghaft.

»Herr Aldekerk?«

»Ich habe doch gesagt, daß ich nicht gestört werden will!« schnauzte es von innen.

»Hier ist ein Herr ...« Sie sah Smitz zweifelnd an.

»Smitz, junge Frau. Sie haben doch die Zeitung gelesen, dachte ich«, sagte Smitz.

»Ein Herr Smitz«, wiederholte sie.

Eine Minute lang tat sich nichts, dann öffnete sich langsam die Tür, und Aldekerk erschien. Das Zimmer hinter ihm war dunkel, die Vorhänge hatte er zugezogen.

»Was wollen Sie?«

»Mit Ihnen sprechen, Herr Aldekerk.«

»Wenn es unbedingt sein muß.«

Als sie dann im Zimmer einander gegenüberstanden, konnte keiner der beiden sein Erstaunen verhehlen. Aldekerk hatte ein blaues Auge, seine Nase war furchtbar geschunden, und am Kinn klebte ihm schwarzrötlicher Schorf. Außerdem hielt er den Kopf ganz steif und etwas schräg, so als habe er sich den Hals verrenkt.

»Darf ich mich setzen?« fragte Smitz. Aldekerk wollte unwillkürlich nicken und verzog sein Gesicht vor Schmerz.

»Sie wollen mir also nicht erzählen, warum Sie sich von diesem Studenten verprügeln lassen.«

»Ich lasse mich nicht verprügeln. Ich bin gestürzt.«

»Ach, hören Sie doch auf. Verkaufen Sie mich nicht für dumm.«

»Herr Kommissar, wenn Sie so mit mir sprechen wollen ... Sie wissen, wo die Tür ist.«

»Ich frage Sie noch einmal: Was geht zwischen Ihnen und Küsters vor?«

»Nichts.«

»Ganz wie Sie meinen. Aber vielleicht sollten Sie wissen, daß Eleonore schwanger ist. Sie trägt Küsters Kind unter dem Herzen – wenn es nicht Ihr Kind ist, Herr Aldekerk.«

Dem Apotheker entgleisten die Gesichtszüge, er verlor in Sekundenschnelle alle Farbe.

»Woher wissen Sie das?«

»Das hat ein Schwangerschaftstest ergeben. Aber meine Kollegen berichten mir, man könne es auch schon sehen, im Ansatz.« Smitz grinste. »Wem darf ich gratulieren? Was meinen Sie?«

»Lassen Sie mich. Lassen Sie mich in Ruhe. Ich möchte ... Gehen Sie.« Aldekerks Stimme klang plötzlich anders, schwach war sie, resigniert, gebrochen. Als Smitz dann nachdenklich sagte: »Vielleicht wäre es doch besser gewesen, Eleonore ins Kloster zu stecken. Sie ist doch auch zu jung für Sie, als Ehefrau, meinen Sie nicht?«, da schien Aldekerk in sich zusammenzusacken, seine Schultern fuhren zwar hoch, zugleich drohten ihm aber die Knie wegzuknicken. Er stürzte aus dem Arbeitszimmer.

Smitz erlaubte sich, das Telefon zu benutzen, rief seinen Kollegen Hans an und bat dringend um Verstärkung. Strauchs Lager und wohl auch seine Privatwohnung müßten durchsucht werden, sofort, und bei der Gelegenheit sollte Hans auch einen Durchsuchungsbefehl für Haus und Apotheke Aldekerks und für die Wohnung der Mutter des Studenten erwirken. Smitz, der seine letzten Kräfte für die Attacke gegen Aldekerk mobilisiert hatte, sprach reichlich wirr, und Hans fragte: »Ist dir nicht gut?«

»Ich habe Fieber. Ich muß mich hinlegen. Sonst würde ich doch selber ...«

»Was ist denn mit der örtlichen Polizei?«

»Die haben hier nur so eine Art Dorfdepp, und der ist obendrein immer blau.«

»Vor morgen früh wird das aber nichts mehr. Bis ich die Durchsuchungsbefehle habe ... Und dann müssen die Kollegen ja auch noch anreisen. Möchtest du zwei oder drei?«

»Besser drei.«

Smitz ließ sich auch noch mit der Wohnung der Mutter des Studenten verbinden, in der es bereits einen Telefonanschluß gab, denn die Mutter mußte des öfteren Notdienst leisten und den Ärzten der Umgebung dringend benötigte Medikamente bringen. Während er auf die Verbindung wartete, zählte er die Apothekerfachbücher in den Regalen. Erst nach langem Klingeln hob der Student ab.

»Ja.«

»Guten Tag, Herr Küsters. Hier Kommissar Smitz. Ich bin gerade in der Hieronymus-Apotheke, bei Herrn Aldekerk. Ich habe etwas erfahren, das Sie interessieren wird.« Er machte eine Kunstpause, hielt die Sprechmuschel zu und atmete einmal tief durch.

»Ja, was?« fragte Küsters ungeduldig.

»Herr Aldekerk wird heiraten. Und raten Sie mal, wer die Glückliche ist.« Wieder machte er eine Pause. »Na, haben Sie es erraten? Nein? Eleonore natürlich. Eleonore. Aldekerk hat schon das Aufgebot bestellt, und selbst den Termin hat er eigentlich schon gehabt, aber jetzt, wo diese dumme Sache dazwischengekommen ist ... Aber er möchte beantragen, daß er sie auch im Gefängnis heiraten darf. Und ich glaube, die Genehmigung bekommt er. Wir sind doch gar nicht so.«

Am anderen Ende der Leitung herrschte Totenstille. Dann flüsterte Küsters tonlos: »Das ist nicht wahr.«

»Ich habe erwartet, daß Sie so etwas sagen. Aber fragen Sie ihn doch selbst. Sie sollten das nicht so schwer nehmen. Ihnen bleiben ja Ihre Erinnerungsfotos.«

Küsters warf den Hörer auf.

Das Fräulein vom Amt bedauerte, aber es gab kein Taxi in K. Also mußte Smitz zu Fuß gehen. Die Apothekengehilfin beschrieb ihm den Weg, und er hinkte langsam, ganz langsam fort, mit hochrotem Kopf, der schweißnaß war, als habe er ihn in einen Eimer Wasser getaucht. Schwarze und gelbe Punkte flimmerten vor seinen Augen.

»Was ist denn mit dir passiert!?« rief Maria, die gerade die Straße fegte, als Smitz auf sie zuschlich. Sie sprang herbei und hielt ihn, der schwankte wie ein Trunkener.

»Ich muß mich hinlegen. Und ich muß was trinken. Wasser. Bitte Wasser.« Smitz Stimme leierte. Maria führte ihn in das Schlafzimmer des Pfarrers, setzte ihn dort aufs Bett, gab ihm zu trinken, mußte ihm das Glas an den Mund halten, zog ihn aus und streifte ihm ein Nachthemd des Pfarrers über. Smitz ließ alles mit sich geschehen und berichtete wirr und unzusammenhängend, was ihm zugestoßen war. Er bibberte, und zugleich standen ihm Schweißperlen auf der brennenden Stirn. Vor Mattigkeit und Müdigkeit fielen ihm die Augen zu, und kaum hatte Maria seinen Oberkörper in die Waagerechte gelegt und seine Beine ins Bett gehoben, war er auch schon eingeschlafen, und jede Minute fuhr ein Schaudern durch seinen Körper, vom Kopf bis zu den Füßen.

Zur Untersuchung durch den Doktor Schlöskers mußte Maria Smitz wecken. Der Doktor, ein guter Bekannter Aldekerks, beschränkte den Gruß auf ein kaum merkliches Nicken und konnte sich die Bemerkung nicht verkneifen, daß Smitz ja nun im Bette desjenigen läge, dessen Tod leider noch immer nicht aufgeklärt sei. Nach der Untersuchung stellte er gleichgültig fest, daß die Wunden, die sich Smitz bei seinem Unfall zugezogen hatte, nicht weiter beunruhigend seien, auch der kleine Schock nicht, den er vielleicht habe, das sei ja normal. Aber seine Körpertemperatur sei mit 39,7 deutlich zu hoch.

»Ein altes Tropenfieber«, sagte Smitz leise. »Das bricht manchmal wieder durch.«

»Interessant«, bemerkte der Doktor kühl. »Und wie therapieren Sie in diesen Fällen?«

»Schlafen, trinken, kalte Umschläge und Chinin.«

»Und wo haben Sie es her, dieses Fieber?«

»Das tut nichts zur Sache. Ich danke Ihnen, Herr Doktor. Ich glaube, das Beste ist, wenn ich jetzt schlafe«, hauchte Smitz.

»Wie Sie meinen.« Mit erhobenem Kinn begab sich der Doktor hinaus, sagte auf dem Flur zu Maria: »Rufen Sie mich nur im äußersten Notfall«, wobei er demonstrativ an ihr vorbeisah, schrieb ein Rezept aus, legte es wortlos auf die Garderobenablage und ließ die Haustür hinter sich offen. Es war elf Uhr vormittags.

Nachdem Maria die Medikamente in Aldekerks Apotheke geholte hatte, wich sie nicht mehr von Smitz' Seite. Sie weckte ihn jede Stunde, wickelte ihm kalte nasse Tücher um die Waden und gab ihm zu trinken. Waldmeister-Brause, Wasser, gekühlten Pfefferminztee, gegen Abend dann auch ein Bier, das er verlangt hatte. Während er das Bier in kleinen Schlucken trank, sagte er schwach: »Danke Maria. Ich danke dir.«

Sieglinde

Müller hatte im Hospital Zum Heiligen Geist im Aufenthaltsraum gegenüber der Pförtnerloge gewartet. Ganz wie es sich für einen werdenden Vater schickte, war er auf und abmarschiert, hatte dabei seine Fleischwurst aufgegessen, seine Schnapsflasche geleert und bald Durst bekommen nach mehr, einen großen Durst, der ihn schließlich aus dem Aufenthaltsraum hinaustrieb, direkt in die Arme des blutjungen Stationsarztes, der zwei Schritte rückwärts machte, als er Müllers Atem roch.

»Das Kind ist da. Ein Mädchen. Es ist gesund«, sagte

der Arzt und sah dabei auf den Boden. Kein Glückwunsch kam ihm über die Lippen. Schon drehte er sich um, wollte weg.

»Und die Mutter?!« rief Müller.

»Die ist wohlauf«, antwortete der Arzt und nahm die ersten Stufen der Treppe hinauf zur Station. Müller aber folgte ihm, packte ihn von hinten an seinem weißen Kittel und rief: »Ich will sie sehen! Ich will das Kind sehen und die Mutter!«

Der Arzt war stehengeblieben. Er zögerte. Aber als die Freude aus Müllers Gesicht wich und Zorn ihren Platz einzunehmen drohte, sagte er schnell: »Ja. Natürlich. Sicher. Kommen Sie.« Und er ging vor Müller her. »Ich möchte Sie um ein wenig Geduld bitten. Die Mutter schläft, und wir sollten Sie jetzt nicht wecken. Aber das Kind können Sie sehen.«

Dann stand Müller vor einem Fenster und sah hinein in den Raum mit den Säuglingen, und der Arzt stand neben ihm und deutete auf eines der Kinder.

»Da ist sie.«

»Welche?«

»Die zweite von links.«

»Ah. Ja, ja. Wie aus dem Gesicht geschnitten«, sagte Müller und schüttelte verblüfft den Kopf.

Sieglinde, die Mutter des winzigen Mädchens, das da mit offenen Augen und auf dem Rücken in einem Körbchen lag, war eine Bauerstochter, und so sah sie auch aus. Nicht häßlich, keineswegs, aber kräftig, große Hände, große Füße, starke Unterarme, eiserne Waden, deren Muskeln sich bei jedem Schritt unter der straffen Haut abzeichneten. Sie hatte ganz kleine blaue Augen, die funkelten und beinah nicht mehr da waren, wenn sie lachte, und sie lachte dauernd, selbst wenn sie hätte weinen sollen. Als ihr kleiner Bruder, der jüngste, von einem Gaul einen Tritt bekam, der ihn gegen das Scheunentor schleuderte, so daß er zwei Tage später verstarb, da lachte sie schallend, bitter.

Sie hatte ihn großgezogen. Für ihn, das zehnte Kind, hatte die Mutter keine Kraft mehr gehabt. Nach seiner unerwünschten Geburt verweigerte sich die Mutter dem Vater, der schon vorher soff und schlug und dann noch mehr. Er schlug auch Sieglinde, seine Älteste, nachdem sie am Grab des kleinen Jungen gelacht hatte. Sie war nicht schwachsinnig, wie manche danach glaubten, aber weinen, das konnte sie nicht. Hätte sie es gekonnt, hätte sie vielleicht nicht wieder aufhört.

Eine Woche nach der Beerdigung des Jungen tötete der Vater eine der Schwestern. Ihren Kopf hatte er unter Wasser gehalten, bis sie schwieg. Sie war ihm zu laut gewesen. Nach der Tat schwieg die ganze Familie. Sie alle wußten es, doch keiner wagte, den Vater anzuzeigen. Wenige Tage später aber tötete er die Mutter im Suff mit dem Messer, mit dem er zu schlachten pflegte. Das war an einem Abend, nach einem Tag, an dem er ein Schwein geschlachtet und wie immer reichlich dem Schnaps zugesprochen hatte. Da hatte er ein paar gute Fleischstücke in einer riesigen Pfanne gebraten und die Kinderschar zum Essenfassen antreten lassen. Doch die Kinder hatten Angst gehabt, kannten den Vater, wußten, was geschehen würde, was immer geschah, wenn er so lachte und so brüllte. Diesmal hatte die Mutter sich ihm entgegengestellt, und er hatte zugestochen, nur einmal. Die Mutter war in Sieglindes Armen gestorben, ganz ohne letzte Worte, und der Vater hatte ihr die tote Mutter aus den Armen gerissen und gelacht, einfach nur gelacht. Sieglinde hatte die anderen Kinder aus dem Haus gejagt, übers Feld in das Wäldchen, und sie dort versteckt, war dann zu Müller gelaufen, zu seinem Haus ganz in der Nähe.

Müller hatte das Mädchen, sechzehn war sie damals, oft bemerkt, wenn er an ihrem Haus vorbei auf dem Rad zum Dienst fuhr. Beim Wäscheaufhängen hatte er sie gesehen, wenn sie sich streckte, und beim Unkrautjäten, wenn sie sich bückte. An diesem Abend weckte sie ihn aus einem Biergedöse, aber als sie vor ihm stand, in der Haustür, da war er sofort hellwach. Das schreiende Mädchen, das Blut auf ihrem Kleid, ihre Augen, die sie aufriß, wenn sie Luft holte nach dem irren Lauf über die Felder, das alles reichte ihm, um seine Waffe umzuschnallen und auch noch die Schrotflinte aus dem Keller zu holen. Er kannte den Vater.

Als sie am Haus ankamen, herrschte dort Totenstille. Müller hatte Sieglinde befohlen zu warten, weit weg an einer Eiche auf dem Feld, aber sie war ihm doch gefolgt und hatte gesehen, wie er neben ihrem Vater stand, der am Boden lag, das Messer in der Brust, neben der Mutter. Blut quoll ihm aus dem Mund, als er zu sprechen versuchte und ihm nur ein Gurgeln gelang.

Müller hatte sich vergewissert, daß die Mutter tot war, hatte dann den Vater auf den Anhänger des Traktors gelegt und war losgefahren, so schnell es der Traktor erlaubte. Sieglinde fuhr mit, saß auf dem Sitz über dem Rad und starrte in die Nacht, zwang sich, den Vater nicht anzusehen. Als sie endlich am Hospital Zum Heiligen Geist angekommen waren, da war auch der Vater tot. Die Ärzte konnten nichts mehr für ihn tun.

Eine Tante hatte sich der Kinder angenommen, eine Schwester der Mutter, die alleinstehend in W. gelebt hatte und in das Haus der acht Kinder übersiedelte. Sieglinde führte den Bauernhof, kommandierte die Geschwisterschar und lachte, lachte immerzu. Müller aber hatte in dieser Nacht sein Herz an Sieglinde verloren, und auch sie mochte ihn eigentlich, doch sie mied ihn, sprach nicht mit ihm, denn wenn sie ihn sah, dann sah sie die tote Mutter und den sterbenden Vater wieder vor sich. Sie fühlte sich ungerecht. War es denn nicht Müller gewesen, der ihr geholfen hatte, der sich sogar später noch dafür einsetzte, daß der Vater nicht in der Familiengruft beigesetzt wurde, neben der Mutter?

Einmal aber, da hatte sie doch mit Müller gesprochen, der so oft kam, fast täglich, und mit den Kindern spielte und mit der alten Tante scherzte und ihr, Sieglinde, nie zusetzte, sie in Ruhe ließ, nur höflich grüßte und nichts erwartete. Dieses eine Mal hatte sie ihn gebeten, sie zu einem Fest auf den nächsten Hof mitzunehmen, zu einem Polterabend. Er hatte sie mitgenommen, und sie hatte getrunken, bis sich alles drehte, und sie hatten miteinander geschlafen. Sieglinde konnte sich am nächsten Morgen an nichts erinnern, als sie aufwachten, auf einem Heuboden, sie mit hämmerndem Schädel, er zerknittert. Danach hatte sie Müller behandelt wie immer, abweisend, als sei nichts gewesen. Erst als die Regel ausblieb, ahnte sie, was passiert sein mußte, und als sie dann wußte, daß sie schwanger war, da sagte sie es Müller. Die Zunge hätte sie sich abbeißen mögen, aber sie sagte es ihm doch. Sie fragte ihn, was nun werden solle, wie er für ihr Kind sorgen wolle, ob er sie denn heiraten würde. Er sagte ja, und sie schlug auf ihn ein. Ein Vater – ein Mörder, so sah es aus in ihrem Kopf, und Müller war nicht der, der das hätte ändern können. Der häßliche Müller, der Klotz, der mit den Mörderpranken. Wieso hatte er denn nicht früher geholfen? War es denn für ihn, den Nachbarn, den Polizisten, nicht offensichtlich gewesen, was in ihrem Haus geschah? Was konnte das für einer sein, der tatenlos zusah?

Müller freute sich trotzdem, machte Pläne, wollte den Hof kaufen, der schon halb der Bank gehörte, wollte Sieglinde und die Kinder aufnehmen. Sieglinde jedoch verweigerte alles. Er aber dachte, es werde schon, und er bräuchte nur Geld, viel Geld, um alles möglich zu machen. Auch, um sie zu beeindrucken. Doch Sieglinde wollte seine Fernsehtruhe nicht sehen und auch die Waschmaschine nicht und nicht den Kühlschrank. Sie wußte ja auch nicht, warum sie mit ihm geschlafen hatte, dieses eine Mal, und er dachte, sie müsse ihn doch lieben, in ihrem tiefsten Inneren. Er wollte sie hüten, diese Liebe. Nach Amerika fahren, reich zurückkommen, mit offenen Armen empfangen werden, das war sein Traum. »Nach

Amerika? Dein Glück machen?« hatte Strauch gefragt und gelacht. »Hast du den Krieg vergessen? Du bist hundert Jahre zu spät dran, du Idiot!« Aber warum nicht auch hier reich werden, wo es Strauch gab und Möglichkeiten, so viele Möglichkeiten.

Ein Meer von Farbtupfern

Aldekerk hatte sich lange auf dem kleinen Klo seiner Apotheke eingeschlossen. Lange hatte er im Spiegel sein Gesicht betrachtet, sein zerschundenes Gesicht, hatte sich dann auf den Klodeckel gesetzt, den Kopf in den Händen, und hatte nachgedacht. Irgendwann aber hatte ihn das Fräulein im weißen Kittel aus seinen Gedanken gerissen. »Herr Aldekerk, es tut mir leid. Ich müßte mal – ganz dringend.« Also hatte er das Klo verlassen, hatte sich an ihr vorbeigedrückt und gemurmelt, daß er gehen müsse.

Als er dann von zu Hause aus versuchte, den Studenten anzurufen, war bei dem dauernd besetzt, und irgendwann begriff es das Fräulein vom Amt und sagte: »Ach, Herr Aldekerk, jetzt verstehe ich, Herr Küsters versucht ja die ganze Zeit, Sie anzurufen, und Sie versuchen, ihn anzurufen. Da muß ja besetzt sein. Ist das nicht komisch?« Aldekerk fand das nicht komisch, und endlich kam die Verbindung zustande.

Eine Viertelstunde später betrat Küsters die Villa Aldekerks. Die Eingangstür war angelehnt. Aldekerk saß im Wohnzimmer in einem der Ledersessel. Einen Schal hatte er sich um den verrenkten Hals geschlungen, und eine Sonnenbrille trug er, um das blaue Auge zu verbergen, das seinem Gesicht etwas sehr Verletzliches gab. Mit Bedacht hatte er Küsters nicht an der Tür empfangen, denn dort hatte er beim vorigen Mal sogleich die ersten Schläge einstecken müssen. Küsters kam also ins Wohnzimmer, und es war leicht zu erkennen, daß er erregt war, wütend. Doch noch bevor er etwas sagen konnte, sprach Aldekerk: »Ich habe Sie angerufen, um Ihnen einen Waffenstillstand vorzuschlagen. Wir haben einen gemeinsamen Feind, diesen idiotischen Kommissar. Wir sollten uns darauf konzentrieren, ihn loszuwerden, und alle Differenzen bis dahin zurückstellen.«

»So, meinen Sie?« sagte Küsters und setzte sich auf die Lehne eines Sessels. »Ich bin da nicht so sicher. Dieses Arschloch hat mir nämlich was sehr Interessantes erzählt.« Er beobachtete Aldekerk, der fragte: »Wollen Sie etwas trinken?«

»Ein Bier«, antwortete Küsters, und es klang wie ein Befehl.

Aldekerk stand auf, mit steifem Hals, und ging mit möglichst großem Abstand zu Küsters um den schweren runden Tisch mit den Dackelbeinen herum, aus dem Wohnzimmer heraus in die Küche, wo im Eisschrank Bierflaschen lagerten. Eine war schon geöffnet. Die nahm er mit und stellte sie mit einem Glas vor den Studenten auf den Tisch.

»Sie trinken nicht?« fragte Küsters.

»Nein, vormittags nie.«

»Trinken Sie«, sagte Küsters. »Und bringen Sie mir gleich noch eine Flasche.« Aldekerk gehorchte und machte sich zum zweiten Mal auf den Weg zum Eisschrank. Als er dort angelangt war, fiel ihm das Messer, das er sich in den linken Ärmel seiner Jacke gesteckt hatte, auf den Boden. Er fluchte leise – wenn ihm das vor Küsters passiert wäre. Es war ein großes Messer, ein scharfes Messer, das er wieder zurück in den Ärmel steckte.

Dann saßen sie in der mächtigen Sofagarnitur. Küsters war von der Armlehne auf den Sitz gerutscht und schien sich zu entspannen.

»Sie wollen also einen Waffenstillstand. Und was dann?« fragte er.

»Wir müssen uns etwas überlegen. Es geht um Eleonore. Wie gesagt, wir sollten alles andere zunächst zurückstellen. Zumindest, bis sie frei ist. Dann sehen wir weiter. Ich bin sicher, daß wir uns verständigen werden. Ihre Frau Mutter, das habe ich Ihnen schon gesagt, kann jederzeit wieder bei mir anfangen. Sicher werden wir uns auch finanziell einigen. Wenn Sie das neue Motorrad als erste kleine Geste des guten Willens ansehen könnten ...«

»Trinken Sie«, sagte Küsters, und Aldekerk nahm einen Schluck.

»Die Flasche auf ex«, verlangte Küsters, und Aldekerk trank tatsächlich, trank ergeben, gedemütigt, ohne Widerstand, bis er sich verschluckte und heftig husten mußte. Küsters lachte. »Holen Sie sich noch eine Flasche. Sie müssen trinken. Es ist heiß draußen, und in Ihrem Alter braucht man viel Flüssigkeit.« Wieder stand Aldekerk auf, und wieder holte er zwei Flaschen Bier. Schon zeigten sich erste rote Pünktchen auf seiner Stirn.

»Dieser Kommissar hat mir etwas erzählt, was mir nicht gefallen hat. Was mir gar nicht gefallen hat«, sagte Küsters, und sein abfälliges Grinsen kam ihm abhanden.

»So? Was denn?«

»Halten Sie die Klappe, wenn ich rede!« schnauzte der Student, und dann wieder ruhiger: »Er hat gesagt, daß Sie Eleonore heiraten wollen. Sie sollen schon das Aufgebot bestellt haben. Ihnen ist nur der ach so tragische Tod des Pfarrers dazwischengekommen. Und jetzt versuchen Sie sogar, Eleonore im Gefängnis zu heiraten.«

»Das hat er gesagt?«

»Das hat er gesagt.«

»Das ist völliger Blödsinn.«

»Es stimmt also nicht?« fragte Küsters ernst.

»Natürlich stimmt das nicht. Ich weiß nicht, wo dieser Idiot so etwas hernimmt. Oder hat er Ihnen vielleicht Beweise vorgelegt?«

»Nein, hat er nicht. Er hat mich angerufen. Aber trotzdem – ein letztes Mal. Es stimmt also nicht, Sie wollen Eleonore nicht heiraten?«

»Nein, ich will sie nicht heiraten«, sagte Aldekerk.

»Wenn Sie mich anlügen, dann sind Sie reif. Dann ist es aus mit Ihnen. Dann dauert es keine Stunde, bis jeder weiß, daß Sie gar kein Apotheker sind. Dann verlieren Sie alles. Die Vormundschaft über Eleonore, die Apotheke ... Und ins Gefängnis kommen Sie auch.«

»Wie oft wollen Sie diese Drohung noch wiederholen?« fragte Aldekerk gelassen.

»Sooft es mir Spaß macht.« Der Student grinste. »Und wenn Sie mich noch einmal unterbrechen ...« Er präsentierte die geballte rechte Faust. »Sie müssen zugeben, daß es dumm von Ihnen war, einen Abschluß der Uni in S. zu fälschen. Wer ist denn so blöd und fälscht einen Abschluß der Uni, wo er rausgeflogen ist? Ein Jammer, daß Sie in den Absolventenbüchern nicht vorkommen. Ein echter Jammer. Aber wo wir schon dabei sind, das Kriegsbeil zu begraben und Freunde fürs Leben zu werden – verraten Sie mir doch endlich, warum Sie rausgeflogen sind. Sie dürfen jetzt sprechen.«

Aldekerk räusperte sich. »Wenn Sie es unbedingt wissen wollen. Ich war der Beste meines Jahrgangs, mit Abstand der Beste, und natürlich hatte ich Neider. Viele Neider. Kleine, miese, unbegabte Studenten, die nur darauf aus waren, auf Kosten anderer ... Gut, und die haben mir etwas untergeschoben. Einen Diebstahl. Auf einmal fehlten Chemikalien in unserem Versuchslabor, und die fanden sich dann natürlich bei mir, und mir hat keiner geglaubt. Ich war ja immer der letzte, der das Labor verlassen hat.«

»Armer Onkel Aldekerk. Vom Leben gebeutelt.«

»Ich hätte den besten Abschluß gemacht. Ich war der Beste. Als ich mir das Zeugnis beschafft habe, habe ich mir nur genommen, was mir zusteht. Ich ...«

»Es reicht. Es reicht jetzt.« Küsters begann, sich zu langweilen.

»Ich habe meinen Beruf immer gewissenhaft und mit höchstem Einsatz ausgeübt. Es ist eine schreiende Ungerechtigkeit ...«

»Halt die Klappe!« Küsters war aufgesprungen, aber sogleich fiel er wieder in den Sessel zurück, griff sich mit beiden Händen an die Stirn, schloß die Augen, öffnete sie wieder und sah, wie das Zimmer vor ihm zerfloß, der Vormund zu einer bräunlichen schwabbelnden Masse wurde und sich alles um ihn herum ebenfalls in Farben auflöste. Seine Augen waren in ein Meer von Farbtupfern getaucht, die verschwammen, die sich drehten, schneller und schneller.

Der brennende Beichtstuhl

Maria war neben Smitz eingeschlafen, im Bett des Pfarrers, das für eine Person eigentlich viel zu groß war und daher auch etwas seltsam Unanständiges hatte, gerade weil es das Bett eines katholischen Pfarrers war. Smitz wußte nicht, wie spät es war, als er aufwachte, tief in der Nacht. Er hatte Durst und stand auf, leise und vorsichtig, denn er wollte Maria nicht wecken. Sie neben sich im Bett zu finden, hatte ihn zugleich gefreut und überrascht. In der Küche trank er mehrere Glas Wasser, und mit einem Mal kam ihm der Gedanke, in die Kirche zu gehen, dort einen Augenblick zu verharren und nachzudenken. Er hatte das Gefühl, die Lösung läge vor seinen Füßen, er müsse sich nur bücken, nur sein Rücken wollte sich noch nicht krümmen, aber bald, bald würde er wollen. Der Kirchenraum erschien vor ihm wie eine schwarze, undurchdringliche Wand. Mehrere Minuten mußte er warten, bis sich seine Augen an die Dunkelheit gewöhnten und er die Umrisse der Dinge erkannte. Ganz schwach war ihm. Er setzte sich in einen Beichtstuhl, dort wo der Pfarrer zu sitzen hatte, und obwohl das Holzbänkchen äußerst schmal und unbequem war, nickte er bald ein.

Nur Minuten später öffnete sich eine Seitentür der Kirche, durch die in früheren Zeiten die Gläubigen eingetreten waren, denn damals blieb die Öffnung des Hauptportals von St. Aposteln Feiertagen vorbehalten. Zwei schwarze Gestalten traten ein, zwei Männer, der eine riesig und schwankend, der andere kleiner, schmaler und sicheren Schritts. Der Riesige trug zwei Kanister, in denen eine Flüssigkeit schwappte. Wie Smitz zuvor warteten die beiden, bis sich ihre Augen an das Dunkel gewöhnt hatten. Sie sprachen nicht, aber der Riesige setzte die Kanister ab und nahm einen Zug aus einem Flachmann, nachdem der Schmale mit einem Kopfschütteln abgelehnt hatte. Dann gab der Riesige dem Schmalen einen der beiden Kanister und torkelte selbst zum anderen Ende der Kirche, wobei er sich hier und da an der Wand oder an einer Bank abstützte. Auf einen leisen Pfiff des Schmalen hin öffneten beide ihre Kanister und begannen, die Flüssigkeit überall dort zu verteilen, wo Holz war, im Gestühl, in den Seitenkapellen und natürlich im Altarraum. Der Schmale stieg sogar hoch zur Orgel. Bald stank die ganze Kirche nach Benzin. Der Riesige hatte noch einen Rest in seinem Kanister und ging zu den beiden Beichtstühlen an der linken Außenmauer der Kirche. Als er dort Smitz entdeckte, erschrak er furchtbar und ließ den Kanister fallen, der scheppernd auf den Steinboden schlug. Smitz grunzte einmal, schlief aber weiter, und der Riesige schlich auf Zehenspitzen zu dem Schmalen. »Er ist hier, er ist hier«, zischte er dem Schmalen zu.

»Wer?« zischte der Schmale zurück.

»Smitz.«

»Was?«

»Smitz. Er sitzt im Beichtstuhl und schläft.«

Der Schmale glaubte das nicht, überzeugte sich selbst und kam zurück, die Schuhe benzingetränkt, denn er war durch mehrere Lachen gelaufen.

»Umso besser. Umso besser«, flüsterte er. »Zwei Scheißfliegen mit einer Klappe.«

»Aber ...«

»Du wartest hier. Du bist ja viel zu besoffen.« Und der Schmale eilte davon, zur Sakristeitür, in deren Schloß er keinen Schlüssel fand, bei der es ihm aber gelang, in Windeseile die Klinke abzuschrauben. Dann weiter, so leise es ging, in die hinterste Ecke der Kirche, wo er ein Streichholz entzündete und in eine Benzinlache warf. Sofort schlugen die Flammen hoch. Viel schneller, als es der Schmale erwartet hatte. Seine Schuhe fingen Feuer, und er rannte los, verteilte mit den brennenden Schuhen das Feuer auf dem Weg zum Riesigen, der sich die Jacke vom Leib riß und damit die Flammen löschte, die sich schon die Hosenbeine des Schmalen hochschlängelten. Dabei verbrannte der Riesige sich die Hände, spürte es aber kaum, besoffen und aufgeregt wie er war.

»Raus!« Der Schmale erreichte die Seitentür als erster, und der Riesige schlug sie hinter sich zu, erleichtert, und schloß von außen ab.

Eine Anwohnerin bemerkte den Brand zuerst, eine alte Frau, die des Nachts oft nicht schlafen konnte und dann im Fenster lag und zu den Sternen hinaufsah. Hinter den Kirchenfenstern hatte sie Flammen lodern sehen und war losgelaufen, so schnell sie konnte, doch sie konnte nicht schnell wegen eines Oberschenkelhalsbruchs im vergangenen Winter, als der Nachbar nicht gestreut hatte. Endlich erreichte sie das Zimmer ihres Untermieters am Ende des Flurs, eines Bäckergesellen, der ohnehin bald hätte aufstehen müssen, und schickte ihn zu der neuen Polizei- und Feuerwehr-Meldesäule, die es erst wenige Wochen gab, gleich neben dem Rathaus, zwei kurze Gassen entfernt.

Erst als der rote Vorhang des Beichtstuhls schon Feuer gefangen hatte, wachte Smitz auf. Um sich herum sah er ein Flammenmeer und glaubte, noch zu träumen. Die Bankreihen brannten lichterloh, von der Orgel schlugen die Flammen zur Decke empor, und im Altarraum züngelten sie schon bis hoch zu den Füßen des gekreuzigten Jesu. Auch Smitz war barfuß, und als er endlich begriff, daß er nicht träumte, da rannte er los, im Zickzack zwischen den Flammen hindurch, bis zur Tür der Sakristei. Die Türklinke war weg. Er versuchte, die Tür trotzdem zu öffnen, krallte seine Finger zwischen Tür und Rahmen, zog, riß ein Stück Holz ab, und Splitter drangen in seine Fingerkuppen, aber die Tür blieb zu, und die Flammen kamen näher. Auch wurde der Rauch immer dichter, und Smitz mußte husten. Er versuchte noch einmal, die Tür zu öffnen, aber vergeblich. Also rannte er weiter, zur nächsten Tür, die aber auch verschlossen war. Noch weiter ging es nicht, denn die Flammen versperrten ihm den Weg, und schon stürzte der erste kleine Altar in einer der Seitenkapellen in sich zusammen, und Smitz sah nur noch einen Ausweg, wenn ihm denn die Luft reichen würde: ein Fenster. Mit der Kraft der Panik wuchtete er eine Heiligenfigur, es war der Heilige Blasius, hoch und schaffte es tatsächlich, auf einem Stuhl stehend mit dem Kopf des Heiligen ein Loch in das Kirchenfenster einer Seitenkapelle zu stoßen, wobei er eine Schäferszene zerstörte. Ein Hustenanfall brachte ihn aus dem Gleichgewicht, so daß er vom Stuhl fiel, immer noch Sankt Blasius in den Armen, mitten auf einen brennenden Teppich, der vor dem Altar der Kapelle lag. Sein Nachthemd fing Feuer, und er riß es sich vom Leib. Es gelang ihm, den brennenden Teppich aus der Kapelle zu ziehen, das Betbänkchen bis an die Wand unterhalb des Fensters zu schieben und darauf zu klettern. Gerade als das große Kruzifix umfiel und auf den Hauptaltar schlug, wobei der Kopf Jesu abbrach, zwängte sich Smitz durch das Loch im Fenster, und Glassplitter bohrten sich in seinen Bauch. Dann hing er in zweieinhalb Metern Höhe, halb in der lauen Sommernacht, halb in der brennenden Kirche, versuchte noch, sich zu drehen, um nicht kopfüber zu fallen, was aber mißlang, und stürzte auf das Pflaster.

Maria erwachte erst, als unterm Fenster des Schlafzimmers der Spritzenwagen der freiwilligen Feuerwehr hielt, mit Martinshorn und Blaulicht. Sie sprang aus dem Bett, rief: »Balthasar! Wo bist du?!«, warf sich den Morgenrock über und lief durch die Zimmer des Pfarrhauses. Balthasar war nicht da, aber die Tür zur Sakristei stand offen, obwohl sie eigentlich immer geschlossen war, aus Ehrfurcht vor der Sakristei. Maria lief weiter durch die Sakristei zur Tür, die in die Kirche führte, doch die konnte sie nicht öffnen, weil die Klinke fehlte, und sie spürte durch das Holz hindurch die Hitze des Feuers. Ihr erster Gedanke war, daß Balthasar in der Kirche sein mußte, doch auf dem Weg nach draußen zu den Feuerwehrleuten überlegte sie, daß er vielleicht nur einen Nachtspaziergang mache und daß die Klinke von allein rausgefallen und Balthasar sicher nichts zugestoßen sei. Und schließlich, daß sie sich alles schöndächte, denn es mußte etwas passiert sein, etwas mit Balthasar.

»Da ist jemand drin! Da ist jemand drin!« brüllte sie. Die Feuerwehrleute, die gerade ihre Schläuche an den Hydranten angeschlossen hatten, sahen sie ungläubig an, und der Feuerwehrhauptmann stürzte auf sie zu. »Wie bitte? Da ist jemand drin?«

»Ich glaube schon! Der Kommissar! Balthasar Smitz! Er ist nicht in seinem Bett! Und die Sakristeitür war offen!«

Der Feuerwehrhauptmann rief zwei Männer herbei und schickte sie ins Pfarrhaus, auf daß sie durch die Sakristei in die Kirche eindrängen. Sie nahmen Atemschutzmasken und Äxte mit, kamen aber gleich wieder zurück und berichteten, daß man nicht mehr in die Kirche könne und daß das Feuer auf das Pfarrhaus überzugreifen drohe.

Im selben Augenblick rief jemand: »Hier liegt einer! Hier liegt einer! Sanitäter zu mir!« Smitz war gefunden und Maria schneller bei ihm als der Sanitäter. Er lebte, soviel war sicher, denn er lächelte, als er Maria sah, und murmelte: »Wäre ich nur im Bett geblieben.«

Vom Flachdach eines Hauses, das sich in den Zwanzigern ein Architekt hatte bauen lassen und das damals so gar nicht in die Runde der alten Häuser, die die Kirche umgaben, gepaßt hatte, beobachteten zwei Gestalten das Spektakel auf dem Kirchplatz. Der Riesige und der Schmale, Müller und Strauch. Sie sahen, wie Smitz gefunden wurde, wie er Marias Hand ergriff, als sie neben ihm kniete, wie man ihn bald auf eine Trage hob und in einen Krankenwagen schob, in den auch Maria einstieg. Vielleicht hatten sie sogar sein Lächeln gesehen, als er Maria erkannte. Nein, das wohl doch nicht, zumindest Müller nicht, denn der war nun schon volltrunken.

»Scheiße!« sagte Strauch. »Verdammte Scheiße!«

»Was willst du denn?« lallte Müller. »Ist doch alles in Ordnung. Alles ist weg. Wie geplant. Mensch, Friedrich. Wie geplant. Alles ist weg. Und wer war es? Wer war es? Der Feuerteufel. Soll Smitz ihn doch jagen, den Feuerteufel. Alles ist weg.«

»Halt die Fresse«, herrschte Strauch ihn an, aber Müller sprach weiter: »Red bitte nicht so mit mir. Wir sind doch Freunde. Ich meine ... Du sollst nicht so mit mir reden. Weil ...«

»Sei endlich still und duck dich. Die sehen uns noch.«

»Nein, wirklich, Friedrich, so sollst du mit mir nicht reden.«

»Wenn du nicht endlich ...«

»Friedrich, wir können gute Freunde sein, aber nicht so. Nein, wirklich ...«

»Jetzt halt verdammt noch mal die Fresse! Willst du alles kaputtmachen, du Idiot?!«

Müller seufzte, er verstand nicht mehr so ganz, vergaß die Sätze, kaum daß sie gesprochen waren, hatte schon zu viel getrunken, und außerdem war die Schnapsflasche leer.

»Friedrich, ich brauche noch was zu trinken.«

»Du bekommst gleich was zu trinken. Gleich.« Strauch starrte hinunter auf den Kirchplatz, auf die Kirche, durch deren Dach jetzt schon die Flammen schlugen. Das bißchen Wasser, das aus den Feuerwehrschläuchen kam, brachte gar nichts.

»Brennt herrlich, was? Hat wunderbar geklappt«, sagte Müller.

»Wunderbar geklappt? Verdammte Scheiße, Smitz lebt!«

»Aber wir wollten doch eigentlich sowieso nicht ...« Müller fuhr sich mit den Fingern über den Hals, dort wo ihn eine Guillotine durchtrennen würde.

»Ja, aber jetzt, jetzt haben wir ... Wenn der dahinter kommt ...«

Strauch zerrte Müller mit sich, bis zu der Luke, durch die man über eine Leiter ins Treppenhaus gelangte. Ihm gehörte die Wohnung unmittelbar unter dem Flachdach, im dritten Stockwerk, in die er Müller schob, bis zum Sofa. Er machte kein Licht, öffnete eine Schnapsflasche und drückte sie Müller in die Hand.

»Komm«, nuschelte Müller mit einer Zunge, die zu groß für seinen Mund zu sein schien, »laß uns auf mein Mädchen anstoßen, mein kleines Töchterchen, mein klitzekleines Töchterchen. Sie ist ganz winzig, gerade mal so groß wie eine Schnapsflasche.«

»Hast du sie gesehen?« fragte Strauch.

»Ja. Natürlich.«

»Wo?«

»Wo? Im Krankenhaus natürlich.«

»Hast du sie in den Händen gehalten?«

»Nein. Sie lag doch in dem Körbchen, hinter dieser Glasscheibe. Das weißt du doch.«

»Und Sieglinde hat nicht mit dir gesprochen?«

Müller blinzelte Strauch an, Wasser stand in seinen Augen. »Nein, ich glaube nicht. Ich weiß es nicht mehr ...« Er setzte die Flasche an den Hals, leerte sie halb, keuchte, spuckte sogar einmal aus, auf Strauchs Teppich, aber Strauch beschwerte sich nicht. Er sagte: »Sie ist deine Tochter. Du mußt um sie kämpfen.«

»Ja. Ich werde um sie kämpfen. Du wirst schon sehen. Ich werde um sie kämpfen. Die werden mich noch alle kennenlernen. Kennenlernen werden die mich. Jawohl!«

Wenige Minuten später hatte er die Flasche geleert und drohte einzuschlafen. Strauch schüttelte den schweren Mann, so gut er konnte. »Matthias, du mußt aufstehen. Du mußt aufstehen.«

»Warum denn?« lallte der mit geschlossenen Augen.

»Wenn die dich hier finden ... Du mußt nach Hause, ins Bett. Und vergiß nicht, du warst die halbe Nacht bei Kitty im Paradiso. Bis vier Uhr. Dann bist du besoffen nach Hause gefahren, auf dem Rad.«

»Bei Kitty im Paradiso ... Aber wenn Sieglinde das hört ... Ich meine ...«

»Du brauchst bestimmt kein Alibi, aber wenn – auf Kitty ist Verlaß.«

»Kitty ... Bis vier Uhr«, seufzte Müller und ließ den Kopf auf die Brust fallen. Er war hinüber.

Strauch packte ihn unter den Armen, mit dem Griff eines Rettungsschwimmers, und zog ihn langsam durch die Wohnung bis zur Tür, angeekelt von der Feuchtigkeit seiner Achselhöhlen. Dann ging es die Treppe hinab. Das Haus war leer, eine Wohnung nicht vermietet, die Familie im Erdgeschoß im Urlaub und der Junggeselle im zweiten Stock auf Dienstreise. Das traf sich gut.

Strauch ächzte. Müller stank, war fett, schwer, widerlich, und dann vertrat Strauch sich an einer Stufe den Fuß. Ein Schmerz stach ihm ins Gelenk, und vor Wut brüllte er und riß Müller mit aller Kraft hoch und gab dem besinnungslosen Koloß einen Stoß, so daß er hart die Steintreppe hinunterstürzte, die letzten sechzehn kantigen Stufen, die eine leichte Kurve beschrieben.

Die Feuerwehr stand auf der anderen Seite der Kirche, und so war es ein leichtes, Müller, der offenbar noch lebte, bis zur bekannten Seitentür der Kapelle zu schleifen, zu kontrollieren, ob der Bewußtlose den Kirchenschlüssel noch in seiner Tasche hatte, und ihn dann dort liegenzulassen. Vielleicht würde er sterben, wegen des Alkohols oder wegen des Sturzes. Umso besser. Ihm, Strauch, würde man nichts anhängen können, dafür würde er schon sorgen.

Wie ein Held

»War gestern Vollmond? Oder Walpurgisnacht?« fragte Dietrich, der Sanitäter, als er den jungen Mann mit dem Ziegenbärtchen auf der Trage in den Rettungswagen schob.

»Wieso?« wollte sein Kollege Gustav wissen und ließ den Motor an.

»Wieso? Ja, weil das heute schon der zweite ist, den wir von der Straße abkratzen. Erst dieser Kommissar und jetzt der hier.«

»Stimmt«, antwortete Gustav und raste mit quietschenden Reifen los.

»Fahr nicht so schnell«, sagte Dietrich. »Vielleicht finden wir ja noch einen.«

»Fahr ich oder fährst du?« fragte Gustav.

Als Smitz am frühen Vormittag aufwachte, wagte er nicht, die Augen zu öffnen, weil er sich erinnerte, was er bei der Gelegenheit das letzte Mal gesehen hatte. Eine Fliege setzte sich auf seine Stirn, und er wollte sie verscheuchen, aber er konnte seinen rechten Arm nicht bewegen. Da öffnete er dann doch die Augen und sah seine Arme, den einen eingegipst, den anderen verbunden. Neben dem Bett saß Maria mit verweinten Augen und lächelte ihn mild an. Er lächelte zurück und fühlte sich gar nicht so schlecht, denn sie hatten ihm Morphium gegeben, gegen die Schmerzen. Immerhin hatten sie ihm siebzehn Glassplitter aus dem Bauch ziehen müssen, und mehrere davon steckten tief.

Kaum hatte Maria begonnen, vom Brand zu erzählen

und davon, wie er gefunden worden war, da öffnete sich die Tür des Krankensaales und ein Bett wurde hereingeschoben, darauf ein junger Mann, weiß wie Kalk. Smitz erkannte ihn sofort: »Küsters!« rief er, »Halt!« Und als die Schwester, die das Bett schob, nicht reagierte: »Halt, verflucht noch mal. Ich habe Halt gesagt.«

»Was wollen Sie denn? Schreien Sie hier nicht so rum!« fuhr die Schwester ihn an, und Maria nahm seine Hand, um ihn zu beruhigen, aber er ließ sich nicht beruhigen. »Schieben Sie ihn hierher! Schieben Sie ihn hierher!«

»Nein, er kommt ans Fenster«, sagte die Schwester.

»Nein, hierher! Ich muß mit ihm sprechen!«

»Ihm ist gerade der Magen ausgepumpt worden, und Sie wollen mit ihm plaudern?« Die Schwester schob das Bett weiter bis zum Fenster, marschierte aus dem Zimmer, und als sie aus der Tür war, tippte sie sich an die Stirn. Smitz aber sah Maria scharf an. »Schieb mich neben ihn«, sagte er.

»Aber Balthasar. Du mußt dich jetzt ausruhen. Du bist krank. Das Fieber. Du mußt gestürzt sein. Was hast du denn eigentlich in der Kirche gemacht?«

Smitz hörte ihr nicht zu. Er versuchte, aus dem Bett zu kommen, die Beine waren schnell draußen, aber er bekam den Oberkörper nicht hoch, weil Maria ihn auf das Kissen drückte. »Balthasar, du darfst nicht ...«

»Laß mich. Ich muß. Es geht um Leben und Tod. Ich ...« Sie sah, daß sie ihn nicht zurückhalten konnte, und half ihm also, hielt ihn, stützte ihn, bis er das Bett des Studenten erreicht hatte, der mit offenen Augen dalag, wie in Trance.

»Küsters, was ist passiert?« Als der nicht antwortete, packte Smitz ihn mit seiner verbundenen Hand an der Schulter und schüttelte ihn, und als auch das nicht half, gab er ihm mit seinem Gipsarm einen leichten Kinnhaken. Der Blick des Studenten wurde klarer.

»Küsters, was ist passiert?« Der Student schien Smitz nicht sofort zu erkennen, er überlegte. »Ich ... Herr Kommissar?«

»Ja, ich bin es. Was ist passiert?«

»Diese Sau wollte mich umbringen. Ich ...«

»Wer? Wer wollte Sie umbringen?«

»Aldekerk. Aldekerk. Wer denn sonst. Ich habe mich ... Ich weiß nicht mehr. Irgendwie bin ich da rausgekommen. Dann habe ich mich versteckt. Hinter einer Mülltonne, glaube ich. Und dann ist es dunkel geworden. Ich weiß nicht mehr.«

»Und Aldekerk? Was ist mit ihm?«

»Woher soll ich das wissen? Der wollte mich umbringen.« Küsters Hände waren dick verbunden, und die Binden färbten sich an einigen Stellen schon wieder rötlich. Aldekerk mußte zugestochen und Küsters die Stiche mit den Händen abgewehrt haben.

Maria hatte den Herrn Professor gerufen, den Chefarzt, einen ältereren Mann mit aufgequollenen Tränensäcken, der Smitz lustlos aufgefordert hatte zu bleiben. »Bleiben Sie«, hatte er mit gefalteten Händen gesagt und sich dabei weit vorgebeugt. »Oder ich kann keine Verantwortung übernehmen. Ich rate Ihnen, bleiben Sie.«

»Ich kann nicht. Es geht um Leben und Tod, Herr Doktor.«

»Ich habe vergessen, mich vorzustellen. Professor Dressner.«

»Von mir aus auch Professor, aber es geht trotzdem um Leben und Tod. Wo sind meine Sachen?«

Maria antwortete nicht, aber Smitz war schon zum Schrank gehumpelt, diesmal eher gehumpelt als gehinkt, und das Morphium wirkte Wunder, denn seine verbrannten Füße waren eigentlich auch zum Humpeln kaum mehr geeignet.

In der Pförtnerloge bemächtigte sich Smitz des Telefons. Pförtner Böckler leistete keinen Widerstand, und Smitz rief die Polizeiwache an. Niemand meldete sich. Da rief er die Feuerwehr an und verlangte, daß man ihn abhole und zu Aldekerk fahre. Ein Notfall. Maria hatte ihm den rechten Hemdsärmel aufgerissen, so daß er das Hemd trotz des Gipses anziehen konnte, das Jackett hatte sie ihm über die Schultern gelegt, in seine Schuhe hatte er sich hineingezwängt, anstelle von Socken trug er Verbände, sein Gesicht war zerschunden, aber irgendwie, irgendwie gefiel er Maria auch so. Verwegen sah er aus, wie ein Held aus einem Kinofilm, einer, der gegen das Böse kämpft und dabei tüchtig einstecken muß.

Aldekerk öffnete nicht, und Smitz hatte keine Geduld und befahl bereits nach wenigen Sekunden, die Tür aufzubrechen. Der Feuerwehrhauptmann, der ihn schon nicht gerne hergefahren hatte in dem kleinen Mannschaftswagen, räusperte sich und versuchte, einen Einwand vorzubringen, aber Smitz kanzelte ihn ab. Es sei Gefahr in Verzug, die Tür müsse sofort geöffnet werden. Der Feuerwehrhauptmann schlug vor, von hinten ins Haus einzudringen, durch die Terrassentür, wo man vielleicht nur eine kleine Glasscheibe einschlagen müsse. Man könne vielleicht ... Smitz ließ ihn stehen, humpelte ums Haus und merkte da erst wieder, daß er seine Hände kaum benutzen konnte.

»Kommen Sie her!« rief er, und der Feuerwehrhauptmann kam und schlug eine Scheibe der Terrassentür ein, mit betretenem Gesicht.

»Sie warten draußen«, befahl Smitz. »Herr Aldekerk?« rief er und ging vorsichtig durch die Küche, wo auf dem Tisch mehrere Bierflaschen standen, zwei noch halbvoll, von da aus in den Flur und dann ins Wohnzimmer. Jetzt hätte er zu gerne seine Parabellum dabeigehabt.

Smitz stieß die Tür des Wohnzimmers auf. Die Fensterläden waren geschlossen, es war halbdunkel im Zimmer, und dort im Halbdunkel saß Aldekerk in seinem Lieblingssessel. Sein Kopf war nach hinten gefallen, hing unnatürlich gestreckt über die Lehne, und vor ihm auf dem Tisch standen ein leeres Glas Wasser und ein durchsichtiges Plastikröhrchen ohne Aufschrift, darin zwei kleine hellblaue Kapseln. Daneben lag ein Revolver. Aldekerk war tot.

Smitz war nicht überrascht, aber doch betroffen, mehr als er es war, wenn er einen Toten vorher nicht gekannt hatte. Aber so – dieser Tote da hatte ihn angebrüllt, hatte ihn beim Sprechen angespien, und jetzt, jetzt war er nur noch tot. Smitz berührte ihn an den Handgelenken, am Hals. Kein Zweifel. Aber warm war er noch, ein bißchen warm, und der Kopf war unversehrt, den Revolver hatte er nicht benutzt, wohl nur eine der kleinen hellblauen Kapseln.

Smitz setzte sich in einen Sessel und gähnte. Seltsam, daß er den Geruch verbrannten Papiers nicht bemerkte. Als vorletzte Tat hatte Aldekerk sein falsches Apothekerzeugnis dem Feuer übergeben, hatte es so lange mit zwei Fingern gehalten, bis die Flamme diese zu verbrennen drohte, hatte es dann fallenlassen, auf den Teppich, und ausgetreten. Einmal noch hatte er bitter gelacht über den kleinen Schmerz an den Fingern, der ihm selbst vor dem großen Tod noch zuviel war.

Während Smitz auf den Wagen wartete, der die Leiche abholen sollte, untersuchte er das Haus und ging auch in die Garage, wo der Mercedes Benz 180 D stand, das Prachtstück, in dessen Kofferraum er einen Spaten fand, Arbeitsstiefel, Handschuhe und eine Plastikplane. Der Feuerwehrhauptmann machte große Augen, als Smitz ihm darlegte, Aldekerk habe den Studenten Küsters vergiften wollen, um ihn dann irgendwo zu verscharren. »Das kann nicht sein«, sagte der Feuerwehrhauptmann, und Smitz ließ ihn stehen und machte sich auf die Suche nach einem Abschiedsbrief, fand aber keinen.

»Was für ein Tag«, sagte Dietrich, der Sanitäter, als er kam, die Leiche zu holen, denn der örtliche Leichenbestatter hatte sich geweigert, das zu tun. Aldekerk war sein Erzfeind nach einer unschönen Szene, die sich zu den nun schon fernen Zeiten zugetragen hatte, als der Apotheker noch Mitglied des Schützenvereins gewesen war.

»Was für ein Tag«, wiederholte der Sanitäter, und Smitz fragte: »Wieso?«

»Erst Sie, gut, das war letzte Nacht, aber immerhin, dann dieser Oscar Küsters, dann noch der Müller und jetzt der hier. Also, wenn das kein toller Tag ist, dann weiß ich es nicht.«

»Müller?« fragte Smitz. »Was ist mit Müller?«

»Wissen Sie das noch nicht? Den haben wir auch gefunden, auch bei der Kirche, so wie Sie. Der ist jetzt im Krankenhaus.«

»Zum Krankenhaus, schnell!« rief Smitz dem Hauptmann zu. Der murmelte, er sei doch kein Chauffeur, gehorchte aber.

Als Smitz durch den Flur humpelte, zu dem Zimmer, in dem Müller nach Auskunft des Pförtners liegen sollte, rutschte ihm sein Jackett von der Schulter und fiel auf den Boden. Er versuchte, es wieder aufzuheben, aber er konnte sich wegen der Schnitte im Bauch kaum bücken, und allmählich ließ auch die Wirkung des Morphiums nach. So schob er das Jackett mit dem Fuß zur Seite und humpelte weiter, bis zu Müllers Zimmer 13 a, in dem gerade Chefarzt Professor Dressner seine Untersuchungen durchführte.

»Sie können hier nicht rein«, sagte der Professor und kniff die Augen zusammen, so daß sich seine Tränensäcke dick aufblähten.

»Ist er bei Bewußtsein?« fragte Smitz.

»Ja, aber gehen Sie jetzt bitte.«

»Smitz.« Müllers Stimme klang wie aus den Tiefen der Hölle.

»Ja, Müller?«

»Smitz, verhaften Sie Strauch. Er hat mich so zugerichtet. Ich ...« Müller mußte würgen, es war ja nicht nur der Sturz, er hatte zudem eine Alkoholvergiftung.

»Bitte, die Herren«, sagte der Professor, und »die Herren« mußte er sich aus dem Munde zwingen.

»Nein, Herr Professor, lassen Sie mich ... Nur einen Augenblick.« Müller hatte nach dem Kittel des Professors gegriffen, und der schaute entrüstet und machte sich los.

»Aber nur kurz. Und ich bleibe hier. Ich kann es nicht verantworten, meinen Patienten jetzt allein zu lassen.«

Smitz trat an das Bett, zu Müller, dessen linkes Auge zugeschwollen war. Die Nase war gebrochen, die Unterlippe eingerissen, und zwei Vorderzähne hatte er verloren. Aber sonst, abgesehen von der Alkoholvergiftung, die auch nur halb so wild war, denn er war ja abgehärtet, sonst hatte er lediglich ein paar Prellungen, zum Beispiel zweier Rippen, aber keine Brüche, und die Hände hatte er sich verbrannt, als er Strauchs Schuhe und Hose gelöscht hatte. Smitz bemerkte sofort den speziellen Brandverband an den Händen des Polizisten.

»Smitz, starren Sie doch nicht so«, sagte Müller schwach. »Ich erzähle Ihnen ja alles. Ich ... Ich wollte den Strauch aufhalten, als der die Kirche anzünden wollte. Der hat mich aber eine Treppe runtergeworfen. Sie wissen doch, ich bin gestern Vater geworden, da habe ich ein bißchen gefeiert. Dann hat der mich neben die Kirche gelegt und alles abgefackelt. Und ...«

»Müller, Sie sind verhaftet. Sobald sie transportfähig sind, werden Sie nach S. ins Untersuchungsgefängnis überstellt.« Smitz schüttelte verständnislos den Kopf.

»Smitz, Sie machen einen Fehler. Der Strauch, der ist gefährlich. Der ist wahnsinnig. Der wollte mich umbringen. Sie müssen den sofort verhaften, bevor noch ein Unglück geschieht«, jammerte Müller, doch Smitz hatte sich schon zum Professor gewandt: »Sagen Sie mir nach Ihrer Untersuchung bitte, ob er transportfähig ist.« Der Professor nickte knapp. Müller aber geiferte: »Sie müssen mir schon sagen, was Sie mir vorwerfen, großer Meister!

Großes Arschloch!« Smitz sah ihn an und sagte: »Kirchenraub und Brandstiftung.«

»Das müssen Sie erst mal beweisen!« rief Müller ihm nach, als er aus dem Zimmer humpelte, aber das war jetzt Smitzens kleinste Sorge. Es würde sich schon noch was finden, bei Müller oder bei Strauch, und außerdem sangen solche Typen spätestens nach einer Woche ohne Schnaps.

Schwäche überfiel ihn, und beinah wäre Smitz auf dem Flur zu Boden gegangen. Mit Mühe konnte er sich auf einen Stuhl retten. Eine Schwester fand ihn, und Minuten später lag er wieder in einem Bett, nun in einem Einzelzimmer, und neben ihm saß Maria auf dem Besucherstuhl, erleichtert, daß er nicht mehr herumlief. Er klagte über Schmerzen, und ein Assistenzarzt gab ihm eine weitere Morphiumspritze.

Kaum war das geschehen, traten drei Männer ins Zimmer, die Inspektoren Rosbers, Schlauk und Kamp. Die drei grüßten, und Rosbers rief: »Hauptsache, Sie leben noch, Herr Kommissar! Nach allem, was hier passiert ist. Ist doch nicht etwa was schiefgelaufen, oder?« Er machte Kunstpausen zwischen den einzelnen Sätzen, in denen er Smitz zuzwinkerte, der aber keineswegs zurückzwinkerte, sondern mit einer Schärfe, die Maria ganz fremd war, Rosbers und Schlauk befahl, Hausdurchsuchungen bei Aldekerk, Küsters, Strauch und Müller sowie in der Polizeiwache durchzuführen, heute noch. »Aber wie sollen wir das schaffen, wir ...« klagte Rosbers, während Schlauk schwieg.

»Rosbers!« sagte Smitz, »wenn Sie sich überfordert fühlen, dann sagen Sie das bitte. Ich werde diese Selbsteinschätzung gerne in Ihrer Personalakte vermerken lassen. Ich war in Ihrem Alter bereits Kommissar, aber so weit werden Sie es ja wohl nie bringen.« Smitz wußte, worauf Rosbers ansprang.

Kamp mußte Müller bewachen und den Studenten. Die beiden hatte Smitz zusammen in ein Zimmer im obersten Stock legen lassen, aus dem keine Flucht möglich war.

»Übrigens, der Chef möchte Sie sehen. An Ihrer Stelle würde ich noch heute nach S. fahren. Er hat ein bißchen getobt«, sagte Rosbers, bevor er mit Schlauk abzog, und er zwinkerte schon wieder.

Hat mich sehr gefreut

Smitz hatte mehrere Stunden geschlafen, und Maria wachte über ihn, wehrte sogar Hilpert ab, der natürlich den Kommissar interviewen wollte. Ganz aufgekratzt war er gewesen, hatte die Zähne gefletscht und Maria angefleht, ihn zu Smitz zu lassen, ihr dann aber gedroht, sogar versucht, sie von der Tür wegzudrängen, doch Maria hatte ihm einen Stoß versetzt, so daß er auf sein Gesäß fiel und sich noch den Kopf anstieß an einem Krankenbett, das auf dem Flur stand. Maria hatte sich ins Zimmer geflüchtet und den Schlüssel umgedreht.

Am späten Nachmittag erwachte Smitz und wollte sofort den Professor sprechen. Es war nicht leicht, diesen zu bewegen, Müller und Küsters für transportfähig zu erklären, doch schließlich hatte Smitz ihm klarmachen können, daß es sich um Verbrecher handele, vor denen das Hospital zum Heiligen Geist erst wirklich sicher sei, wenn sie hinter Schloß und Riegel säßen. Er, Smitz, habe in K. nicht genug Leute, um diese beiden Verbrecher rund um die Uhr in einer Weise zu bewachen, die jeden Fluchtversuch ausschließe. Was, wenn sie fliehen würden? Wolle er, der Herr Professor, dafür die Verantwortung tragen? Da er mit den beiden auch Smitz loswurde, hatte der Professor endlich zugestimmt.

Bleich und zerknittert lehnten Müller und Küsters in der Abendsonne an einem der beiden Polizeiwagen, mit denen die drei Inspektoren hergekommen waren, und Kamp lehnte zwischen ihnen, hatte sich Müller an das eine und Küsters an das andere Handgelenk gekettet. Die drei beobachteten Smitz und Maria, die wenige Meter entfernt standen, um sich zu verabschieden. Ein Abschied, wie Maria ihn sich nicht vorgestellt hatte. Smitz reichte ihr die verbundene Hand. Sie war irritiert, wußte nicht, was sie tun sollte, griff nicht nach der Hand, sah Smitz bittend an, der aber schielte zu den anderen, besonders zu Müller, der schon wieder sein Hemd durchgeschwitzt hatte, und er sagte: »Auf Wiedersehen, Frau Hetjes. Und vielen Dank für alles. Vielleicht sehen wir uns ja einmal wieder.« Als Maria nicht reagierte, weil sie nicht wußte wie, fügte er noch hinzu: »Hat mich sehr gefreut.«

Smitz war aschfahl, und Maria erinnerte sein Aussehen an den Heiland, nachdem man ihm die Dornenkrone abgenommen hatte.

»Dein ... Ihr Koffer? Er steht noch im Pfarrhaus«, sagte sie, und so entschied Smitz, am Pfarrhaus vorbeizufahren. Dort raffte er mit Marias Hilfe seine Sachen zusammen, achtete auch nicht mehr darauf, daß die Anzüge ordentlich gefaltet waren. Dann kam endlich der Augenblick, in dem sie voreinander standen, allein, im Flur beim Fenster, Marias Gesicht in der Sonne, seins im Schatten, und er sah Tränen in ihren Augen.

»Nicht weinen, bitte, Maria.«

Sie weinte aber doch und umarmte ihn. »Werden wir uns wiedersehen?«

»Aber ja.«

»Das sagst du so. Das hast du bestimmt schon hundertmal gesagt. Und ich ...«, sie wurde zornig, »und ich bin darauf reingefallen. Und in S. erzählst du deinen Freunden, was für eine dumme Gans ich gewesen bin. Ich ...«

»Aber nein, Maria, hör doch bitte. Ich muß jetzt zurückfahren. Sieh mich doch an. Ich muß zurück. Ich werde dich anrufen, morgen schon. Versprochen. Darauf kannst du dich verlassen.«

»Liebst du mich?« fragte Maria, und Smitz gab ihr einen Kuß und ging.

Draußen vor dem Pfarrhaus war nun auch Adolf Hilpert angekommen und wollte Müller und Küsters befragen, die im Wagen saßen, hinten, mit Handschellen an die Türen gekettet. Hilpert brüllte gerade Kamp an, der ihn in Abstand zu den Verhafteten hielt.

»Was sind das für Methoden! Wir leben in einem freien Land!« Und er versuchte, sich mit seinem langen schlacksigen Körper an Kamp vorbeizuschlängeln, aber der klammerte ihn wie ein Boxer.

»Was soll denn das«, sagte Smitz müde. »Laß ihn los, Kamp.« Kamp gehorchte.

»Smitz, mir reicht es jetzt!« Hilpert, der sah, wie ihm die große Geschichte davonfuhr, war außer sich. »Das laß ich mir nicht länger bieten! Ich werde mich über Sie beschweren! Sie werden sich noch wundern! Sie ...«

Smitz stieg in den Wagen, kurbelte mit der verbundenen Hand mühsam das Fenster herunter und sagte: »Hilpert, Sie Arschloch, wenn Sie wüßten, wie gerne ich Ihnen in die Fresse schlagen würde. Vielleicht ein andermal.« Und er gab Kamp das Zeichen loszufahren.

»Sie werden sich noch wundern!« brüllte Hilpert. »Sie hören noch von mir!« Vor Wut riß er sein Notizblöckchen in der Mitte durch.

Es wurde eine abscheuliche Fahrt. Smitz, der eigentlich gar nicht mehr sitzen konnte, saß auf dem Beifahrersitz. Die Wirkung des Morphiums hatte nachgelassen, und es gab kaum einen Körperteil, der ihm nicht weh tat. Irgendwann hielt er es nicht mehr aus, ließ Kamp an einer Gaststätte halten und kaufte eine Flasche Schnaps. Das half ein wenig. Er konnte wieder an etwas anderes denken als an die Schmerzen, und er dachte daran, wie er K. verlassen hatte. Da hatte er Kamp gebeten, noch einmal um die Kirche zu fahren. St. Aposteln war eine Ruine, ausgebrannt, das Dach eingestürzt, die Fenster zersplittert. Maria hatte auf der Treppe gestanden, als der Wagen am Ende der Runde wieder am Pfarrhaus vorbeigefahren war, hatte sich mit einem rosa Taschentuch die Tränen getrocknet und schien Hilpert gar nicht zu bemerken, der auf sie einredete.

Smitz bereute den kurzen Abschied, versuchte, nicht weiter daran zu denken, und sah aus dem Fenster in die grüne Landschaft, in die die Sonne schon hier und da braune Flecken gebrannt hatte. Später wurde es dunkel und Kamp offensichtlich müde, aber er mußte durchhalten, denn wer sollte sonst fahren. Also begann Smitz eine Unterhaltung mit ihm, fragte ihn aus, und Kamp kam auf seine Verlobte zu sprechen, die Tochter eines Fischhändlers, deren Hände leider immer nach Fisch röchen, aber daran gewöhne man sich. Der Vater sei übrigens reich. »Ja, das tröstet über vieles hinweg«, hatte Smitz gesagt und damit auch diese Konversation abgewürgt, denn Kamp fühlte sich beleidigt und wurde sehr einsilbig. Müller und Küsters begannen irgendwann, ihre Unschuld zu beteuern und Smitz zu beschimpfen, in großer Einmut. Besonders hackten sie auf der Frage herum, wer denn nun den Pfarrer getötet habe. Sie doch wohl nicht, oder meine er das? Sei er so irre, das zu glauben? Smitz wies sie schließlich zur Ruhe, stierte dann hinaus in die dunkle Nacht und schlief bald ein. Müller und Küsters taten es ihm gleich.

Die Wahrheit macht nicht viele Worte

Nach Mitternacht erreichten sie den Justizpalast in S. Die beiden Verhafteten wurden in Einzelzellen gesperrt. Smitz ließ für sie die Nachtwache der Krankenabteilung rufen, wartete aber nicht, bis der Arzt und die Schwester eintrafen, sondern legte sich im Ruheraum der Bereitschaft auf eine Liege und schlief bis zum nächsten Morgen.

Als er erwachte, bedauerte er, in der vergangenen Nacht nicht gestorben zu sein. Er konnte sich zunächst nicht bewegen, riß sich dann aber hoch, auf die Füße. Seine Beine drohten ihm wegzuklappen, weil seine verbrannten Füße ihn nicht tragen wollten. Der Verband um den Bauch war in der Nacht durchgeblutet, und der gebrochene Arm pochte. Smitz schleppte sich zur Krankenabteilung, um sich dort frisch verbinden zu lassen und etwas gegen die Schmerzen zu bekommen. Der Arzt legte ihm nahe, sich zunächst zu waschen, er röche etwas streng. Ob er denn in seinem Zustand obendrein Alkohol getrunken habe, wollte der Arzt wissen, und Smitz sah sich veranlaßt, sein Tun zu begründen. Die Schmerzen, er habe sie anders nicht aushalten können. Nachdem er sich gewaschen hatte, wurde er verbunden, und hätte er nicht wieder in den schmuddeligen Anzug gemußt, er hätte sich viel besser gefühlt.

»Sie sollten nach Hause fahren und sich hinlegen«, sagte der Arzt, und Smitz bedankte sich und fragte nach dem Befinden Müllers und Küsters. »Alles in Ordnung«, antwortete der Arzt, und Smitz war nicht viel schlauer.

Nach einem Kaffee in der Kantine des Justizpalastes beschloß Smitz, zunächst zu Eleonore zu gehen und erst danach zum Chef. Er hatte das Mädchen vor etwa einer Woche das erste und letzte Mal gesehen, und seither war viel passiert. Was sie wohl denken würde, wüßte sie, daß Küsters nun ganz in ihrer Nähe war? Aber was dachte sie überhaupt? Smitz mußte sie sehen, der Chef konnte warten.

Als Smitz in die Krankenzelle trat, saß Eleonore auf der Kante ihres schmalen Bettes, schlenkerte mit den Beinen und kaute Fingernägel. Sie erschrak und sprang auf, doch offenbar erkannte sie Smitz, denn sofort entspannte sie sich wieder und lächelte sogar. Noch magerer war sie geworden, noch blasser, noch mädchenhafter. In ein weißes Nachthemd hatte man sie gesteckt und ihr rotes Haar knapp unter den Ohren abgeschnitten. Langsam näherte sie sich, berührte vorsichtig den Gips an Smitz' rechtem Arm und seine verletzte Stirn. »Oh«, machte sie.

Smitz bemerkte, daß ihre weißen Turnschuhe nicht zugeschnürt waren. Mühselig kniete er sich nieder, griff mit seinen Fingern, die er an beiden Händen gerade noch so bewegen konnte, nach dem Schnürsenkel des rechten Schuhs, wollte ihn zubinden und geriet ein wenig aus dem Gleichgewicht. Mit der linken Hand faßte er an Eleonores Hüfte, und sein Kopf stieß gegen ihren Schoß. Da schrie Eleonore kurz und hell auf, ihre geballten Fäuste schlugen hart auf seinen Kopf, und als er sie nicht sofort losließ, schlug sie erneut zu, diesmal mit der Tasse, die noch vom Frühstück auf dem Tischchen stand. So hart schlug sie zu, daß Smitz spürte, wie seine Kopfhaut riß. Dann wich sie zurück, schrie noch einmal, biß sich in den linken Unterarm, und Tränen rollten ihr über die Wangen. Smitz stand auf und machte zwei Schritte auf sie zu, aber sie floh in eine Ecke und verbarg ihr Gesicht hinter den Händen.

Mit rasendem Herzschlag stürzte Smitz aus der Krankenzelle, hinkte eilig zum Herrenklo und schloß sich dort ein. Mit Klopapier stillte er die blutende Platzwunde am Kopf, und als er sich wieder etwas beruhigt hatte, flüsterte er: »So muß es gewesen sein. Genauso. Er hat ..., und dann hat sie ihn erschlagen.« Noch lange blieb er auf dem Klodeckel sitzen und ließ ab und an leise, gepreßt Worte vernehmen: »Unterleib ... Meßwein ... Unterleib ... doch nicht zu klein ...« Und schließlich: »... die kommt nicht mehr raus, die kommt nicht mehr raus ...«

Smitz beachtete Fräulein Fiper nicht, sondern ging einfach an ihr vorbei in das Büro des Chefs, der von seiner Zeitung aufblickte, in der Erwartung, Frau Meise, geborene Fiper, zu sehen, denn sie war die einzige, die unangemeldet eintreten durfte, und als er Smitz sah, runzelte er die Stirn.

»Smitz!« seine Stimme war kein bißchen freundlich. »Smitz, das darf ja wohl alles nicht wahr sein! Was haben Sie uns denn da schon wieder eingebrockt? Kamp hat mir berichtet ...«

»Vielleicht sollte ich zunächst ...«, versuchte Smitz das Wort zu ergreifen.

»Unterbrechen Sie mich nicht. Kamp hat mir schon alles erzählt.« Der Chef gab sich jetzt einen beiläufigen Ton, wie er es immer tat, wenn er jemanden hinzurichten beabsichtigte, und es schwang die Frage mit, ob Smitz nun vollends wahnsinnig geworden sei.

»Ich schicke Sie nach K., damit Sie einen Mord aufklären, und was passiert? Die Kirche brennt ab ... Sie verhaften den örtlichen Polizisten ... Der Apotheker bringt sich um, soll aber vorher noch versucht haben, jemand anders umzubringen, und den verhaften Sie selbstverständlich auch gleich mit ... Dann ist da natürlich noch einer flüchtig, und Sie selbst – wie sehen Sie überhaupt aus?«

»Ich war noch nicht zu Hause. Ich bin etwas angeschlagen.«

»Etwas angeschlagen ... So. Wissen Sie, was hier los war? Der Bürgermeister von K. hat sich über Sie beschwert, und die Staatsanwaltschaft von Z. hat uns die Hölle heiß gemacht. Alles wegen dieses Apothekers, und der ist jetzt zu allem Überfluß auch noch tot. Ich höre die schon sagen, daß Sie den in den Tod getrieben haben mit Ihren Ermittlungen, mit Ihren Verdächtigungen, mit ...«

Smitz fiel dem Chef ins Wort und sagte wenig verbindlich: »Ich habe meine Arbeit gemacht.« Weiter kam er nicht, denn der Chef brüllte: »Ihre Arbeit haben Sie gemacht?! Ihre Arbeit?! Ich habe die Zeitungsartikel über Sie gelesen! Der Bürgermeister hat sie mir zugeschickt. Ungeheuerlich! Einfach ungeheuerlich!«

»Herr ... Chef, ich habe meine Arbeit gemacht. Ich werde Ihnen einen schriftlichen Bericht ...«, und er drehte sich zur Tür, wollte gehen.

»Sie bleiben! Erklären Sie sich! Was war los in K.?«

»Wenn Sie mich ausreden lassen ...«

»Werden Sie nicht noch unverschämt!«

»Ich werde Ihnen meinen schriftlichen Bericht ...« Smitz drehte wieder ab.

»Ich habe gesagt, Sie bleiben! Sind Sie taub?!«

»Also, wenn Sie wissen wollen, wer den Pfarrer umgebracht hat: Heiner Aldekerk war es, der Heilige Heiner Aldekerk, für den sich alle so einsetzen, der Bürgermeister, die Staatsanwaltschaft ... Es ist wohl kaum meine Schuld, wenn dieses K. ein Schlangennest ist! Ich soll einen Fall aufklären, und Sie beklagen sich, daß es Verdächtige und einen Täter gibt!« Smitz war laut geworden, und der Chef schluckte.

»Und dieser feine Herr Aldekerk wollte auch noch einen zweiten Mord begehen. Einen wunderschönen zweiten Mord. Aber sein Opfer ist ihm entwischt. Ich habe es gleich mitgebracht, das Opfer, den netten Studenten Oscar Küsters! Ich habe deutliche Indizien, daß der liebe Junge Aldekerk erpreßt hat. Und Müller, der ...«

»Wer ist Müller?« fragte der Chef, der wieder hinter seinem Schreibtisch Platz genommen hatte, während Smitz stand, denn ihm war kein Stuhl angeboten worden.

»Müller ist der örtliche Polizist, dessen Verhaftung Sie beklagen. Den habe ich auch gleich mitgebracht, weil ich ihm Kirchenraub und Brandstiftung vorwerfe.«

»Das wird jetzt reichlich wirr«, sagte der Chef und kratzte sich an der linken Augenbraue. »Warum soll denn dieser Aldekerk den Pfarrer umgebracht haben?«

»Aldekerk wollte Eleonore Tal heiraten, um deren Vermögen einzuheimsen. Aber der Pfarrer wollte sie ins Kloster stecken. Er war schon beim Vormundschaftsgericht. Dann hätte Aldekerk Eleonore Tals Vermögen verloren. Vielleicht wußte der Pfarrer auch, daß Aldekerk schon verheiratet war – der gute Herr Aldekerk war nämlich zu allem Überfluß auch noch auf dem besten Wege zum Bigamisten. Ja.«

»Aber diese Eleonore, die ist doch neben der Leiche ...«

»Ein Zufall, ein fast verhängnisvoller Zufall. Sie war jeden Tag in der Kirche, und an dem Tag ist sie eben auch hingegangen. Da war der Pfarrer aber schon tot. Sie muß verzweifelt gewesen sein, als sie ihn gesehen hat. Er war für sie wie ein Vater ...«

»Ja, und Sie haben Beweise?«

»Ich habe sogar ein Geständnis.«

»Ein Geständnis? Warum sagen Sie das denn nicht gleich? Ein schriftliches Geständnis?«

»Nein, ein mündliches. Ich bin in Aldekerks Haus eingedrungen – er hat ja versucht, den Küsters umzubringen –, und da saß er im Wohnzimmer, mit einem Revolver. Er hat mich in Schach gehalten und mir alles erzählt, und dann hat er Gift genommen.«

»Aber da hätten Sie doch noch den Notarzt ...«

»Nein. Es ging zu schnell. Das muß ein sehr wirksames Gift gewesen sein.«

Der Chef kratzte sich am Kinn, überlegte und sagte: »Gut. Gut, schreiben Sie das alles auf. Ich brauche einen Bericht. Dann sehen wir weiter. Gut, gut. Sie können jetzt gehen.« Und er griff geschäftig nach einem Schriftstück.

Das Leben geht weiter

Smitz hatte seinen vorläufigen Bericht geschrieben, Kamp mit dem Verhör von Müller und Küsters beauftragt und war noch einmal zum Arzt gegangen, der ihn für eine Woche krank schrieb. Zu Hause in seiner Wohnung mitten in S., mit Blick auf die Kathedrale und den großen Fluß, legte er sich ins Bett und schlief, bis ihn die Glocken, die zur Abendandacht riefen, weckten. Er überlegte, Maria anzurufen, doch er tat es nicht. Statt dessen setzte er sich an den Küchentisch und schrieb ihr einen Brief, wegen der verletzten Hand mit krakeliger Schrift, einen sehr langen Brief, in dem er ihr für alles dankte, sie um Verzeihung bat und ihr erklärte, daß es besser für sie sei, ihn zu vergessen, er sei nicht der Richtige, denn ... Tatsächlich erzählte er Maria in diesem Brief Dinge, die kaum einer von ihm wußte. Aber er fühlte, daß er ihr eine Erklärung schuldig war, eine Erklärung, die sie vielleicht annehmen konnte, ohne zu sehr verletzt zu sein. Als er den Brief am nächsten Morgen einwerfen wollte, zögerte er noch lange, stand vor dem Briefkasten, überlegte hin und her, bis er dann doch die Klappe öffnete und den Brief verschwinden sah. Es war vorbei.

Vom Briefkasten ging Smitz direkt weiter zum Justizpalast. Obwohl er doch krank geschrieben war, ließ er es sich nicht nehmen, beim Untersuchungsrichter die sofortige Freilassung Eleonores zu erwirken. Dazu hatte er seinen besten Anzug angezogen und sich sogar von einem Barbier rasieren lassen. Zumindest gepflegt wollte er auftreten, wenn schon sein Gesicht zerschnitten war, seine Augen tief umrandet, sein Hinken schlimmer denn je. Gerne hätte er Eleonore begleitet, sie höchstpersönlich nach K. gebracht, zu Maria, wo er hätte hoffen können, noch vor seinem Brief einzutreffen. Aber es ging nicht. Der Schweiß drang durch Unterhemd, Hemd, Weste und Jackett. Smitz mußte ins Bett. Vorher jedoch führte er Eleonore aus ihrer Zelle zum Wagen. Es war heiß, furchtbar heiß, aber Smitz fror, und so legte er ihr sein Jackett über die Schultern, damit sie nicht auch friere, und sie lächelte ihn an. Ihre grünen Augen glänzten, waren fraglos, aber dann doch enttäuscht, als sie ohne ihn im Wagen saß und Smitz den Fahrer bat, zwischendurch zu halten und ihr eine Erfrischung zu kaufen. Sie drehte sich nach ihm um, als der Wagen durch das schwere Stahltor des Justizpalastes rollte, und sie winkten einander zu. Sein Jackett fuhr mit ihr davon.

Wo er nun einmal da war, mußte Smitz erneut zum Untersuchungsrichter und wurde gehört zu den Fällen Küsters und Müller. Jetzt aber, ohne Jackett und reichlich geschwächt, war er weniger überzeugend als in der Sache Eleonore Tal. Auch verlor er den Faden, verwechselte Namen, hustete erbärmlich und machte einen ganz und gar siechen Eindruck. Dennoch, zu einem Haftbefehl sollte es reichen.

Die Post war schneller als erwartet. Schon am übernächsten Tag erhielt Smitz eine Antwort von Maria. Ein Brief, der sehr amtlich aussah. Die Adresse war mit Schreibmaschine getippt, ebenso der Absender. Smitz legte den Brief auf seinen Nachttisch und traute sich zwei Tage nicht, ihn zu öffnen. Zwei Tage, in denen er keinen Alkohol zu sich nahm, in denen er schlief und schlief und sich mehr als einmal fragte, ob denn sein Brief richtig gewesen sei, ob er ihn nicht hätte anders schreiben sollen oder vielleicht gar nicht. Mehrmals hielt er Marias Brief in den Händen, zweimal sogar roch er an ihm. Aber ihn zu öffnen, das wagte er erst am dritten Tag. Er riß ihn auf, nahm nicht etwa einen Brieföffner zur Hand, und las.

Lieber Balthasar,
ich habe einen solchen Brief erwartet. Sicher ist es besser so. Eleonore ist jetzt bei mir. Ich habe mit Mutter Maria Crescentia gesprochen, und sie wird Eleonore aufnehmen. Morgen schon werde ich sie zur Abtei bringen. Ich bin so froh, daß sie in guten Händen ist.

Wenn du einmal in unserer Gegend bist, melde dich doch.

Deine Maria

Smitz war enttäuscht. Ein so kurzer Brief, so gefaßt, so ohne Schnörkel, ohne Vorwürfe. Er las den Brief wieder und wieder und ärgerte sich. Mehrmals nahm er den Telefonhörer in die Hand, wählte Marias Nummer bis zur vorletzten Zahl, legte dann aber doch wieder auf. Schließlich rief er im Justizpalast an.

»Hallo, Hans. Ich bin es.«

»Balthasar? Wie geht es dir?«

»Es geht. Ich kann nicht klagen. Hast du Neuigkeiten?«

»Was für Neuigkeiten?«

»Was ist mit Müller und Küsters?

»Ach so. Ja ... Dieser Müller ist ziemlich nervös. Wenn du mich fragst, der braucht Alkohol.«

»Das habe ich euch doch gesagt! Natürlich braucht der Alkohol! Umso besser!«

»Ja, sicher. Der wird schon noch was erzählen.«

»Genau wie ich gesagt habe. Kirchenraub und Brandstiftung! Wer ist denn da dran?«

»Der Rosbers.«

»Der Rosbers?! O Gott. Ja, dann sag dem das aber noch mal! Kirchenraub und Brandstiftung! Hörst du?!«

»Ja, ja, jetzt mach mal halblang, ich ...«

»Halblang ... Und am Ende muß ich mir wieder ...«

»Wir haben das im Griff.«

»Und den Küsters kriegst du dran wegen Erpressung!«

»Das sieht nicht gut aus. Tut mir leid. Wie sollen wir das denn beweisen? Tut mir leid.«

»Tut mir leid, tut mir leid! Damit kann ich nichts anfangen. Ich erwarte ...«

»Balthasar ...«, unterbrach ihn Hans, und Smitz schluckte. Der Schweiß rann ihm aus allen Poren. Sollten sie doch machen, was sie wollten.

»Und was ist mit Strauch?« fragte er schwach.

»Nichts. Ist zur Fahndung ausgeschrieben. Bis jetzt nichts.«

Drei Wochen später – Smitz war wieder gesund – erhielt er ein unerwartetes Paket von Maria, darin sein Jackett, das nach einem süßlichen Parfüm roch, und ein Brief. In dem schrieb Maria äußerst knapp, daß Eleonore eine Fehlgeburt gehabt habe und nun im Kloster sei, wo sie sein Jackett nicht mehr tragen könne.

Smitz riß den Brief in kleine Fetzen, warf ihn in den Papierkorb und beendete am selben Tag endlich, endlich seinen Bericht über den Fall Pfarrer Josef Reinders, den der Chef noch dreimal mit zahlreichen Korrekturen versehen zurückweisen sollte, bevor er verschwand, in der untersten Schublade eines braunen Aktenschrankes im ehemaligen Luftschutzkeller des Justizpalastes, elf Meter unter der Erdoberfläche. Viel tiefer, als der Herr Pfarrer und sein vermeintlicher Mörder lagen.

In der Reihe Militzke *mobile* zuletzt erschienen:

Wolfgang Schüler
Narbengesicht
Roman nach einer Idee von Edgar Wallace

224 Seiten · Softcover
ISBN 3-86189-**184-0**
24,00 DM · 22,00 sF
175 öS · 12,30 Euro

Hans Pfeiffer
Sieben Tote brauchen einen Mörder
Roman

160 Seiten · Softcover
ISBN 3-86189-**183-2**
22,00 DM · 20,00 sFr
161 öS · 11,25 Euro

Tilo Ballien
Die KlonFarm
Thriller

192 Seiten · Softcover
ISBN 3-86189-**185-9**
22,00 DM · 20,00 sFr
161 öS · 11,25 Euro

Ingrid Hahnfeld
Niemandskinder
Roman

160 Seiten · Softcover
ISBN 3-86189-**182-4**
22,00 DM · 20,00 sFr
161 öS · 11,25 Euro

Rüdiger Schneider
Pandoras Schatten
Roman

224 Seiten · Softcover
ISBN 3-86189-**181-6**
24,00 DM · 22,00 sFr
175 öS · 12,30 Euro

Neu in der Reihe Militzke *mobile*:

Norbert Kandel
Mord und Machtspiele
Roman

256 Seiten · Softcover
ISBN 3-86189-**196-4**
24,00 DM · 22,00 sFr
175 öS · 12,30 Euro

Hans Pfeiffer
Gerichtet
Roman

160 Seiten · Softcover
ISBN 3-86189-**193-X**
22,00 DM · 20,00 sFr
161 öS · 11,25 Euro

Manfred Rudolph
York Tower
Roman

192 Seiten · Softcover
ISBN 3-86189-**197-2**
22,00 DM · 20,00 sFr
161 öS · 11,25 Euro

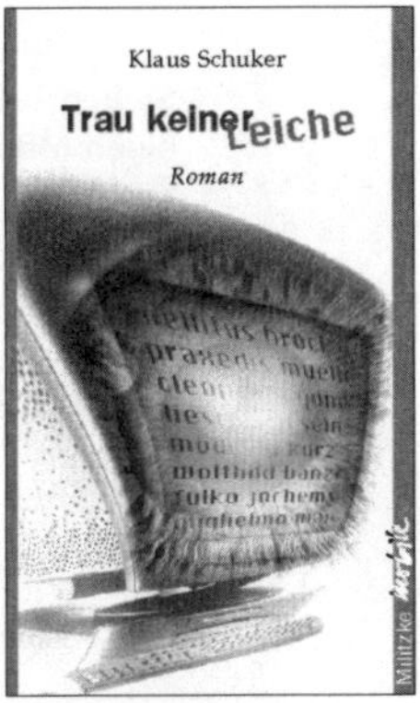

Klaus Schuker
Trau keiner Leiche
Roman

224 Seiten · Softcover
ISBN 3-86189-**195-6**
22,00 DM · 20,00 sFr
161 öS · 11,25 Euro

Die Deutsche Bibliothek – CIP-Einheitsaufnahme
Weinrich, Knut:
Tod unterm Kruzifix / Knut Weinrich.
Leipzig : Militzke, 2000
ISBN 3-86189-194-8

1. Auflage

Lektorat: Monika Werner
Umschlaggestaltung: Dietmar Senf
Satz: Sandra Schneider
Druck und Bindung: Grafisches Centrum Cuno, Calbe